U0527871

朗朗 著

向家的女儿

（下）

第六章 哀莫大于心死

第六章　哀莫大于心死

57

向前捏着棒棒糖的塑料棍儿，心里有种不好的预感。本着"不放过一个坏人，也绝不冤枉一个好人"的原则，她忖度了一下，有没有可能是高平妈买的？但她很快就否定了这个猜想。

高平妈是什么人？那是在菜市场买一根葱都要拿回来找向前报销的人。她会自己给孩子买糖？就算是山寨的，她也舍不得买。

会不会是高平？更不会。高平是医生，不可能"知法犯法"。

那么，向前心里大概猜测出，这一把糖是经谁的手带进家里来的了。一定是李书。只有她，会拿这种劣质货来讨好左左、右右，以稳固自己的工作。向前此时还没有把她往更坏的地方去想。

向前默默把剩下的几根"阿尔麦斯"全部装进自己的衣兜里，然后继续整理房间。她整理了一会儿，越想越气，直接在枕头上砸了一拳，关上门心烦意乱地出去了。

向前去幼儿园接左左、右右。

"左左妈妈！"向前刚牵住左左、右右的小肉手，幼儿园老师便追了出来。

"老师，是幼儿园有什么事儿吗？"向前疑惑地停下问道。

"左左妈妈，我就直说了吧！这段时间，左左和右右上课总是注意力不集中，而且午睡结束的时候，怎么叫也叫不起来。这个年龄段的幼儿正处在发育的关键期，作息一定要规律，晚上要保证八小时以上的充足睡眠。"

"啊？这样啊……好的，老师，我回去会注意的。"向前满腹疑云，拉着左左和右右走了。

注意力不集中？睡眠不足？左左和右右怎么会有这样的问题呢？明明每天晚上《天气预报》一播完，高平妈就带着他们进房睡觉了呀！有时候向前回来早，就讲故事哄他们睡，基本上每天晚上八点半，两个孩子就躺下睡着了。

晚上，高平回到家，向前一把把他拉进房间，想把满肚子的疑问说给他听。

突然，她发现高平的竖条纹衬衫上粘着一根亚麻色长头发！卧室明亮的灯光下，那根头发刺眼极了。

向前屏息凝神，轻轻把那根头发拈了起来。她和高平盯着头发，同时睁大了眼睛。

"这怎么回事儿？！"向前一下子就爆发了。

高平怔怔地低头看了自己的衬衫一眼，他也不知道这根头发是怎么粘到自己身上的。"可能是挤公交蹭到的吧？"高平愣头愣脑的，似乎还没意识到问题的严重性。

"挤公交？"向前拎着头发，完全不信，"你外面又不是没穿外套，怎么蹭才能蹭到里面的衣服上去？！"

"我也不知道啊……"高平着急了，却百口莫辩。

向前气急败坏地把那根头发丢进垃圾桶，然后抱着胳膊盯着高平，问他要个说法。一场看不见硝烟的夫妻战争迫在眉睫。

第六章　哀莫大于心死

"李书的吧？"

"你想哪儿去了？"

"昨天她来咱家,我就看见她头发染的是这个色儿!我说你怎么老护着她呢,原来你们背着我,还有这样的缘分呢!"

"老婆,你这就冤枉我了!"高平不服,指天誓日道,"我怎么可能干这种事儿?!"

向前平时待人十分豁达大方,可一旦遇到高平的事儿,就敏感尖锐起来,每句话都像刀子一样:"呵呵,引狼入室……高平,我看你现在还有什么好辩驳的。要不明天咱们就把这根头发拿到你们实验室去做DNA比对!只要不是李书的,我立马吞下去!"

"向前!!"高平跺脚道,不知是有口难辩,还是恼羞成怒,他急切又恼火地说,"我在你眼里就是那种人吗?我和你说了多少遍了,我和她就是同门关系!你还不了解我吗?我一向追求simple life(简单生活),日子过得再简单不过了!"

"Simple life?恐怕是double life(双重生活)吧?你做过什么,自己心里清楚!"那根头发,像一根藤蔓,死死缠住了向前的脖子,勒得她面目狰狞。

高平叹了口气,这次简直是"人赃并获",他又说不过向前,只能站在原地干着急。

不过这事儿,倒真是冤枉高平了。高平就是个"精致的利己主义者",他知道自己若是真的跟李书有什么苟且,他现在所拥有的一切都将付诸东流。

高平对李书,不是不想,而是不敢。他甚至把自己的"有贼心没贼胆"当作对老婆的忠诚,时不时地自得一番。

"我想起来了!"高平琢磨了半天,终于一拍大腿,对向前道,"今天中午的时候,李书借了我的外套盖肚子,估计就是那时候粘上的。后来下班,衣服我也没抖,直接就披上了,所以就粘上了。"

"借衣服盖肚子?"向前听了差点儿七窍生烟。

李书做的这件事儿,还真是伤害性不大,侮辱性极强啊!说伤害性不大,是因为她和高平似乎没有实质性的肌肤之亲;说侮辱性极强,是因为这种间接接触,有一种说不清道不明的暧昧,还让人无法指责。高平怎么能同意这种事儿?

向前攥紧颤抖的手,问:"你干吗借给她?"

高平道:"她说冷,又没带衣服,我就借了。"

向前暴怒,一件带着自己老公体温的衣服,被另一个女人盖在身上,这李书到底是何居心?!

向前用尖尖的食指,指了指高平的鼻尖,而后便转身走进卫生间,关上了门。她咬着嘴唇,坐在马桶盖上,听着面前浴缸里"哗哗"的流水声。也许只有这流水声才能让向前暂时平静下来,不至于情绪崩溃,做出过激的事儿。温热的水汽逐渐让整个卫生间雾气缭绕,向前双手捂着脸,再也止不住地抽泣起来。

她的压力真的很大。全家的开支都压在她身上,还有永无止境的婆媳矛盾,加上最近向南的事儿,以及左左、右右的状态问题,她突然觉得在这个所谓的"家"里,她竟然连一个商量的人都没有。

第六章 哀莫大于心死

向前一个人默默整理好情绪,关了热水龙头,又用冷水洗了把脸,擦干后才出来。

"你没事儿吧?"高平凑上来小心翼翼地问。

向前看了他一眼,没吱声。毕竟一根头发还不足为据,向前也不能仅凭一根头发丝儿,就给高平安上"出轨"的罪名。但这笔账,她狠狠地记下了。

"没事儿,去吃饭。"说完,向前甩了甩头,仿佛什么都没有发生,去厨房端菜,拿筷子吃饭。

一顿饭吃得寂静无声。

高平妈喜欢热闹,于是打开电视,把饭碗端到沙发那边去吃。

左左和右右有样学样,也端起各自的饭碗,坐到茶几旁的地毯上,盯着电视里的肥皂剧。

向前夹了一筷子油腻不堪的韭菜,又环视了一圈屋里乱糟糟的景象,心底似乎有个小人儿,突然响亮地呐喊起来:"不能再这样了!不能再这样了!"

吃完晚饭,向前依旧平静地去洗碗,擦灶台。但她此时的心境,却不复从前。灶台不再是灶台,是她收拾心情重新出发的"烽火台"。这个家,再不整理,真的就一团污秽、杂乱不堪了。

入夜,向前死死盯着墙上的挂钟,眼球顺着秒针一格一格地移动。等时针和分针终于形成六十度夹角,也就是整十点的时候,她蹑手蹑脚地来到左左、右右的房间门口。

她前段时间刚对儿童房做过改造,房间左边一张高低床给左左、右右睡,右边靠墙一张单人床给高平妈睡。高平妈如雷的鼾声从里头传来，这反而让向前的心情放松了一些。和奶奶睡在一起，左左、右右总不敢太折腾的。

向前屏住呼吸，用最轻微的动作，慢慢压下门把手。十秒钟后，门把手终于被她压到了底部。

"吱……"向前小心翼翼地慢慢推开儿童房的门，可眼前的一幕，立刻惊得她倒吸一口凉气。

只见左左和右右一人嘴里叼了一根棒棒糖，就像叼着香烟一样。两个孩子淡定地坐在床上，衣服也不披，光着小胳膊，左左的手里还捧着平板电脑。黑暗里，平板电脑屏幕上荧荧的光投射在他们的小脸儿上，就像是某种蓝光毒素一般，令向前毛发倒竖。这……这到底是什么情况？

见向前突然推开门，反应过来的左左大喊一声"妈咪"，便抛下手里的平板电脑，像受了惊的地鼠一样，"唰"的一下钻进了被窝。反应慢半拍的右右，则一脸惊恐的表情，直愣愣地盯着向前。直到被子里的左左拽了拽她的小腿，她才反应过来，仿佛把被窝当成防空洞一般，也赶紧钻了进去。

向前觉得这一幕太滑稽了，左左、右右和她之间的互动，简直就像打地鼠游戏一样。

"高平！！"向前歇斯底里地一声巨吼，她感觉自己的心和声带正一起被这压抑而窒息的生活撕裂着。

"哎哟妈呀！什么事儿啊？"高平妈即使睡得像个死人一样，这时也被向前失控的吼叫声给惊醒了。

儿童房的灯亮了。蓬头垢面的高平妈和穿着睡衣的高平，同时出现在左左、右右的被窝前。

第六章 哀莫大于心死

事实胜于雄辩,向前已经不想再描述刚才看到的景象了,她冷冷地逼近高平面前,鼻尖抵着他的鼻尖,手往身后一挥,从喉咙里挤出变了调的三个字:"自己看!"

58

"向前,向前!哎呀!你这是干什么呀?"高平和高平妈两人,在冰冷的寒夜里,愣是拦不住一心想要离家出走的向前。

"老婆,老婆,咱们有话好好说,行不行?"高平攥住向前正整理行李的手,"这大半夜的你要去哪儿啊?"

向前快速地抽回手,看都不看高平一眼,除了往行李箱里装自己的贴身衣物,还丢进很多孩子的东西。

"向前啊,这到底是怎么了啊?要是妈有什么做得不对的地方,你说!这大半夜兴师动众的是要干吗呀?让邻居们看着多不像话啊!"高平妈平时对向前总是颐指气使的,但很多时候只是为了掩饰内心的胆怯。她清楚地知道向前根本看不上她,她对向前的怨恨和敌意,百分之八十都是自卑使然。此刻见向前动了真格,她第一个就怂了。

听了高平妈的话,向前就像一个被欺压已久的苦命媳妇儿,终于遇到了翻身做主的一天,借着今天自己占理,把心里的憋屈一股脑儿地倾泻出来。

向前瞥了蓬头垢面的高平妈一眼,冷笑道:"邻居?我管邻居做什么?谁家没本难念的经?别人哪有空来盯着你?各人过好各人的日子罢了!妈,您这么在乎他们的眼光,也太把自己

向家的女儿（下）

当盘菜了吧！"

"你！"高平妈不忿，却又不敢在此时火上浇油，于是嘀咕道，"哪有你这样和长辈说话的？"

"长辈？"向前冷哼，手里动作一刻不停，"您尽到一个做长辈的义务了吗？要不是您带不好娃，您儿子用得着把那个狐狸精引进门来，祸害我的孩子吗？妈，您不是问我您哪儿做得不对吗？那好，今儿我就告诉您！您想享受当婆婆的权利，就得尽到当婆婆的义务！您可以不做家务、不带娃，但您不能霸占着我和您儿子的家，日日夜夜地给我添堵！您看看您那个房间，跟垃圾场一样！这日子是我和高平过的，您不过是来帮帮忙，可在我家里，您当自己是皇太后，什么都要插一杠子！住我的房，花我的钱，动我的东西，祸害我的孩子，外加用您那乱七八糟的三观对我的生活指手画脚，您觉得这样合适吗？！"

"向前！"高平断喝一声，打断了向前的抱怨。

向前这连珠炮似的一番话，直接把高平妈说得一愣一愣的。向前并没有说什么惊世骇俗的话，只是生活的压力一朝喷薄而出，气场瞬间拉满。

高平妈本来就爱睡觉，这会儿又没醒透，被向前这么劈头盖脸地一通喷，直接就蒙了，血压一下就高了，整个人瘫倒下去。

"妈，妈！"高平手忙脚乱地去扶瘫倒的妈。

趁着这个档儿，向前左手抱着右右，身后跟着左左，拉着那只行李箱，深一脚浅一脚地出了门。

第六章　哀莫大于心死

在电梯里，向前果然遇见一个邻居。对方见向前一个女人，大半夜面有愠色地带着俩娃，拖着行李箱往外走，便猜着了七八分。向前想起高平妈的话，狠狠地瞪了那邻居两眼，结果原本想看热闹的对方不好意思地低下了头。这年头，有几个人是能把自己的日子过明白的？

"嘀！嘀！"向前拉开车门，不容分说地把左左、右右像拎小鸡崽一样地拎上车。然后打开后备厢，把行李箱甩进去，再"砰"的一声关上。

她给两个孩子扣好儿童安全座椅上的卡扣，然后坐到驾驶位，关上车门。

"妈妈，咱们这是去哪儿啊？"左左这时候有点儿困了，他揉着迷离的眼睛，怯生生地问了一句。

"二姨家。"向前一脚踩下油门，往向中家开去。

快到向中家楼下时，向前用蓝牙拨通了向中的电话，只说要借住一下，却没说是什么事儿。

向中一听，一骨碌坐了起来，两口子同时披上衣服，赶紧下楼迎接。

向前刚把车停好，向中和邓海洋便迎了上来。向前啥都没说，把行李箱丢给邓海洋，她和向中一人抱一个孩子，伴着夜晚的凉气，一齐上了楼。

"妹夫，我累了。今天左左、右右就交给你了。"进了向中家的大门，向前从推开儿童房门那一刻起提着的一口气，总算是放下了。她整个人就像被抽去了全部力气，一下子瘫倒在客厅的沙发上。

"好嘞,你放心吧,我带他们去睡。"邓海洋点了点头,接过孩子们。

向前对左左、右右的这个二姨父十分放心。邓海洋多年求子不得,每次看见向前的一双儿女,就跟见了自己的亲生孩子似的,喜欢得不得了。

向中从来没有见过大姐这副样子,于是给邓海洋使眼色,示意他带着孩子们去主卧睡觉,而她则留在客厅,端茶倒水地陪着大姐。

向前抿了口茶,一言不发,只是直愣愣地盯着天花板。向中坐也不是,站也不是,一时间不知怎么办才好。

大姐结婚这么久,从来没投奔过她。大姐那个死要面子的性子,若不是真遇到什么过不去的坎儿,怎么可能连夜离开家,登妹妹的门?

"姐,你就在我这儿住着吧,"向中不敢问,只能先哄着向前,"住多久都没问题!邓海洋就是左左、右右的免费保姆加家庭教师,反正他最近休年假,在家也没事儿。"

邓海洋休年假,原本是因为向南的事儿。向南住院,向中不放心她一日三餐吃医院的饭,便亲自在家开火,奈何自己厨艺有限,便不得不拖邓海洋下水,夫妻俩索性一起请了年假,全心全意地在家"研发"病号饭。这下倒好,一举两得。看眼前这情势,他俩的假还真没白请。

"向中,你说这世上真的有狐狸精吗?"向前有气无力地吐出一句话,每个字、每个标点符号都透着绝望。

向中不明所以,也不敢乱接话,只是尴尬地赔笑道:"姐,

第六章 哀莫大于心死

你这么杀伐决断的，还怕狐狸精？就算有，也被你一棒子给打死了。"

向前听了，眼角滑落一滴微凉的泪，然后极其幽怨地对向中说了句："二妹，我觉得好累，真的好累，从来没觉得这么累过。我觉得我有点儿活不动了。"

向中听到"活不动"三个字，吓得心惊肉跳，大姐怎么突然这么想不开了？"是不是高平……又惹你生气了？"向中小心翼翼地试探道。

向前没说话，想起这大半年来的种种，她的心里唯有悔恨与辛酸。

向中见事态严重，当场就要打电话去和高平对质，却被向前一把按住手机。

"我不想看见他，听见他，想到他。"向前疲惫地说。

向中深深叹了口气，知道急也解决不了问题，于是她换了个思路，站起身对向前道："姐，咱俩好久没一起洗澡了。你也累了，我去放水，咱们一起泡泡。"

其实向中刚刚洗过一遍澡，连身体乳都擦过了，但她明白，要想让大姐开口，就必须先软化她坚硬的心。

小时候，郑秀娥为了节约用水，都是把向前和向中同时丢进浴缸里洗澡，只有向南有特权，单洗一缸清水。可随着她们长大，向前和向中在一起泡澡的机会就越来越少了。今天向中提出这个建议，向前已经心累到懒得拒绝，也就同意了。

水放好了，向中让向前先坐进去，然后自己脱了衣服，也一脚跨了进去。

向中往水里滴了两滴精油,又拿起沐浴球,默默地给向前擦背。而向前的身子和心一样,仿佛僵住了一般,动也不动。

泡了约莫十分钟,在精油和沐浴露的香气中,向前终于放松下来。她在向中帮她扎头发的一瞬间,捂着脸,歇斯底里地痛哭起来。

向中递给她一条柔软的毛巾。就在浴缸里,向前把这半年来,李书介入她家庭后的种种,一字一句地倾诉给了向中。

向中听了,气得血往头上涌,将手里的毛巾重重地往浴缸里一摔,衣服都没穿,就要冲出去替向前报仇雪恨。那小三太过分了,连她姐夫的主意都敢打?!

"向中!"浴缸里的向前泪眼婆娑地喊住向中。

向中总算停住了脚步,没有冲出浴室。她无奈地扯过一条浴巾,把身体包裹住,然后回头心烦意乱地对向前说了句:"姐,你再泡一会儿,我出去给你拿睡衣。这事儿得从长计议,不能便宜了那狐狸精!"说完,她脸上带着余怒,去替向前准备衣服。

她拿着衣服经过主卧门口时,邓海洋从屋里探出脑袋,压低了声音问道:"什么事儿啊?"

"弄死高平那小子!"向中撇下这句,就转身进了卫生间。

59

第二天一早,邓海洋准备了"八菜一汤"招待向前,油条、煎蛋、生煎、面包、烤红薯、白粥、饺子……大姐难得登门,

第六章　哀莫大于心死

他不了解她的饮食习惯，生怕怠慢了人家。

向前心里有怨气，一夜没睡好，脸色发青，没有胃口，倒是左左和右右吃得很开心，果然是"别人家的饭香"。

小孩子总是没什么记性的，换了地方的新鲜感，让他们把"为什么会住到二姨家"的疑惑忘得干干净净。再加上二姨父邓海洋什么都迁就他们，两个小宝贝也和他格外亲近，闹着让他送他们去幼儿园。

"还是妈妈送吧，姨父不知道幼儿园在哪儿。"向前嗔怪他们胡闹。

"没事儿，不是有导航吗？"邓海洋倒是很爽快，他提起保温桶，又打包了烤红薯和煎蛋作为向南的早饭，打算顺路给她送去，然后牵起左左、右右的手，问向前，"我们能出发了吗？"

向中看了他一眼道："快去吧。"

"会不会太麻烦你了？"向前着实不好意思，但她脑袋一直嗡嗡的，也是强撑着，才在七点钟起了床。

"这有啥，他巴不得呢！"向中瞥了邓海洋一眼，给向前盛了碗粥。

邓海洋临出门时，向中又扯着嗓子提醒了他一句："别和向南说家里的事儿啊！"

"我傻啊？"邓海洋宠溺地冲向中眨了眨眼，又和向前告辞，便带左左、右右出门了。

"你家邓海洋对你够好的啊！"向前喝了口粥，抬起头由衷地对向中说。

确实，邓海洋高学历，高智商，能挣钱，还很有责任心。

他的心思，就是成天围着自己老婆转。最关键的是，他没有不好相处的妈。

比起高平……向前的心一沉，算了，人比人得死，货比货得扔。

向前也知道，不能拿高平的短处去和邓海洋的长处比。高平有高平的优点，比如专业好、长得帅，可是除此之外呢？向前第一次深深地体会到，长得帅不能当饭吃，只会让另一半活得非常辛苦。

"姐，你又想啥呢？粥快凉了。"向中见向前心事重重，提醒她喝粥，以分散她的注意力。

向前听了她的话，把桌上一大碗粥喝下肚，人也缓过来不少。

"姐，你接下来有什么打算？"向中问，"离婚吗？"

听到"离婚"两个字，向前心情复杂。做女人有杀伐决断的能力是好的，可是，向前是离过一次婚的人，离婚的爽她体会过，但离婚的痛，她更加明白。

见向前不说话，向中知道她在犹豫。"这种男人还留着过年吗？"向中替姐姐打抱不平道，"反正家里的钱都是你挣的，干脆争取到左左、右右的抚养权，就让他净身出户，直接滚蛋！"

向前依旧沉默。向中不提左左、右右还好，一说起孩子的抚养权问题，向前立刻意识到，自己身上也并不是完全没有责任。向前当了妈，任何时候，肯定要以孩子的利益为先，她当然希望左左、右右在一个完整的家庭环境里长大。所以为了他们，只要不涉及原则性问题，向前都可以忍。

"我没想好，心里挺乱的。"向前逃避道。

第六章 哀莫大于心死

向中盯着姐姐憔悴的脸,眨了两下眼睛,立刻明白了她的心意,然后起身边收拾碗筷边道:"姐,你吃完了快进去再睡一会儿吧。昨天折腾了一晚上,白天安静,你好好补一觉。向南那儿,我一会儿过去,你就别操心了。"

"好。"向前答应,旋即又提醒向中道,"我的事儿,可千万别……"

"别告诉爸妈是吧?"向中幽幽地看了她一眼,心有灵犀,"我傻啊?"

向前苦笑了一下,起身回房。向中将邓海洋的"我傻啊"现学现卖,让向前放心。

邓海洋送完左左、右右,就马不停蹄地赶到医院。他把保温桶打开,盛了一碗粥递给向南:"小妹,这是红枣银耳汤,你二姐又让我在里面加了燕窝,你趁热喝。"

向南刚刚起床,略有些蓬头垢面,见二姐夫这么殷勤,顿时有些不好意思起来:"姐夫,真是麻烦你了。这才八点半,就麻烦你跑一趟。"

邓海洋却完全不放在心上,拿了只勺子递给向南,自己搬了张凳子坐在一旁陪她说话:"嗐,这有啥,大家都是一家人。你是向中的妹妹,就跟我的亲妹妹一样,这么客气干什么?"不得不说,邓海洋的亲情话术很有效果,几句话说得向南心里暖暖的。

向南喝着汤,嘴里却毫无滋味。

见向南一副意志消沉的样子,邓海洋便认认真真地劝道:"小妹,姐夫比你略大几岁,就倚老卖老地多说两句,你要是不爱听,就当姐夫没说。"

"姐夫,你说吧。"向南停住碗勺。

"小妹,人这一辈子,哪有一帆风顺的呢?不管是山路还是海浪,都有高低起伏。"邓海洋循循善诱道,"人要是没有在低处痛苦挣扎过,那么也就感受不到高处的美好。"邓海洋的这碗"鸡汤"端得又平又稳,向南没吱声,静静地听他说。

"我和你二姐都知道,你在江家受了很大委屈。你二姐心疼你,希望我多劝劝你。"邓海洋像一位温暖的大哥哥一样继续道,"过去的委屈,你愿意记在心里也行,可是人还是得向前看,往好处看。你的当务之急,就是把身体给调养好。身体好了,心情才能好。你好了,你的两个姐姐才能好,全家才能放心,知道不?"邓海洋将向南的痛点踩得很准。

向南点点头,将碗里的红枣银耳汤都喝完了。

这时,向中推门进来了,手里还拿了一束百合花。

向前请了假,在向中家睡得很踏实。为了补觉,有力气继续战斗,向前将手机调成了静音。

高平在向前离家出走后,坐立难安了六七个小时,忍不住给她打了十几个电话。他不知道向前会带着孩子去哪儿,在头脑发昏的情况下,将电话拨到了向郅军和郑秀娥那里。

"爸,向前带孩子回来过吗?"

向郅军一大早正在阳台上练"五禽戏",接到高平的电话感到莫名其妙。"没有啊!"他极其敏感,"怎么?你们俩又吵架了?"

第六章 哀莫大于心死

高平被问得语塞，只得将昨晚的事儿如实相告。

向郅军一听，血压立马飙升，提高了音量冲电话里说道："那你还不快去找？！"

高平心虚，赶紧赔礼道歉。

向郅军不要听他的道歉，直接打断他道："打个电话给向中和向南，估计是去她们家了，不然就在哪个酒店！"向郅军恼火归恼火，对向前的行为判断还是非常准确的。

"那我打给向中吧。向南住院了，肯定不会去她那儿。"高平急糊涂了，说话完全不过脑子。

"向南住院了？！"这一大早的，对向郅军来说，真是一个惊雷接着一个惊雷。

"是啊，我听向前提了一嘴，说是身体不好，住在×××医院。爸，我不和您说了啊，我得赶紧打给向中。"说完，高平便急急忙忙挂了电话。

向郅军在原地怔怔地站了好几秒，然后跌坐到沙发上。他眼圈一下子红了，眼神发直。什么事儿都瞒着他这个当爹的，这群孩子，到底有没有把他这个爹放在眼里？！

"怎么了，老头子？"郑秀娥听见响动，赶了过来，"这大早上的，谁的电话啊？"

向郅军又急又气，直接冲她发火道："你大女婿电话！惊不惊喜，意不意外？！"

"哦，高平啊。"郑秀娥还没进入状态，"这有什么好意外的，说什么事儿了吗？"

"哼！"向郅军哼了一声，"他说的事儿可多了！你大女儿

向家的女儿（下）

离家出走，小女儿住院了！"

"南南住院了？！"郑秀娥大惊失色，丢下手里的东西，什么活儿也不干了。

"什么病啊？"

"你问我，我问谁去？！"说着，向郅军便怒气冲冲地起身，蹬上鞋就打车往×××医院去。郑秀娥跟在后头一路小跑地追，总算赶在出租车起动前上了车。

两个老人心急火燎地往×××医院赶，他们在医院门口碰到了刚出来的邓海洋："海洋！你怎么也在这儿？"

邓海洋看见二老，心瞬间重重一沉。坏了，事儿大了！邓海洋一边笑脸相迎，领二老进了医院，一边偷偷用手机给向中通风报信。

向中看到消息，说爸妈已经在医院的电梯里了，整个人瞬间不好了，出了一身冷汗。她不知道是谁走漏了风声，真是屋漏偏逢连夜雨，向郅军这时候来，不是添乱吗？但这事儿她不敢不和向南说，便装作若无其事地叮嘱病床上的向南道："那个……你住院的事儿，爸妈知道了。他们马上就到这儿了，你……想想要怎么和他们说吧……"

向中话音刚落，向郅军和郑秀娥就慌里慌张地推门进来了。

一见眼前的景象，郑秀娥先忍不住哭了。只见病床上的向南小脸儿蜡黄，向中陪在她身边，正瞪着一双眼睛，像看外星人一样盯着他们。向郅军颤抖着身子，一步步走到病床跟前，轻轻拉了拉向南苍白的小手，沟壑纵横的老脸满是心疼。

第六章　哀莫大于心死

60

"到底是怎么回事儿？"向郅军心疼地问。

"爸……"向中想先劝慰两句，却被向郅军反手狠狠地拍了两下肩膀。

"死丫头，你翅膀硬了啊！这么大的事儿，为什么不打电话告诉我和你妈？！你本事大了去了，还把谁放在眼里？！"

郑秀娥虽然对向南也是心疼至极，但这会儿见向郅军拍打向中发泄，忙不迭地又跑过来搂住向中："向郅军！你打向中干什么？！孩子这不是怕我们担心吗？"

向郅军还在埋怨向中："担心？！她就是嫌我们活得长，不气死我们，她不痛快！这么大的事儿……"

向南满脸无奈地拽了拽向郅军，小声道："爸，您就别怪二姐了，是我不让她说的。"

向中委屈得眼睛红红的，却无可奈何。郑秀娥下意识地搂了搂向中，向中却倔强地一抖肩膀，离开了郑秀娥的庇护。她虽然习惯了，但心里到底还是有些气。

向郅军眼里只有向南，向南一有事儿，便都是向前和向中的罪过，她俩就是向南的金钟罩、铁布衫。向南现在人心俱损，责任就理所当然地算在她们俩头上，从小便是如此。向中虽然不是个爱钻牛角尖的人，但此时仍然很生气，向郅军拍她的两下，是下了重手的。反正只有向南是他女儿，自己和向前都是垃圾堆捡来的！

向家的女儿（下）

"南南，快告诉爸爸，这到底是怎么了？"向郅军顾不得别的，声音颤抖地问道，竭力掩饰着内心的愤怒。

"爸，我身体已经没什么大事儿了，明天就可以出院了，您和妈不用太担心。"向南安慰道。

郑秀娥也围了过来，俯下身，小声问道："南南，有什么话，你跟妈说。好端端的，怎么会突然住院了呢？妈都心疼死了！这到底是咋回事儿？"

"妈，我没事儿。"向南回首往事，只觉得一个字也不想提。她之前眼泪一直流个不停，此时此刻，反倒需要她这个病人来安慰探病的二老了，把真相告诉他们，无非是多两个人一起伤心，倒不如含糊过去，大家都不必再纠结。

见向南啥都不肯说，向郅军的无名火又烧到了江宏斌的身上。"江宏斌人呢？！"向郅军吼道，"他们江家的人呢？！怎么连个人影儿都没看见？！"

向中和邓海洋面面相觑，不敢提一个字。

正巧，此时江家巧提着汤过来看向南，她站在病房门口，听见向郅军的怒吼，一时间进退两难。但两难也得进，向郅军摆明了是在挑理，她只得硬着头皮，装作若无其事地推门进去。

"哟，好多人哪！伯父、伯母也来了……"江家巧心中发虚，脸上僵硬地笑着。

郑秀娥抬了下眼皮，小声提醒了向郅军一句："这不是来了吗？"

向郅军严厉地瞟了江家巧一眼，冷哼一声："江宏斌呢？我要见江宏斌！"

第六章 哀莫大于心死

江家巧搁下汤,战战兢兢道:"伯父,您先别着急。我哥……我哥他今天公司有事儿,明天他会来接我嫂子出院的。"

"明天?"向郅军不吃江家巧那套,"他老婆都这样了,他还挑今天、明天?他就该二十四小时在这里陪床!"

江家巧原本是害怕,可一听这话又有点儿想笑。老头子想什么呢?指望她哥那么一个叱咤商场的人过来当护工,伺候病人?天方夜谭吧!

可偏偏向郅军的这句话,点燃了一旁的向中内心的不平。听她爸提到江宏斌,向中也先放下了和她爸的内部矛盾,一致对外道:"就是!江家巧,不是我说你们家人,我妹躺在医院里这几天,你哥来过几次?就住院那天来看了一眼就走了。这像话吗?你少拿明天接我妹妹出院的话来糊弄我!你以为我不知道,江宏斌最多就是露个面,说不定半道儿就走了,其余的事儿都是扔给司机!"

一听江宏斌就来过一次,向郅军的肺管子这回彻底气炸了,他咬着牙不说话,一张黑红黑红的猪腰子脸,死死盯住江家巧不放。

江家巧瑟瑟发抖,她要是能做她哥的主,肯定按住他天天过来陪床。可是……罢罢罢,谁让她姓江呢?

江家巧硬着头皮解释:"伯父,向中姐,你们先别生气。我哥他……他是想来的,就是……就是最近他手上有个特别特别重要的项目,已经进入最终阶段了。听说这个项目可以直接决定他们集团的生死,所以,他很难两头兼顾,一时分身乏术。我……我……我在这里也是一样的。嫂子,你有什么需要,尽管吩咐我去做，我给你端茶递水……"

"你少放屁！"向郅军一句话喝断了江家巧的辩解，"我闺女肚子里掉的，是他江宏斌的亲骨肉！这块肉要不是江宏斌给她揣上，她现在能躺在这里吗？！"

郑秀娥也不服气地替向南打抱不平："还有，她都怀孕了，你们怎么还能让她乱跑，去参加什么聚会呢？孕妇头三个月是最辛苦的！你们难道不知道？！"

显然，邓海洋在电梯里已经简明扼要地向老丈人和丈母娘汇报了他所知道的事情。郑秀娥一口咬定，如果江家人不逼着向南出门，也许悲剧就不会发生，所以江家至少要承担一半以上的责任。这一点，之前向中、向前倒还没和江家人理论过。

江家巧一张嘴难敌几张口，何况这事儿，她们家确实理亏。于是，她干脆垂下脑袋不说话了，以沉默和羞愧来应对向家人的一切质疑。

"爸，您别说家巧了，这也不是她的错。"向南依然善良，替江家巧开脱。

郑秀娥心疼地轻轻抚摸向南的额头，心想：傻孩子，你爸哪里是冲江家巧啊，他是替你鸣不平呢。

双方僵持不下，病房里的气氛如同乌云压顶，让人透不过气。半晌，江家巧实在扛不住压力，找了个借口哆哆嗦嗦地告辞了。

向郅军白了她的背影一眼，用江家巧能听到的声音，说道："自家嫂子病了，探个病磨磨叽叽！现在回家倒这么急，难不成是去奔丧啊？！"

第六章　哀莫大于心死

郑秀娥嗔怪地拽了向郅军的衣袖一下，又狠狠瞪了他一眼："医院里，别说什么奔丧不奔丧的，不吉利！再说了，你冲人家小姑子发什么火？"

"那我应该冲谁发火？"向郅军继续用高八度的嗓音嚷道，"我现在看见姓江的就头疼！滚了也好！"

向南面有难色地和向中对视了一眼，想让她帮着缓和下。向中心里也带着气，她身体不动弹，言语上也不接茬儿。这个稀泥她绝不可能去和，这个场面谁爱圆谁圆。江家巧就像是一阵风，多少能将向家人的态度吹到江宏斌的耳朵里。江宏斌真以为他们向家人都是团面，任由他揉搓吗？向中也咽不下这口气。

"我出去一趟。"江家巧走后，向郅军突然冷冷地说。

"你现在去哪儿啊？不先陪会儿孩子？"郑秀娥真是拿向郅军这头莽撞的狮子没有任何办法。

"要你管？你给我就在这儿待着！"向郅军背起手就往门外走去。

郑秀娥莫名其妙："嘿，我不在这儿待着，我能去哪儿啊！"

邓海洋追上："爸，您去哪儿？我送您吧。"

"不用！"向郅军奋力带上门，生生将邓海洋隔在了门里。

邓海洋十分无奈地转头看向中，

向中无所谓地说了一句："随他去！估计又找哪个树桩子发泄去了！"

这是向郅军的习惯。他一辈子憨厚老实，以前在单位里，也竭力塑造自己宽容大度的形象，遇到别人占他便宜的事儿，或是与人发生龃龉,就找个树桩子捶两下,然后安慰自己不要和小人一般见识。他不是不想计较,而是活在这尘世间,计较的成本太大。他怕与人发生冲突,尤其是由言语冲突升级为肢体冲突。他堂堂七尺男儿,不是没有血性,而是他家里还有三个嗷嗷待哺的小崽子。他若是为了逞一时之气,与人白刀子进红刀子出,闹出个三长两短,家里人怎么办?所以,前半辈子的大部分糟心事儿,他都默默隐忍了。

但是向郅军并没有"百忍成钢",今天向南的事儿就让他忍无可忍了。

"您去哪儿啊?"专车司机问。

"去洪江集团!"向郅军回道。他今天倒要好好问问江宏斌,他就是这么"疼爱、照顾"自己女儿的吗?

"哟,是洪江路的洪江集团吧?那可是个大公司,我最近还买了他们家股票呢。听好多人说,他们家股票近期肯定会大涨,这可是'内部消息'哈……"专车司机嘴快,和向郅军随意闲聊了两句。

向郅军只是冷冷地说道:"专心开你的车!废话真多!"

专车司机转头瞧了一眼向郅军,心想,怎么现在净是不好伺候的祖宗,打个车,话都不让人说了。

这会儿向郅军的脸上,清清楚楚地写着"生人勿近"。

61

"您好,请问您找谁?"洪江集团的保安走出来,客气地

第六章 哀莫大于心死

问道。

向郅军不知道,洪江的大门是人脸识别的。江宏斌是一个在科技上绝不落伍的民营企业家,对他来说,似乎只有在科技方面紧跟时代的脚步,才不会被嘲笑老土,所以别的公司有的,他的公司也绝不能缺少。任何事情,只要做到极致,都能赚钱。

"我找江宏斌!"向郅军气哼哼地说。

保安一时没反应过来,他们听惯了"江总""江先生""江董事长",以至于逐渐忘记了洪江老总的名字。

"江宏斌?"小保安鹦鹉学舌地重复了一遍。

保安队长马上走过来狠狠瞪了他一眼:"找江总的!"保安队长见向郅军来路不明,又恨声恨气的,既不敢得罪,也不敢掉以轻心,于是小心翼翼地试探道:"您和江总预约过吗?要不先打个电话?"

"预约个屁!"向郅军的耐心实在有限,他毫无顾忌地嚷道,"我是他老丈人!"说着就要往里冲。

保安队长眼见拦不住了,赶忙给总裁办公室秘书打电话:"门口有个人说是江总的老丈人!"

秘书一听,万分紧张,今天江宏斌在办公室会见重要客人,嘱咐过谁也不见。可现在是"泰山压顶",万一门口那人真是江总的老丈人,就这么拦着也不太合适。只是,这"老丈人"上门,江总怎么也没提前说一声?

秘书正对着电话拿不定主意,向郅军一把抢过保安队长手里的电话,吼道:"我不管你是谁,我现在就要见江宏斌!如果你们不让我进去,我就坐这儿不走了!待会儿江宏斌出来,就让他好好看看，你们就是这样为难他老丈人的！"

向郐军这一通撒泼耍赖，倒真把秘书给唬到了。秘书颤抖地在电话那头问："请问您贵姓？"

向郐军粗暴地吼道："我姓向！我女儿叫向南！"

一听"向南"这个名字，秘书更加慌了。江夫人平时很少来公司，所以知道她名字的人很少，秘书也是每年帮江宏斌填报一些有关家庭情况的表格才知道她名字的。能报出江夫人的名字，这老丈人起码有一半是真的了。

秘书没办法，让向郐军把电话递给保安队长，对保安队长说："先让他进来吧，我给他安排个会议室待着。"

"好。"保安一放行，向郐军就长驱直入，一路来到了洪江最高层。

秘书见一个六十岁左右的偻老头子面带愠色地猛闯进来，估摸着这位应该就是江总的"老泰山"了。她正想把向郐军安排到一旁的会议室，谁知向郐军压根儿就不搭理任何人，如入无人之境，直接往江宏斌的办公室门口冲去。

"江宏斌！江宏斌！你给我出来！我来了！你个兔崽子赶紧滚出来见我！"向郐军大喊道，他此刻被愤怒冲昏了头脑，他仅仅是一位急于为自己女儿出头的年迈父亲，至于其他的，都顾不得了。

秘书被吓得花容失色，恨不能上去捂住向郐军的嘴。她也是万万没想到，有生之年居然能听见有人喊高高在上的江总为"兔崽子"，感到惊心动魄的同时，心底又暗暗有些想笑。不过，这种感觉只是一闪而过，现下她必须拦住他不可。

第六章 哀莫大于心死

"江总特意交代了,今天有重要的事情,谁都不见!"秘书顾不得男女有别,上去生拉硬拽地把向郅军往会议室拖。

向郅军正在气头上,一身蛮力,他狠狠地甩开秘书,径直朝董事长办公室跑去,用十成的力气猛砸江宏斌办公室的大门。

"咚咚咚!!"他砸门的声响,几乎将整层楼的人都惊动了。他砸了一会儿,见没人开门,又发狠地对着那扇硬质木门狠狠踹了几脚。

秘书急得几乎要给向郅军跪下了,哀求道:"老先生,您行行好!江总今天真的说了谁都不见的!求您了,先去会议室坐会儿吧!等他好了我叫您!"

"放屁!"向郅军认定,到现在江宏斌都不开门,摆明了是在逃避,不想见他。他越发"怒从心头起,恶向胆边生",举起旁边一把办公座椅,就"哐哐哐"地往门上砸去。

人在失去理智的时候,总是能爆发出超乎寻常的力气。向郅军也不例外,这道平时固若金汤的大门,今天被砸了这么几下,竟然被砸开了。

江宏斌果然在里面。

向郅军还没来得及进去找江宏斌理论,就被眼前的一幕惊呆了。只见偌大的办公室里,坐了四五个穿西装的人,其中一个男人年龄偏大,看上去有六十岁左右,另外两个和江宏斌岁数差不多。门被砸开后,里面的人都用一种不可思议的目光看着外面的向郅军。

向郅军还想往里闯,却突然发现,屋里两米见方的茶几上,堆着一大堆红艳艳的百元钞票,十沓为一捆,少说也有一二百捆。这堆现金的数量之大,使向郅军第一眼看去还以为是冥币。茶几旁,还立着一只银灰色的行李箱,摆明了是装钱用的。

江宏斌此时已经火冒三丈,但表面上仍波澜不惊。他冷着一张脸,先是默默站起身,脱下身上的深色西装,盖住茶几上的钞票,然后又故作轻松地高声对秘书说:"来了个结尾款的客户,你去把财务总监叫过来,正好一起清点下。"

江宏斌见门外有几个看热闹的员工,于是厉声斥道:"看什么看,自己手上都没事儿干吗?!都滚回去干活儿,顺便帮老子把保安队长叫来!"

一个机灵的同事,立刻给保卫科打了电话。

向郅军没空管江宏斌的这些破事儿,他现在只想弄清楚两个问题:第一,向南的孩子没了,他江宏斌到底有多少责任?第二,向南住院的这一个礼拜,江宏斌为什么几乎没去过医院?

向郅军如同一个醉汉,不管不顾地冲上去,想要揪江宏斌的衣领。江宏斌也不是吃素的,反手就将老丈人推搡在地上。

这一下子,向郅军直接就蒙了:女婿揍岳父?这江宏斌还是人吗?!

向郅军压抑多年的血性在此刻直冲脑门儿,他拼尽全力站起身,扑向江宏斌。他凭什么欺负自己的女儿?凭什么欺负自己这么个年过花甲的老头子?不就是有俩臭钱吗?再怎么说,他也低自己一辈儿,就算自己死了,他也得跪在坟前乖乖给自己磕头!简直是大逆不道!……向郅军觉得自己的尊严受到了严重侵犯。

第六章　哀莫大于心死

眼看向郅军和江宏斌就要扭打在一起，办公室里另外几位衣着光鲜的"绅士"也不得不站起身来拉架。唯有那位和向郅军年纪相仿的老人，一动都没动，阴着一张脸，静静地看热闹。

"保安来了！"秘书如救火队员一样，带来了整个保安队。

"江总，江总，您没事儿吧？"众人都被吓坏了。

"把他赶出去。"江宏斌镇静地整了整脖子上的领带，吩咐道。

"这……"保安队长不明白眼前的状况，他担心万一这老头子真是江宏斌的岳父，就这么把他打发走了，日后会不会……但他看到江宏斌那愤怒又阴冷的眼神，立刻不由分说地把向郅军推到了距离江宏斌十米开外的地方。

"赶紧弄出去，别折腾出声响！"江宏斌低声对秘书说，然后转身回到会议桌旁。

秘书会意，拼命冲保安挥手。四个保安抓起摔在地上的向郅军，试图把他拖走。

向郅军又急又气、又恼又恨，脑袋里一团糨糊，连自己来干什么都不记得了，只是一个劲儿地高喊："江宏斌！我是你老丈人！我是你岳父！你在家得管我叫爸爸！兔崽子！你今天敢打老子！你不怕遭雷劈啊你！……"

保安们七手八脚地把向郅军往外拖，向郅军一边挣扎一边继续骂着："江宏斌！你个王八蛋！我当初怎么瞎了眼，把女儿嫁给你这种禽兽！你不得好死！你天打五雷轰！……"他的声音渐渐消失在大厅尽头的电梯间里。无论他再怎么咒骂，江宏斌都已经听不见了。

江宏斌关上残破的门,重新整理思绪,仿佛什么都没发生似的,继续和在场的人谈事儿。今天也不怪他发火,来的人,确实是向郅军惹不起,江宏斌也得罪不起的人物。

62

向郅军灰头土脸地被保安"护送"出了洪江办公楼。他跌跌撞撞地走出去几步,才感觉胳膊肘一阵生疼。他不敢言语,烈日下,整了整头发,又往医院赶去。

病房里,郑秀娥耐心地削着苹果,削好后还用开水烫了一下,才递给向南:"南南,出院后,你打算住哪儿?"郑秀娥觉得江家是个是非之地,心里并不希望向南回去。

向南咬了口苹果,没吱声。她心里也很矛盾,如果回家住,向郅军肯定会追在她屁股后面问个没完没了,可若是回江家……

"向南住我那儿去!"向中抬起头,笃定地说。

病房里一片安静,大家都在思索这个提议。半晌,邓海洋有些为难地小声提醒向中:"老婆,大姐还在咱们那儿,还有左左、右右……"

可向中主意已定,懒得听邓海洋絮叨,她朗声道:"这有啥?你去我爸妈那儿住!"向中用食指朝邓海洋一指,不容商榷地命令道。

"我……"邓海洋蒙了,"去爸妈那儿……住?!"他瑟瑟发抖。和向郅军这种老丈人住在同一屋檐下,用脚指头想想,也

第六章 哀莫大于心死

知道一定是老刺激了。更何况，金窝银窝都不如自己的草窝，寄人篱下的日子，绝不会好过。向中这是把自己往火坑里推啊！

"没错，你带着左左、右右去爸妈家住！爸妈会帮着看孩子的。"向中道，"这段时间，我和大姐要好好照顾南南。"

郑秀娥思忖了一下，感觉这也不失为一个好的提议。向南现在的情况，除了需要调养身体，还需要心理疏导，和两个姐姐住一阵儿，有些体己话也方便说。于是，郑秀娥道："海洋，要不就听向中的吧。你搬我们那儿去住两天，妈给你做好吃的。你不是喜欢吃妈做的红烧肉吗？妈顿顿给你做。"

邓海洋硬着头皮，为难地点了点头。老向家这上有老下有小的担子，竟一瞬间压在了他这个二女婿身上。就当是为了红烧肉吧。

入夜，邓海洋带着左左、右右搬到了向中的娘家。郑秀娥热情地又是给邓海洋拿毛巾，又是给他换新的床单，可邓海洋却完全没有心情，他时刻担心着向郅军找他麻烦。

不过，向郅军今天从医院回来以后，就一直把自己关在房间里，闷不吭声，也不出来走动，与邓海洋的预期形成了巨大反差。

向郅军独自在卫生间里洗澡，洗漱台上放着一瓶红花油。他强忍着疼痛，自己伸手去给伤口擦药，碰巧此时郑秀娥推门进来了。

"你有病啊？！我洗澡呢！"向郅军被吓了一跳，瞬间暴怒。

郑秀娥也被眼前的场景和一屋子的红花油味儿给吓了一跳，讶异道："你这都洗了四十多分钟了，我怕你晕过去……啊？你这胳膊肘怎么了？！还有这腰……老向啊，你这是出车祸了，还是跟人打架了？！"

向郅军光着膀子，不吱声。

郑秀娥冲过去，掐了他一下："你倒是说话呀！"

向郅军还是默不作声，只是把红花油递给郑秀娥。他下定决心，江宏斌对他做的事儿，暂时不能让任何人知道。如果郑秀娥知道了，那向南肯定就知道了。这个"哑巴亏"，他吃了也就吃了。现在这个当口儿，不能让旧伤未愈的向南再添新伤。

"没事儿，过马路摔了一跤。"向郅军佯装轻松地说道。

"过马路？哪个路口？有监控吗？是不是电瓶车撞的你啊？！"郑秀娥抛出一连串问题。

向郅军又暴吼起来："都说了没事儿了，哪儿那么多废话？！这油，你擦不擦？不擦就滚！"

郑秀娥蹙眉，叹了口气："得得得，擦，擦！你转过去。"她又不傻，这种伤怎么可能是过马路自己摔的？他要真是被人撞了，早闹得沸反盈天了，也就骗骗三岁小孩儿。

向郅军走后，江宏斌沉住气，重新坐了下来。

明华冷冷地看了他一眼，用嘲讽的语气说："难得看到江总的家事，大开眼界。"

江宏斌心里窝着火，但嘴上仍淡定地说道："嗐，明叔见笑了。这家家有本难念的经，矛盾就跟那锅底灰一样，不翻过来，谁也看不见。"

第六章　哀莫大于心死

在座的还有另外两个人，是江宏斌的死忠，也是江宏斌布出去的外线。

方才向郅军这么一闹，公司里难免有人围观，江宏斌很怕这两条外线会暴露。毕竟，他能在外面布线，外面的人也可以在洪江布线。在商场上，谁是谁的人，要么靠猜，要么靠试探。兵不厌诈，是永远不变的商战法则。

"明叔，世纪城的项目，就多拜托您了。"江宏斌站起身，将桌上的钱装进行李箱，"您和您老战友说一句，就顶我们忙活一辈子的了。"

明华笑而不语。

临走时，明华问："明蔚和Mavis最近没给你添麻烦吧？"

江宏斌心如明镜，立刻说道："怎么会呢？以前我给您开车的时候，明蔚就跟我亲姐一样。"

"嗯。"明华点头满意地离开。

明华走后，江宏斌立马换了副面孔，对身边人阴冷地问道："底都留好了吧？"

"江总，您放心，咨询过律师，他跑不掉。"

"那就好。"江宏斌望着远去的轿车暗自盘算着，这张网已经完全铺开了，接下来就等着收网捞鱼了……

第二天一早，向前和向中就过来替向南收拾东西，向中已经把家布置好，打算迎向南回去。

谁知，她俩一推门就发现，江家的司机比他们还早，江家巧也来了。

向南显然不想看见马师傅,她满脸写着不情愿,一直不动弹。任凭江家巧好话说尽,她全当耳边风。

向中质问江家巧:"江宏斌呢?!"

江家巧说:"马上要竞标了,我哥今天必须去参加董事会投票。"

向中白了她一眼,向前却把这句话听进耳朵里去了。两姐妹默默地把东西收拾好,扶起向南就往楼下去。

江家巧带着哭腔在后面苦苦哀求:"好嫂子,你要是不回家住,我哥不会饶了我的!我求你了好不好,先跟我回去吧!"

向南站住脚,向中和向前也一起停下。大病一场外加经历了生死,向南不再像以前那样隐忍了,她转过身,不卑不亢地对江家巧说:"所以,你是怕你哥说你,才跑这一趟的吗?"

"嫂子,我不是这个意思……"江家巧心急如焚,她也的确不全是为了她哥才来的。

"家巧,你哥的感受是感受,别人的感受就不是感受了吗?"向南冷冷道,"请你回去转告你哥,我对他非常失望,请他好自为之。"说完,向南就在两个姐姐的陪伴下,头也不回地离开了医院。

江家巧和马师傅无比尴尬地站在风里,接了个空。

向中家里,向中热情地张罗着:"南南,你住主卧,我和大姐在次卧挤一挤。"

向南有些不好意思地谢她:"二姐,给你添麻烦了。"

向前嫌她们磨叽,直接打断道:"都是一家人,在这儿瞎客气什么?南南,你接下来是怎么打算的?准备和江宏斌离

第六章 哀莫大于心死

婚吗?"

在医院躺了几天,向南的心平静了许多,也想明白了很多。

"离是肯定要离的。"孩子没了,向南万念俱灰,哀莫大于心死。她之前对江宏斌还有留恋,可当他们之间唯一的联系消失的时候,江宏斌竟然无动于衷。这种态度让她瞬间明白了,一切都是她自作多情。

"离!必须离!"向中义愤填膺,"这种人渣,留着过年吗?"

向前是过来人,听到这里沉默了一下,没有跟着起哄:"南南,离婚是人生大事,你可得想清楚。我知道,你现在刚流产,心里带着气。可……姐说句你不爱听的,如果离了婚,那以后再结婚,你可就是'二婚'了。"

向中见不得大姐厌,立刻反驳了一句:"大姐,你不就是'二婚'吗?怕什么?!"

向前狠狠瞪向中,反问:"那你也不看看,现在我过的是什么日子!"

向中语塞,知道自己失言了。

向南倒是很平静,她抬起头,眼神坚毅地说道:"大姐,二姐,这婚是肯定要离的,可怎么个离法,我还没想好……"

"你想怎么离?"向前问。

向南抿了抿唇,没有立即回答她。

向中道:"能怎么离?先找律师协议,不行就上法院,起诉离婚!"

向前气道:"向中,你能不说话吗?!你是觉得自己钱比江宏斌多,能请到比他更好的律师,还是觉得自己路子比他野,能搞得定这场官司?!"

向中的一腔热血被这句话砸得瞬间凉了下来。

向南脸上的神色更加黯淡了。

三姐妹一时间陷入了沉默中。当初向南嫁去江家,向前和向中都为妹妹庆幸,觉得江宏斌是个有能量的男人。可是,她们那时都被喜悦冲昏了头脑,一时竟忘了,拥有能量的男人,手中握着的其实是一把双刃剑。当他爱你时,可以抽刀护你一世平安;当他不爱你时,转眼便能拔剑相向。

63

三姐妹正郁闷着,向南一抬头,猛然瞥见了向中家客厅里悬挂着的巨幅油画。这是……自己以前画的吗?如此熟悉,却又如此陌生。她款款起身,凝视着画面上那些色彩,自由、奔放。

见向南的眼神被油画吸引住,向前和向中也循着她的目光望去。

这幅抽象画是向中结婚时,向南在画室赶了五个通宵,才绘制完成的作品。作品中红、黄、蓝三原色用得那样大胆,其中既有波普艺术的风格,又有马蒂斯的狂野味道。向南早已忘记了,原本她也是一个文艺女青年。

"你看你那时候画得多好啊!"向中很喜欢向南的这幅作品,虽然邓海洋几次表示看不懂,但她还是坚持把小妹的这幅画作挂在客厅最显眼的位置上。她要日日沉浸在小妹的才情里,

第六章　哀莫大于心死

也要来到她家里的每一个人，都为她妹妹震撼人心的才华所倾倒。

"就是啊，我一直觉得你能成为维米尔！"向前仰着头附和。

向中侧目瞪她："南南和维米尔不是一个风格的！"

"那怎么办？我就知道这么一个画家。"向前果然在艺术上没什么天赋，随了向郅军。

"不如我们把小妹以前的作品拿出来欣赏欣赏？"向中提议。

最近家里发生了太多事儿，三姐妹都需要找扇窗户透透气。向中拿出自己的平板电脑，里面保存着向南从小到大几乎所有的画作，甚至桌面都是用她的画设置的。三姐妹沉浸在单纯而虚幻的色彩中，啧啧称赞。

向南一时间也有些恍惚，这些明快鲜艳的作品，真的是出自自己的双手吗？

"爸妈这辈子做得最正确的一件事儿，就是送南南去学画。"向中低头感慨，手指继续往下滑。

向前点了点头，表示认同："是呀，画得实在是太好了！要是左左和右右在就好了，这些也该给他们看看，让他们将来和小姨一样，当个才华横溢的艺术家！"

向南抿起嘴唇，羞红了脸。

入夜，向前和向中在次卧入睡，向南披着一袭薄薄的真丝睡袍，趿着鞋起来。

她打开了客厅里的吊灯，独自默默盯着自己的那幅画作。嫁入江家一年多的时间，所有的回忆像潮水般涌来，让她几乎喘不过气来。

向家的女儿（下）

她喜欢康定斯基，有时她会想，其实人生拆解开，又何尝不是"点""线""面"呢？她和江宏斌，原是两个毫不相干的点，缘分就是那条看不见的红线，将他们俩牵到了同一个世界。艺术代表着抽象的精神，或许爱情也是。自由的形式不该变成僵硬的色块，这一切，该有个了结了。

"怎么还不睡啊？"向前一向睡眠浅，听到外面的动静，鞋都没来得及穿，赤着脚就出来了。

向南如入定般，安安静静地坐在沙发上，她稚嫩的脸上再也看不出天真的气息，反而充斥着某种复仇的狠厉。

"姐，明天我想搬回江家住。"她平静地说道。

向前叹了口气，在她身边坐下："这婚不离了？"

"要离的。"

"那……"向前心疼地望着她。

向南抬起眼睑，拢了拢肩上的睡袍，仿佛是在整理将军出征的披风："姐，你上次说，江宏斌想和你们滨江做生意？"

向前突然被向南这么一问，心想：这丫头不会是病傻了吧？她不禁抬手摸了摸向南的额头，确认没问题后叹了口气："是啊，我正为这事儿烦心呢。"向前放下手，忍不住吐槽了两句："这不最近被家里的事儿闹得我都没心情去关心了吗？董事长都让秘书联系我两次了，想约我见面。"

向南安慰道："姐，你明天去工作吧，我没事儿。左左和右右，爸妈会照顾得很好的。滨江的单子，我会想办法帮忙……"

向前点点头，把向南送回卧室，替她掖好被角："睡吧。"

向南乖巧地翻了个身，就这样沉沉睡去了。

第六章 哀莫大于心死

第二天一早,向中正在张罗早饭,突然收到王玉溪的一条微信:"这两天还好吗?"

向中放下筷子,回道:"还行。"她以为王玉溪接下来会发几句关切的问候,谁知,这一问一答之后,对方竟然再没有下文了。

他是什么意思?向中被他大早上的一条微信撩拨得坐立不安,以至于向南说了两遍要回江家住,她才反应过来。

"什么?回去?南南,你疯啦?!"向中惊叫道,"这绝对不行!你身体还没完全恢复,回去谁照顾你啊?"

"我自己能照顾自己。"

"那也不行!万一他们又给你气受怎么办?"向中坚决不同意。

向南不知是对向中还是对向前说:"姐,我得回去拿回属于我的东西。"

她没有呼天喊地,也没有慷慨陈词,可就是这么轻描淡写的一句话,却让向前和向中目瞪口呆,哑口无言。这……还是在她们羽翼守护下的那个柔柔弱弱的小妹妹吗?向南的话,不是在和任何人商量,而是宣告她做出的决定。

向前心疼地摸了摸向南的手道:"南南,你心里是不是有什么打算?可不能瞒着我们啊!"向中则瞪着迷惘的眼睛说:"南南,你别这样!我害怕……"

向南此时的表现,就好像电视剧里即将黑化的女主一样。

这些天,向南想得很明白。当她躺在冰冷的病床上,手上输着冰凉的液体的时候,就感觉江宏斌宛如一尊冷漠的冰雕,

向家的女儿（下）

矗立在她永远看不见的地方。医生用冰冷的器械，将她的子宫刮干净的同时，也将她的心掏空了。也许曾经的努力都已成空，可为了不让姐姐们伤心，向南总还得挣扎着，遍体鳞伤地继续活下去。

"我要回江家。"向南道，"嫁给江宏斌一场，总不能一个子儿也捞不着吧？人没得到，留下点儿钱也是好的。婚我是一定会离的，回去这一趟，只是为了取证，为离婚做准备。"

向前和向中惊叹于向南竟然有这样的勇气，果然被伤透了的女人，天下无敌。

"行！你想清楚了！大姐支持你！"向前拍着桌子同意。

向中更是兴奋异常："二姐也支持你！咱不尿，不怕！"

三姐妹同时在餐桌上伸出手，坚定地交叠在一起。这一刻，她们掌心下的豆浆、油条，在刹那间似乎都有了气势。姐妹同心，其利断金。

……

向南下单了两支录音笔和一个车载行车记录仪，寄到向中家。三天后，向南爽利地收拾好行李，打电话叫马师傅来接她。

"哎哟，夫人，您终于肯回家了！这老板和老太太可都盼着您呢！"马师傅热络地替向南拿行李。这些话也不知是谁教他说的，虚伪又敷衍。

向南戴着墨镜，面无表情地任由他服务。

等私家车开到江家别墅门口时，江家巧已立在那里翘首以盼了。经此一事，江家巧一直很心虚，她和向南之间的地位，似乎不自觉地相互颠倒了一下。以前是向南关照她的感受，这

第六章　哀莫大于心死

几天，倒是她小心翼翼地听从向南的指令。

"嫂子，你可回来了！"江家巧迎上来，帮忙提行李。

往常，向南总会和江家巧客气一下，可是今天她竟然看也不看对方，冷着面孔，径直往自己的主卧去了。

江家巧在马师傅面前闹了个没脸，只得自我解嘲道："啧，这气还没消呢。"

今天是周末，恰巧江梓涵在家，一听说向南回来了，忙从床上一骨碌地跳起来，连蹦带跳地就往向南的房间跑。

"妈！"她雀跃着扑到向南怀里。

向南被她扑了个趔趄，方才的高冷瞬间无影无踪。这一句"妈"，让她哭笑不得。

"别别别，梓涵！这称呼太别扭了。"向南摘下墨镜，脸上恢复了和善的表情。

"那……小妈？"江梓涵开心地歪着头，脸上都是止不住的笑意。

"别别别！"向南的手都快摇断了，"还和以前一样，叫我向南吧。"

"好的，南妈。"江梓涵的脸在向南的肩头蹭了蹭。

向南捧起江梓涵粉嘟嘟的脸，仔细看了看，淡淡的忧伤中，二人一笑泯恩仇。

错的是江宏斌，祸不及子孙。江梓涵也是可怜人，向南会考虑她的感受。

64

　　入夜，江宏斌带着微醺的酒气，领带松散着回来了。
　　当他在昏暗的房间里看见正在台灯下看书的向南时，显得有些惊讶。但很快，见惯了世面的他便镇定下来，嘴角勾起一丝轻蔑的笑意："回来了？"
　　向南默默合上手里松本清张的《黑色皮革手册》，抬起头，和这个爱过也恨过的男人对视了一眼，云淡风轻地笑道："是。"
　　"回来了就好，好好过日子吧。"江宏斌对着穿衣镜，彻底松开脖子上的领带，仿佛一切都没有发生过一般。
　　向南忍着恶心与愤恨，竭力在脸上挤出一丝温柔的笑容，款款走过来，替江宏斌褪下深色西装外套。
　　她看似温柔又略带讨好的行为，更使江宏斌认定她是一个无法自食其力的女人，加深了心里对她的蔑视。将一个女人的尊严踩踏得差不多时，便离彻底控制她不远了，江宏斌的心里腾起一丝得意。
　　"好好过日子"，向南边挂西服，边在心底默默咀嚼这五个字，就像反刍一样，直到感觉反胃为止。
　　江宏斌躺到床上，望着向南单薄的身体，问："身体好些了吗？"这句毫不走心的关心，听得向南更加心寒，她甚至觉得还不如不问。
　　"好多了。"她一转身，呈现出的却是灿烂如花的一张笑脸。
　　江宏斌意味深长地盯着她看了一会儿。

第六章 哀莫大于心死

皇天不负有心人,向南拼命表现出来的真诚,终于瞒过了狐狸的眼睛。

"我去洗澡。"他安心了,欲起身离开这二人的空间。

江宏斌觉得,向南不配向他求安慰,也不配向他要补偿,这一切都是嫁给他这样一个事业有成的男人的代价。可如今向南觉得,任何代价都可以明码标价。

"我明天想去商场买点儿东西,卡可不可以给我?"向南转身走过来,轻柔地问道。

"买东西啊?"江宏斌迟疑了一下,心想果然女人都一样,对向南更加蔑视了。不过一点儿小钱就能摆平的事儿,他不会吝啬。他觉得做人要有大格局。

"叫家巧和你一起去吧,卡你们随便刷。"他说道。

向南早知枕边人会这样说,因为江家巧就是他的"得力监工"。不过,这种让江家巧盯梢的控制手段,她不想再忍受了。

"不要嘛。"向南突然柔情似水地靠过去,搂住江宏斌的脖子,撒娇道,"每次家巧在,我都得先陪她逛,自己反而逛得一点儿都不尽兴。这一次,能不能不这样啊?"

他俩已许久没有亲近,江宏斌对向南这反常的举动有点儿意外。但很快,他习惯性地摆出逢场作戏的笑容:"家巧可以帮你拎东西。"

"不要。"向南尽力媚眼如丝,粉面含羞,"就让我任性一次吧。"

江宏斌假装宠溺地看着她的眼睛,心里满是狐疑。半晌,他警惕地问:"向南,你怎么和之前不大一样了?"

向南娇嗔道:"这不是进了趟医院,走了一遭鬼门关吗?我现在想明白了,女人还是要对自己好一点儿。"

江宏斌这样的老江湖,对她这个俗气的回答却异常满意,他本就是个俗气至极的人。向南说得符合人性规律,这不过是"受伤未愈"的后遗症罢了,入情入理,不值得上心。

他从衬衫口袋掏出皮夹子,抽出一张黑卡递给向南。这薄薄的一张塑料卡片,仿佛顷刻间便买断了他们之间的所有恩怨,抵消了江宏斌心底那点儿本就不多的愧疚。

向南轻轻接过那张卡片,塞进自己真丝睡袍的口袋,而后蜻蜓点水地亲了"金主"一下:"快去洗澡吧。"

江宏斌下床,向南转身却立即变了脸色。她想逆袭,首先得从钱财上动脑筋,没有经济基础,何来的上层建筑?

这几日,她已想得足够明白。可江宏斌还当她是那个不谙世事的小白痴,也许他觉得失去一个孩子的刺激,都不足以改变一个人吧。

一早,向前咬着一块饼干,急急忙忙地穿上鞋出门了。

向南走了以后,向中果然就恢复了她大懒虫的本性,不再起床做早饭,八点多了,还只顾自己蒙头大睡。

向前在向中家混了几天,今天实在拖不过去了,必须去滨江上班。事业上的压力,成了短暂抑制婚姻伤痛的良药。

董事长今天约了柴进和向前去顶楼谈事儿。向前抹着嘴边的饼干屑匆匆忙忙赶到时,才发现董事长一大早就摆开了牌桌,垒起了"长城",坐等柴进和向前陪他打牌。

第六章　哀莫大于心死

"这一大早就打牌,不太好吧?"向前坐下后逮了个空,悄悄对柴进吐槽道。

柴进笑而不语,董事长就这个脾气,时而像顽童,时而像智者。

第一圈还没打完,秘书就端上了早茶,还冒着热气。

董事长摸了一张好牌,温和地笑着进入正题。他举重若轻地问柴进:"洪江的事情推进得怎么样了?留给你的时间可是不多了。"

柴进最近正为这事儿焦头烂额,而且因为办事不力,他感觉董事长似乎在有意疏远他,所以此刻急于表功道:"您放心吧。洪江的内线我已经布好了,花大钱收买了几个中层。他们说,江宏斌有意搞一个有品位的高端艺术园区。艺术园区需要的高建钢和玻璃,我会尽快跟供应商预订,到时候只要我们手里有货,不怕他不跟我们签单。"他说得胸有成竹。

任何情况下,都有那种为了利益而出卖节操的人,这群小人有时候用好了,也能办成大事。

向前默默听着,出牌码牌,没有接茬儿,宛如一个局外人。

董事长又和了两把,却不接柴进的话。

柴进一阵忐忑,回想自己刚才是不是哪句说错了。"董事长,我……"他想再补充两句。

"碰!"董事长扬眉看牌,没有给他这个机会。

"只要我们的货提前拉足,洪江在其他地方买不到这个品质的货,还是要来找我们……"柴进更加着急,手里的牌捏着捏着,就出昏招了。

"杠！"董事长继续打牌，"你出呀！"

"嗯嗯，董事长，我这就出。"柴进玩了个心眼儿，接下来把把拆"听"，给董事长"点炮"，讨董事长欢心。

"清一色带幺九。"董事长终于尽兴了，推了牌，笑着看了看柴进和向前，"柴进，你又'相公'了吧？"

柴进苦笑着，和向前对视了一下。向前不输不赢，算是个陪跑，她没有卷入战火的意愿，只隔岸观火。

董事长挥了挥手，立刻有秘书过来收走碧玉的麻将牌。

"向前，你来了这么久，怎么不说话？"董事长侧脸问。自打向前坐下，他就一直留意着这个"闷葫芦"。

向前尴尬地笑笑："我没啥好说的。"

"怎么就没啥可说的呢？洪江的项目，你也跟了这么久，之前我们俩不是交流了挺多的吗？"董事长暗示她别想"事不关己，高高挂起"。

无奈，向前诚恳地说道："董事长，最近我家发生了一些事情，我想退出洪江的项目。江宏斌是我妹夫，我不想把个人感情带到工作中，影响公司的大事。"

"是你妹妹流产的事儿吧？"董事长端起面前的茶，抿了一口，不动声色地揭了向前的底。

不是董事长太八卦，而是商圈从来就没有秘密。个人隐私只要对生意有用，每个公司里公关的耳朵都会伸得跟兔子耳朵一样长。人人皆狗仔，只要消息能换钱。

"既然董事长都知道了，在这个当口，我就不瞎掺和了。"向前实话实说，"我妹妹现在和我妹夫关系紧张，未来他们俩是

第六章 哀莫大于心死

什么走向，我也不知道。但是无论如何，我都会站在我妹妹这边。所以……万一以后我和江宏斌撕破脸，只怕耽误了滨江的计划。"

董事长默默听完，目光收回时，又瞥了柴进一眼。

柴进自然不愿意向前临阵脱逃，但医院里的状况，他也不是没见识到。江宏斌精明老辣，即使现在向前满脸堆笑地去和他虚与委蛇，他应该也不会相信了。柴进想，大不了抛弃废子，权当她这条人脉断了，自己把接下来的事儿都扛起来。

这时，秘书给董事长递了杯温牛奶。

谁想到，董事长猝不及防地猛一挥手，打翻了牛奶杯，白色的牛奶飞溅出来，瞬间灿若雪莲。

这是真动气了？向前第一次见深沉老练的董事长动怒，一时间怔怔的，有些反应不过来。她和柴进赶紧站起来，低眉下首。这已然无关饭碗，翻掉的牛奶里，有着董事长对他们俩深深的失望。

"现在的年轻人就是这样做事的吗？要么在原有的套路里不断重复，要么遇到一点儿波折就退缩！难道这就是滨江人？这就是我指望的滨江后辈？"董事长措辞严厉，痛心疾首。

柴进和向前在他强大气场的压迫下，直想立刻跪下，高呼"董事长息怒"。

65

"柴进，你知道这次洪江的事儿，我为什么对你失望透顶吗？"秘书跪在地上收拾残局，董事长打开天窗说起了亮话。

"我不知道。"柴进垂着头，小心翼翼。

董事长看着不远处的一幅山水画，幽幽道："这些年我对你就像对亲儿子一样，从你进这行，在商场上进进出出，我哪一步没有带着你？"

"是。"柴进乖觉如孝子。

"你……终究只学了皮毛。十年前，你就会见人说人话，见鬼说鬼话，塞出去的钱，总要变着法儿地赚回来。"董事长恨铁不成钢地说道。"可惜……十年过去了，你竟一点儿长进都没有！你这里……"董事长指了指自己的脑子，"你这里就不会自己动一动？永远被人牵着鼻子走？"

"董事长，我……"柴进脸颊通红，确实无从辩驳。

多年的声色犬马，让柴进做生意的方式，已经形成了僵化的套路。人情世故，便是换取巨额财富的便捷钥匙。吃饭的家伙，可以是刀枪剑戟，也可以是一双筷子。

"向前。"董事长又转向向前，犀利地点破她，"你是那么容易就放弃的人吗？在滨江十年，你很少掉过单吧？如果因为一点儿家庭琐事，就放弃了你辉煌的纪录，你觉得值得吗？"

"董事长，我……"向前支支吾吾，耳边的碎发遮住了她滚烫的两颊。

"江宏斌从来就不可怕，可怕的是，你们一个个都丧失了斗志！"董事长面容阴冷地跷起二郎腿，秘书识趣地替他点燃一支雪茄，"你们长着眼睛，心却不明。成年人的世界里，最讲究眼见为实。世纪城的项目，人人都说江宏斌志在必得，可你们

第六章　哀莫大于心死

谁又注意过，那合同上盖章了吗？"

"嗯？！"柴进和向前同时震惊地抬头。董事长话里有话，仿佛拨开了一团巨大的迷雾。

"呵呵，授人以鱼不如授人以渔。我现在就算把答案拿给你们抄，你们都未必能全对！"董事长站起来，背过身去看落地窗外迷蒙的风景，"各自上些心，别总想着打退堂鼓。"董事长声音幽远，态度坚决："柴进，这件事儿办不成，老子打断你的狗腿！以后，'父子之情'一刀两断！向前，盘下洪江这一笔，你的提成够给你那离婚的妹妹买一套房子的了。孰轻孰重，你们自己掂量吧。"

话已至此，秘书送客。柴进和向前带着一头雾水和满脸羞愧退了出来。

柴进一言不发地回到自己的办公室，向前犹豫了一下，也跟了进去。她抱着胳膊，在柴进的办公室里来回踱步，董事长那天拆分汉堡的画面和那句"你看见我吃了吗"，不停地在她眼前、耳畔闪回。

柴进想和向前推心置腹，奈何此时他的脑子里是一锅糨糊。

"季纯走之前，有没有告诉你洪江的采购清单？"半晌，向前停住脚步问道。

柴进抿唇仔细思忖了一番，而后坦率地说："当然。石材、花岗岩、铝合金等。"

向前点了点头，看来他们之间的关系的确不一般。她又想到，按之前和柴进的推测，如果江宏斌要做高端园区，那么还需要采购高建钢、框材、釉面砖、外墙涂料等，这些几乎包揽

向家的女儿（下）

了传统建筑的所有建材门类。但……董事长说的那句"你们长着眼睛，心却不明"是什么意思？莫非，江宏斌的志向压根儿就不在世纪城？

可是不对啊，他和明蔚最近走得那么近，不就是为了通过明华的关系，拿下世纪城吗？世纪城是城市规划中的重点项目，中标后很快就要开工，江宏斌应该着急囤积建材才对。目前石材和铝合金在码头盈润的集装箱里，迟迟不能出货，盈润为此元气大伤，季纯甚至为这个远走他乡，可见盈润的老板对这摊生意也并没有什么信心。而且她听说，盈润的吴总最近一直敦促手下的得力干将四处拉客户，就是想尽快出清这批货。出货的消息已经放出去了，江宏斌那边却并不着急，可见，这不是他等着下锅的米。

那么……向前百思不得其解。整个问题就仿佛一团乱麻，卡在了一个绳结那里，明知只要解开绳结便一通百通，却偏偏就是解不开。

柴进则深陷董事长说他不会用脑子的反思之中。他当销售，确实已经当到头了。当销售，不就是被客户和利润牵着鼻子走吗？董事长问他什么时候可以不被这些牵着鼻子走，又是什么意思？他冥思苦想，仍想不明白。

同被嫌弃的俩人，在办公室里猜了一上午谜，眼见毫无进展，便打算各自散了。临走前，向前把家里的糟心事儿，对柴进吐槽了一番。

柴进撸起袖子就要去找高平干仗："反了他了！养起小三来了！竟然叫我干儿子、干女儿吃亏？！"柴进一向对左左、右右

第六章　哀莫大于心死

疼爱异常，此刻心中满是不忿。

"别'小三''小三'的。这几天我也想明白了，到底没拿到他俩苟且的证据。李书带坏左左、右右是真，但她到底和高平有没有苟且，还不知道。"向前低着头道。

"哎哟，我的傻丫头！你真是太不了解男人了！"柴进劝向前不要自欺欺人，"男人都一样，李书这种白送上门的，高平怎么可能拒绝？他们背着你都不知进展到什么程度了！"

"你也别把人都想得那么不堪。"向前当着柴进的面，死死守住对高平的最后一丝信任。

掩耳盗铃也好，自欺欺人也罢，路遥知马力，日久见人心，总有真相大白的那天。

"唉……"柴进深深叹了口气，双手抱头，让向前先出去，他要静一静。

向前掩上门出去，她和柴进说的倒也是心里话。

向南拿着江宏斌的卡，先去买了两个最新款的包，又挑了两条最时髦的连衣裙。短短半小时的时间，她便轻而易举地花掉了六位数。

江宏斌盯着手机短信，心底阵阵冷笑：贪慕虚荣的女人，果然给钱就变乖，不吵不闹，温顺得跟猫儿一样。

向南拎着购物袋，又转战到超市，买了最好的燕窝打包成礼盒，又买了一个精美的果篮，拎上便往玉姐家去。

"除了买包，就是买吃的。"江宏斌坐在洪江的办公室里感慨，"女人还真是乏味啊！"

玉姐给了向南地址后,向南还是第一次去她家。向南摁响门铃,玉姐早就站在复式楼房门口等着了。

"向南快进来。"玉姐一脸热络地拉她进屋,眼神中有些许心疼。

"玉姐。"向南轻轻地把燕窝和水果放在鞋柜上,礼貌地冲玉姐笑笑。

玉姐却直言不讳道:"我听说你小产了,原想着去看你,谁知这几天有个项目要出差,今天刚回来。我还没来得及去看你,没想到你倒先来了。怎么样?身体好些了吗?"

向南腼腆地点了点头,换了鞋跟着玉姐往里走:"好些了,谢谢玉姐关心。"

"我知道你也是'无事不登三宝殿',有什么话你就直说吧。"玉姐是聪明人,很能洞察人心。

向南见玉姐爽快,便也省略了那些无聊的寒暄,直奔主题道:"玉姐,我想麻烦您给我介绍几个人。"

"你说。"玉姐一伸手,让她讲。

"奢侈品收购、驾校教练,还有……离婚律师。"向南莞尔一笑道。

玉姐听了没吱声,半晌后尴尬地道:"奢侈品收购和驾校教练倒是不难,可这离婚律师……向南,你要请来干吗?"

向南知道玉姐明知故问,可她现在能信任的,也就只有她了,于是坦白相告道:"当然是和老江离婚啊!"

"向南!"玉姐喝住她,"你别和我开玩笑!"

向南镇静摇头:"我没开玩笑。"

"你怎么就知道我会帮你？"玉姐身体后仰，决定考验一下向南，"人人都知道，我和老江曾经是生意伙伴，并且我们一直合作得很好。"

向南低头轻声笑了笑，她胸有成竹，当然不会打无把握之仗。"我问过'名媛会'的人，这次世纪城的项目，只有您一位没有跟投，这不合常理。"说完，向南抬起自信明亮的眼睛，盯着玉姐，向她索要答案。

玉姐略略一惊，但很快就平静下来，把茶杯往向南面前推了推："一个项目而已，说明不了什么问题。现在我只要一个电话，就可以把你来我家的事儿告诉老江。你一个小丫头片子，也别太狂妄了。"

66

"噢？是吗？"向南虽然刚出院，但在浓妆的遮盖下，显得气色很好。她将之前如清汤挂面般的黑色长发，在脑后绾成一个圆形发髻，干净爽利，没有一丝拖泥带水。

玉姐用狐疑的目光看着她。

向南缓缓地伸手从随身的包里掏出手机，捧到玉姐面前："请用。我和江宏斌之间有亲情短号。如果您想打，用我的手机更方便。"

玉姐被向南的举动搞迷糊了，她盯着眼前的手机，只觉得烫手。

向南眉目低垂，长长的睫毛盖住她果决坚毅的眼神，樱桃般的烈焰红唇，此刻看起来也仿佛在滴血。

"你凭什么觉得我会帮你？"玉姐轻轻推开她托着手机的手，"难道就凭我们之间萍水相逢的几面之缘？我到底是该说你天真呢，还是草率？"

面对玉姐严肃的质问，向南依旧如一朵水莲花一般，轻轻柔柔地抬起头。她不说话，只是缓缓地站起身，慢慢走向玉姐家客厅里的壁炉。

镶金的大理石壁炉台上，错落有致地立着几个相框，这屋子里没别人住，自然都是玉姐的照片。

"玉姐年轻的时候，真是个大美人。"向南伸手拿起一个相框，拂去上面细碎的浮灰，盯着照片里如玉的面庞，由衷地赞美道。

玉姐以为向南在逃避自己的问话，只是淡淡地敷衍道："呵，美人？已经很久没有人这么说了。"

向南扑闪着一双澄澈的大眼睛，转过身。她今天穿着一条纯白色的收腰紧身连衣裙，这一抹洁白里，看不到纯真，只有极致的冷艳。

"玉姐，您知道，我以前是画油画的。"向南幽幽地开口道，"有些油画作品吸引人是因为形式，因为色彩。可更多的油画作品之所以震撼人心、引人入胜，是因为画中娓娓道来的故事，比如《最后的晚餐》，比如《阿尔诺芬尼夫妇像》。说来也神奇，似乎油画作品表现的故事里，很少有绝对的好人和坏人，它们所呈现的都是一瞬间的状态，供世人去猜测。"

"向南，你今天登门，不是为了来和我谈绘画的吧？"玉姐

第六章 哀莫大于心死

觉得向南的眼神和之前有些不一样了,却又搞不懂这丫头到底想表达什么。

"如果我想卖弄才学,也许去'名媛会'上更合适。"向南是来求人结盟的,虽没有低三下四的心态,却总还是要抱着满满的诚意,她轻轻放下相框,重新走到玉姐身边坐下,"玉姐,您年轻的时候那么漂亮风情,我远远比不上。我是想说,像您这样的美人,在商场上如果想成功,根本不需要这么多年殚精竭虑、兢兢业业。大家都知道背靠大树好乘凉,漂亮女人的身后,总是站着一排男人,如果……您愿意的话。"

玉姐心中一动,似乎被向南这轻轻的几句话触动了心弦。

"您剪去长发,不施粉黛,单枪匹马地打拼多年,以至于容颜渐衰,青春不再,您也毫不介意,可见……"向南顿了顿,用敬佩的目光看着玉姐,然后说出了自己的推断,"可见,您从来就没想过要依靠、利用任何人,您有您自己的底线。"

"士别三日,即更刮目相待",玉姐怎么也没想到,今日登门的向南,竟然与往日判若两人。过去她只不过是一个不谙世事、心地纯真的小女孩儿,人畜无害,是"名媛会"里的一缕清风,白雪公主一般的存在。而如今,在她吃尽了亏,心被伤透了以后,脑子一下就清醒了。

"你到底想说什么?"玉姐道。

向南执起玉姐温暖而略粗糙的手,低头抚摸了一下她食指上粗糙的纹路,心疼地问道:"这是以前开棉纺厂的时候,捻线捻的吧?"

玉姐一惊,倒也没有抽手,只是抬眼去看向南,搞不懂她到底要做什么。

　　向南拍了拍玉姐的手，又轻轻松开了。"玉姐，这几天我躺在医院的病床上，每天无所事事地瞪着天花板。一开始，我觉得非常无聊，感觉我的人生就像那苍白的天花板一样，枯燥极了。"向南站起来，对着客厅里的水晶吊灯，脸上带着苦笑，眼中带着希冀回忆着，"但是后来，看的时间久了，我便发现，天花板其实也没那么枯燥，上面有很多细碎的裂纹和斑痕。空白处的每一个痕迹，都能推测出背后的一段故事。比如，如果天花板正上方某一处有轻微的裂纹，那么楼上的这个位置，很有可能就是放病床边那张凳子的。凳子经常抽拉，让吊顶形成了细微的纹路。又或者，如果某一处有黄斑，那很有可能这间病房进过飞蛾或者蟑螂，那么，病房的外面就一定有大片的树木。"

　　玉姐默默听着，没有打断她。

　　向南收回目光，重新看向玉姐："姐，这一切并不是我的推测。出院那天，我特意去了现场一一验证。您猜，我的直觉准不准？"

　　"准。"玉姐只能这么说。

　　向南此时的样子，清醒理智得让人害怕。

　　"所以，玉姐，您一定会帮我。"向南道，"您从十几年前就认识江宏斌，如果您和他的合作关系真如您向外界形容的那样坚不可摧，那么就很难解释，为什么同甘苦、共进退了十几年，您的个人资产比江宏斌的少了一个'零'都不止。"向南不再说什么了，客厅里一时安静下来。

第六章　哀莫大于心死

玉姐头一回在自家沙发上，因为别人的几句话沉默了良久。半响，她抬起头叹息道："向南，离了婚，你或许过得还不如现在，你到底图什么？"

向南转头与她对视，然后坚定地回答："为了建立新的市场秩序。我要告诉江宏斌，今时不同往日，他的那一套在越来越透明的良性环境里，已经行不通了。"

她的理由冠冕堂皇，可玉姐依然认定，她一定是因为恨透了他。

"我可以帮你，但我能得到什么好处？"玉姐性格再好，再欣赏向南的为人，她也是商人。在商言商，是商人的本性，也是习惯。

向南笑答："这还需要我多说吗？这些年，江宏斌在房地产行业占用了多少资源，抢走了您多少利润？我相信，您对他的恨应该不比我少吧？这应该就是您已经三年多没再和他正经合作过的原因吧。"

既然向南把谜底揭穿，玉姐也就义愤填膺地交底道："老江是一个自己吃肉都不允许别人喝汤的人，跟他合作，从来就没有'共赢'一说。你说得对，这些年，我哑巴亏吃得太多了！"

向南低头酸涩地笑笑，很同情玉姐的遭遇。江宏斌在家里，又何尝不是这样一个人？很快，两人便握手达成一致，决定合作对付江宏斌。

向南再次望向壁炉上玉姐年轻时艳光四射的照片，内心叹息不已。在男人的世界里拼杀，玉姐用遍体鳞伤才换来一丁点儿的风生水起。

向家的女儿（下）

而自己，从金丝雀、笼中鸟的角色中走出来，手无寸铁，结果又会比她好多少呢？和千年的狐狸斗法，是命悬一线的游戏。但为了还自己一个公平，向南还是决定背水一战。

从玉姐家出来，向南回家拿了一些东西，然后直奔玉姐介绍的奢侈品收购店。向南用蛇皮袋装了四五个旧包和两三条旧皮带，直接丢给收购店的老板。

老板一见来了大客户，忙热情地走上来迎接，又见向南拿过来的东西，基本上不是经典款就是限量款，全是有价无市的，于是全店待命，集体笑脸相迎。

向南跷着二郎腿，坐在贵宾沙发上，端着咖啡，优哉游哉地等着老板一一验货。

老板清点完毕，迅速按了一下计算器，小心翼翼地问向南："您看，这个数字可以吗？"

向南瞥了一眼，然后随手将数字乘以二。她其实不清楚这些身外之物价值几何，但她知道，从这家店出去拐弯走五十米，还有另一家奢侈品收购店。

老板面露难色，一副被掐住喉咙的表情，挣扎了一番之后，咬牙道："成交。第一次，交您这个朋友。"

向南微笑着，低头抿了口咖啡，提出了最后一个要求："我要现金。"

老板脸上的表情更痛苦了："小姐，这可不是小数目……这么多钱，能装一麻袋了！"

"正好，我带了麻袋来。"向前看向自己来时提的蛇皮袋，算作提醒，脸上依然是高贵、淡定又温柔的笑容。

第六章 哀莫大于心死

"好……"老板转身去忙活了。

半小时后，向南拿到了自己想要的。

"欢迎您下次光临！"老板鞠躬，亲自塞上了自己的名片。

向南不动声色地戴上墨镜，拎着袋子，踩着高跟鞋消失在店铺门口。

"这又是哪位大佬的小三？"一位店员戴着手套，端详着那只限量版铂金包。

老板反击："别胡说！这女人一定是原配。谁会给小三买这么经典的款式？"

67

向南出门就去存了钱，这一次，当然是存到她自己的卡里。

她甩着蛇皮袋，迈着轻盈的步伐，再次进了超市。她选了两块澳大利亚和牛M12，四位数的开销，刷江宏斌的黑卡。然后她小心翼翼地拿过超市小票，塞进了自己的皮包夹层里。

"妈！我回来了。"刚到娘家门口，向南便奋力捶门，敲击的每一下里，都有她的急切和喜悦。

开门的是向郅军，他正在客厅里帮忙带左左、右右。"你怎么回来了？"向郅军讶异，"我听你姐说，你又搬回江家了？"

向南望着他想问又不敢问的表情，换了鞋轻松地笑道："是啊，爸，我就是专门回来跟您说这事儿的。"

一声"爸"，向郅军心头的乌云掀去了一半，他弯下腰，将向南刚换下的高跟鞋顺着一个方向放好。

"左左，右右！"向南甩了甩手里的购物袋，热情地跟地毯上的二宝打招呼，"看看，小姨给你们带什么来了？高级牛肉！"

可左左、右右却完全不为所动，只是瞪着无辜且期盼的眼睛，问了一句令向南意想不到的话："二姨父什么时候回来？"

向南莫名其妙地望向向郅军。向郅军一挥手里的折扇，解释道："嗐！现在这俩小崽子，眼里就只认邓海洋！也不怪他们，这海洋啊，在家又是陪他们玩儿，又是给他们买玩具、买书，而且做游戏、讲故事都是每天的必修课！"

向南道："看来二姐夫是真的很喜欢孩子啊！"

提起这茬儿，向郅军无奈地叹了口气："他再喜欢有什么用？得向中喜欢才行。生孩子是两个人的事儿。"

向郅军的本意是埋怨向中，可一提起"孩子"，不经意间又误伤了向南。

向南虽然对和江宏斌的关系不抱任何希望，可是一想到那个已经逝去的小生命，还是心存愧疚与悔恨：是她对自己太不上心了，竟然没有发现一个幼小的生命已经在自己的身体里孕育、生长。

"爸，我去厨房帮妈做饭。"向南低着头，提着东西，钻进了厨房。

向郅军看出端倪，也很懊恼自己话多，转身去看孩子。

"妈，我今天买了牛肉！这肉可贵了呢，一千多块！"向南把那两块和牛摊在案板上。

"啥？"郑秀娥凑过来，大惊小怪道，"就这么两块肉，要

第六章 哀莫大于心死

一千多？从人身上割下来的不成？"

"妈！您说什么呢？这是我在超市买的，平时江宏斌就爱吃这个。"向南一跺脚，嗔怪郑秀娥说得那么惊悚。

"江宏斌爱吃，你就给他带回去，拿到这里来干什么？"一听"江宏斌"这个名字，郑秀娥满脸不屑，"一千多的肉，吃下去能飞还是能长生不老？赚土豪钱的噱头而已。喏，我菜市场买的这个牛柳，十八块八半斤，青椒炒炒，也挺香！"

"哎呀，妈！"向南解释，"这不是左左、右右在这儿吗？我这个做小姨的，也想做点儿好吃的给他们补充补充营养嘛。"

郑秀娥听了，态度缓和下来："你这死丫头，就是成天想着别人！自己刚小产，不说炖点儿有营养的东西给自己吃吃，倒想着给别人吃好的！"

向南低着头，给牛肉做"按摩"。

"对了，我听向前说，你又搬回江家了？江家人态度转变过来没有？有没有伺候你坐小月子啊？"郑秀娥继续关切地追问。

向南笑而不答，她所有的心思都放在怎么做好那两块肉上。

郑秀娥见她不搭话，心里也明白了几分，孩子心里不自在，自己又何必瞎操心，给孩子伤口上撒盐呢？

于是，厨房里很快就被油锅里"刺刺啦啦"的声音和"呼呼"的排风扇声给填满了。

向前下了班，也直奔过来看左左、右右。向前和邓海洋的车几乎同时进入小区，连车位都并排，于是两人有说有笑地上了楼。

一打开门,左左和右右就跟没看见向前一般,直扑邓海洋的怀抱:"二姨父!"

向前瞪大了眼睛,满脸的吃醋和讶异。她忌妒得发疯,问道:"邓海洋,你到底给我们家两个宝贝儿灌了什么迷魂汤?现在连亲妈都不要了!你不会是背着我,对他们进行了丧心病狂的讨好吧?"

邓海洋一手搂着一个,腼腆地笑着。

向郅军则不阴不阳地来了一句:"自己每天忙得连人影都不见,还怨娃不亲你!你真该好好谢谢人家海洋,堂堂一个企业高管,天天一下班就给你看孩子。"

"是是是,要谢要谢!"向前笑着说。

邓海洋跟孩子们亲昵了一会儿,就从背包里掏出一本《儿童成语故事大全》和一本少儿版的《三十六计》连环画。东西一亮相,就被左左和右右人手一本给夺了过去。

向前见了,连客气都懒得客气了,打趣邓海洋道:"这没发票的,我可不给报销哈。"

邓海洋"喊"了一声,就脱了衣服,盘腿坐在地毯上,开始拿起图画书给左左、右右讲故事:"'声东击西'这个成语,属于'三十六计'中的一计,是使对方产生错觉以出奇制胜的一种战术。'声东击西'在现实生活中很常见,比如,以假动作欺骗敌人,取得胜利。接下来,二姨父就给你们好好讲几个'声东击西'的故事。北魏的时候……"

向前坐在一旁的沙发上,虽然眼里看着两个孩子,耳里听着邓海洋讲的故事,可脑子里盘旋的还是滨江和洪江的事儿。

第六章 哀莫大于心死

她脑海里交替闪回着和江宏斌打交道的几次经历，还有公司下属搜集来的各种未经证实的流言。

有人说，江宏斌想囤积世纪城那块地，然后慢慢开发，直接坐收地价升值的利润；也有人说，江宏斌的资金链出现了问题，目前要靠世纪城的项目翻身，所以他吊着滨江，是为了表面上联合开发，实际上先收货再付款；更离谱儿的是，还有人说，世纪城项目是明华送给江宏斌和明蔚的"新婚贺礼"，什么时候江宏斌和向南离婚了，什么时候项目才正式启动……

这所有的流言有一个共性，就是所有人都认定世纪城是江宏斌的囊中之物。但董事长却说……眼见为实？

"'声东击西'除了可以用在古代战争中，还可以用在下棋的时候。这种迂回战术，主要为了干扰对手的注意力，比如，先假装从甲处进攻，牵制住对方一部分力量，然后再全力猛攻对方更为薄弱的乙处。左左、右右，你们俩听明白了吗？"

"听明白了！"左左、右右异口同声地说，还不住地点头。

可向前这时候却不明白了，她怔怔地陷入了某种大胆的猜测中……

"吃饭了！"向南把做好的牛肉端了上来，又替向郅军和邓海洋倒上红酒。

向郅军无动于衷，邓海洋的鼻子却比狗还灵。他搓着手走过来笑道："哎哟！小妹破费了啊！这牛肉……绝了！今儿我也沾沾二宝的光，吃点儿好的！"

邓海洋原意是恭维向南一下，见她走出来了，替她高兴。谁知，一旁的郑秀娥听了不乐意了，心直口快地讽刺了一句：

向家的女儿（下）

"怎么？你平时在家吃得不好吗？"

这便是"赘婿"的苦闷，邓海洋红着脸终止了话题，他心里再次祈祷向中早日把他接回自己家。

"爸、妈、大姐、二姐夫，你们吃吧，我先回去了！"向南端上菜的同时，利落地卸下围裙，打算告辞。

郑秀娥当然不让，一把拉住她："你干吗去啊？饭都好了，吃一口再走啊！"

向前也皱起眉，不解地问道："是不是江宏斌催你啊？就算是黄世仁，这饭总也得让你吃一口吧？"

向南轻轻摇了摇手，撒了个小谎道："你们想哪儿去了，我今天约了朋友。"

"真的假的？什么朋友？"郑秀娥摆明了不信。

向郅军若有所思地看了看向南，迟疑了一下，转而对郑秀娥道："问那么多干吗？向南都这么大人了，她就不能有自己的朋友和私生活啊？吃饭吃饭！南南，你路上慢点儿，有空常回来，啊不，最好明天就回来看看我这个老头子！"

"知道了，爸。"向南关上家里的大门，在门口深吸一大口气。今天这两块和牛的味道，不再令她感到窒息，反而让她有种闻到人间烟火的踏实。

从自己家出来，向南直接去了隔壁的小超市。

她站在冷柜前，反复比较九十九块钱和一百六十八块钱的牛肉，最后随手选了九十九块钱买一赠一的那款，丢进购物篮。

"小姐，您一共消费九十九元，这是小票，袋子要吗？"

"袋子不要！小票麻烦你帮我撕了。"向南十分干脆地递给

第六章　哀莫大于心死

营业员一张百元大钞，找的那一元钱，她出门的时候，顺手就给了路边的乞丐。

回到江家别墅，向南在厨房撕掉了牛肉上"买一赠一"的塑料包装，丢进垃圾袋，再将垃圾袋打上结，丢了出去。按照往常的做法，向南将这两块便宜的牛肉按七分熟烹饪，再一分不少地加上黑胡椒、迷迭香的配料。

向南都想好了，如果江宏斌吃出肉的味道不对，她就把那张一千多块钱的小票拿出来跟他对质。但是很可惜，向南显然高估他了。

当江宏斌拖着一身疲惫回到家的时候，他对着向南端上来的两块肉便是一阵狼吞虎咽，加上威士忌对味蕾的麻痹，他竟丝毫没有品尝出今天的肉和以往的有什么不同。

向南第一次发现，甚至可以说是恍然大悟，原来江宏斌这张嘴，是吃不出一千多块钱和九十九块钱的牛肉有什么区别的。

回首过往，无非是自己太拿他的标准当回事儿了，把他的每一句吩咐都放在心上，严格执行。她以为这是爱，是对丈夫无微不至的爱，原来不过是冒傻气罢了。

第七章 同盟者

第七章 同盟者

68

向中在家躺了两天,情绪平复了不少,便想着回单位工作。她丝毫没有要接邓海洋回来的意思,反而觉得跟向前住在一起更合拍,也更自在。

不过,短短一个多礼拜的工夫,向中的地盘已经物是人非了。

"向中,你可回来了!你不在的这几天,都没人和我说话,可憋死我了!"杨姐一见到向中,又是一副瞌睡遇到枕头的表情,拉着她絮叨个没完,"哎,我跟你说,你带的那个王玉溪真不错!咱们上周业绩汇报,好几个大领导现场听了,都特别满意。那小孩儿,那数据选得,图表拉得,PPT做得,就跟个发布会似的!而且王玉溪样子又好,大高个儿,看着神清气爽的,大家都欣赏极了!会后大领导还点名让他留下来会谈,单位领导现在对他可重视了呢!"

听杨姐一个劲儿地表扬王玉溪,向中心里觉得甜滋滋的。虽然王玉溪并不是她的什么人,但似乎他那引人注目的优秀,自己这个局外人也跟着沾了光似的。她到底是在暗爽自己的眼光不错,还是……因为曾经那样亲近,她误以为自己已经拥有了他?

向中带着甜蜜的骄傲从茶水间里出来,经过王玉溪身边,

向家的女儿（下）

她腼腆地冲他低头浅笑。所谓"小别胜新婚"，她以为这几天短暂的分离，王玉溪的心里也是思念她的。

谁知，王玉溪抬头与她对视了一下，眼神中毫无热情，而且迅速冷漠地收回了视线。

向中被这突如其来的变化刺痛了，只好装作若无其事的样子坐回自己的工位。

自己身上是携带了什么病菌吗？王玉溪竟然连看自己一眼都不愿意？向中是敏感的人，她从这怪异的眼神里，读出了两人关系的变化，一如初见时的惊鸿一瞥，她便知自己会和这个阳光帅气的男孩儿有故事。

一整个早上，向中都心不在焉。她盯着屏幕右下角的微信，却一直没有见到闪动。

王玉溪似乎一下子和向中拉开了距离，而比这更可怕的是，整整一天都没有人给向中安排什么工作，仿佛她已经成了职场边缘人。

他们主管来办公室转了好几圈儿，不是进来给王玉溪拿文件，就是直接给他布置工作。

向中有些尴尬，似乎办公室里除了杨姐，所有人都对她疏远了。

午餐时间，大家有说有笑地拿着各自带的饭，一起去茶水间吃。没人喊向中同去，她便独自去门外的便利店觅食。可刚走到一半，她就觉得毫无食欲，又垂头丧气地折返回来。

她路过茶水间时，隔着门听见了里边同事们喧哗的八卦声：

"哎哟，那个谁今天回来上班了啊？"

第七章 同盟者

"那个谁"是谁?!向中驻足,心里一惊。

"嗐,没背景还这么傲,真当自己是根老油条了?"

"你们没看见主管一早上都没搭理向中吗?摆明了不待见她。"

原来,他们口中的"那个谁",竟然是自己。向中的脚底板仿佛被地板粘住了一般。

"这也不能怪主管,领导视察是多大的事儿啊,咱们整个单位都为这事儿忙活多久了!向中居然敢在这节骨眼儿上说家里有事儿,临阵脱逃!我要是主管,我也会觉得被下属在关键时刻捅了一刀!"

"还好有那个实习生,叫啥来着?哦,对,王玉溪!幸亏有他,不然咱们整个部门都得抓瞎!数据汇总本来就是向中他们组负责的。"

"哎哟,我是真不明白了,她怎么今天还能若无其事地来上班呢?要是我,肯定没脸见人啊!"

"都来了七八年了也不见提拔,果然是有原因的。"

"就是!"

……

字字见血,向中只觉得身上阵阵寒意。朝夕相处了几年的同事,竟然在背后如此奚落她。谁家还没点儿事儿呢?为什么他们请假就可以,而自己却不行?

里头那个王科长,去年季度审查的时候,居然请假去巴厘岛,就因为是淡季,机票能便宜几百块钱;那个刘科员,去年孩子高考,过了五一就没来上过班,她的那些材料,当时都是自己帮着赶出来的；还有那个小夏，隔三岔五地迟到早退，去做指甲、做美容，自己替她在主管面前打马虎眼的次数，数都数不过来……

可如今，自己只是在一个所谓的"关键节点"没来，怎么就前尘往事一笔勾销，自己就成了"那个谁"了呢？

向中头晕目眩，打了个趔趄。

这时，一只温润的手，从背后托住她。

"你……没事儿吧？"熟悉的声音。

向中沉默回头，果然是王玉溪。

"走。"王玉溪拉着向中的胳膊，往安全楼梯走。

进了楼梯间，他又拉着她向楼下跑了几层，直到来到一个无人的变电室门前，才松开了她的胳膊。

"他们……"向中难过极了。在这个单位兢兢业业做了这么多年，突然受到这么大面积的排挤，她一时难以接受。难不成过去看见的都是假象吗？

她以为王玉溪拉她下来是为了安慰她，可是王玉溪并没有。

黑暗局促的气氛里，王玉溪用异常灼热的眼神，死死盯着她。然后，他缓缓伸出一只手，在黑暗里触碰了她沮丧的脸。

向中忍不住一下扑在他的肩头，双肩耸动，无声地哭了起来。

王玉溪用温热的身体支撑着她，又轻轻拍了拍她卷曲的秀发，拧着眉叹了一口气。

良久，王玉溪捧起她的脸，也不知道出于什么想法，轻轻吻了她一下。

这一吻，如春风化雨，让情绪低沉的向中缓和了不少。突

第七章 同盟者

如其来的温存,令向中觉得,外头的风风雨雨都不再冰冷,有情万事足。

只可惜她还不知道,这一吻,竟成了他们之间的吻别,接下来迎接她的,只有冷冷的冰雨。

成年人的世界永不说再见,人生中任何一个无人在意的点,都有可能是断点,两个原本紧紧依靠的人,就此别过,渐行渐远……

"姑奶奶,这一上午我净给你当车夫了,你究竟兜风兜够了没有?"柴进手握方向盘,焦躁地抖腿,心急如焚。

向前不言不语地望着车窗外,却丝毫没有让他停下来的意思。

"姑奶奶,你想兜风,咱们改天行不?"柴进今天确实有事儿,没耐性陪向前在内环和外环上烧油。光世纪城周边的路,柴进就被迫踩着油门绕了三四圈儿。

"你有什么大不了的事儿?不就是泡妞儿吗?"向前讽刺道。

柴进有口难言,他确实有事儿,还是不能对向前明讲的事儿,一直牵肠挂肚。

在向前的胡乱指挥下,车子胡乱驶入江边的一条大道,又开了许久,眼见前面便是断头路了,她才让柴进停车。

向前下了车,江风中她秀发凌乱,表情苍茫。她越过隔离带,在滩涂上找了一块礁石站了上去。

"你小心点儿!"柴进跟着越了过来,并脱下自己的西装外套披在向前身上。他扶着向前,怔怔地听着江涛拍岸的声音,脚边是江水卷起的沙砾。

"柴进,你看,那边是不是这个城市传说中的十年烂尾楼?"向前遥望不远处一幢黑乎乎的建筑。

柴进眯眼望去,点头道:"没错!三次烂尾,四次流拍。"

"这么多年,就没有再开发过吗?"向前望着那幢未封顶的建筑,在风中自言自语。

柴进转头看了她一眼,苦笑道:"这幢楼也是真邪门儿,开发商在2012年就宣告破产了,后面接手的公司,要么就是半道资金链断裂,要么就是开发不起来,低价转手给下家。这幢楼附近的小区,均价都十万一平方米了,可它还是年年烂尾,无人问津。大家都说它晦气,近几年没人肯再开发了。"

"晦气?"向前的嘴角勾起一抹冷笑,而后,她侧脸问柴进,"如果一幢在闹市区的凶宅,价格便宜一半,你买不买?"

柴进虽不明白她为什么这么问,却如实回答道:"买!不买是狗!过个三年五载,谁还记得死没死过人?到时转手赚个差价,再去坑下家。"

向前对这个回答表示满意,赞同地点了点头。

"回去吧。"她撩着飞扬的发丝,整个人被江风吹得像疯子一样。倒是柴进,也不知道喷的什么发胶,头发一丝不乱。

"这就完了?"他不甘心地瞪着向前反问。这一头一脸的黄沙和鱼腥味儿,她说走就走,不负责了?

"这幢烂尾楼是不是叫'海天一号'?"向前似乎想要启发他,故意问道。

"是。"

"最近有没有竞拍?如果有那种有投资意向的公司,你最好

第七章 同盟者

仔细查一查。我听说滨海美院的分校也要搬到这附近来,近期不可能没动静。"说完这句,向前就上了车。

柴进望了眼骄阳下的"海天一号",沉思着绕过车尾,也上了车。

……

傍晚,向前正打算下班回娘家去看左左、右右,谁知竟然迎来了一位不速之客——高平的姐姐高安。

"姐,你怎么找到这儿来了?"向前慌忙放下手里的东西,起身迎接,又是热络地倒茶,又是从抽屉里往外掏点心。

向前当然知道大姑姐是为家里的事儿来的,可这还是高安第一次来自己办公室,她不得不尽地主之谊。高安显然也是抱着久坐的打算来的,她双手交叠在小腹前,安安静静地等向前忙活完。

这些天,向前一直等着高平自己想明白,主动来和她道歉,没承想,最后等来的竟然是"说客"高安。她望着惴惴不安的高安,真想问高平一句:"你如今几岁了?自己的事儿,竟还要姐姐操心?高安欠你们的吗?"

69

"我弟和我妈做错了事儿,我来替他们向你道歉。"向前刚坐下,高安就一欠身,既认真又愧疚地道起了歉。

向前心里"咯噔"一下,这件事儿无论如何不该由高安来道歉。自己是和高平结的婚,和高平妈住在同一屋檐下,和高

向家的女儿（下）

安逢年过节才见一两面，人家又做错了什么？

向前越想心里越气，现在这样，比高平不道歉、不认错还让她生气。她现在真希望高平这个人从来就没有出生，那样高安的日子还能好过点儿。

"姐，你别这么说。"向前蹙眉道，"高平也三十几岁的人了，自己的人生，应该自己负责。"

谁知，高安没有继续辩解，也没有强行替弟弟开脱，而是突兀地冒出一句："向前，我离婚了。"

"离婚？！"向前没有丝毫的思想准备，高安……怎么会突然离婚呢？最近她娘家的小妹刚闹着要离婚，谁知婆家的大姑姐更厉害，直接离好了出现在她面前。

以她对大姑姐的了解，高安就是那种最最贤惠的女人，隐忍、宽容、牺牲，委屈了自己大半辈子，不过是求家庭和睦、生活幸福。她这样的人，怎么会突然离婚呢？她和前夫感情破裂也不是一两天了，向前以为她早就放弃抵抗了。

"是，离了。孩子跟我。"高安的语气很平静。

"姐……我……"一时间，向前倒真不知道说什么好了，这真是家家有本难念的经。

她知道，高安在一家社区医院当护士，平时赚的那点儿工资，省吃俭用，都贴补在女儿身上了。如今，她突然离婚，往后的生活可怎么办呢？

向前担心高安的未来，却忘了此刻自己也身在苦海里。

高安很平和，一副暴风骤雨后的云淡风轻。她往向前身边凑了凑，轻轻卷起自己的衣袖。

第七章 同盟者

向前一看,她的胳膊上满是纵横交错的伤痕,让人触目惊心。

"姐……"向前倒吸一口凉气,颤抖地问,"是他打的?"

高安放下衣袖,点了点头:"这样打了很多年了……"

"太过分了!"向前气得一下站了起来,眼前的情况让她无法忍受。

打女人的男人,实在是太可恶了!那个所谓的"大姐夫",平日里除了吃喝嫖赌,就是像蠹虫一样吸高安的血,榨取她的一切价值,现在看来,他甚至还有不止一次的家暴行为……这也太欺负人了!

"真该找人打他一顿!"向前替高安打抱不平,甚至想到采用极端手段。

高安轻轻拽了拽她的衣角,让她先坐下。

向前心疼地拉起高安的手,无比诚恳、心痛地说了句:"姐,你受苦了!"

高安却淡然一笑道:"离了也就算了,及时止损。恶人自有恶人磨,让他去找个能治他的人吧。"

"姐,你是咋想通的?"向前追问高安。

高安苦笑着摇了摇头:"我也是人,人总有个极限。"

向前沉默良久,然后问道:"姐,那你现在的生活怎么办?"她想尽可能地给高安提供帮助,因为她现在觉得,他们高家也就这个大姑姐还值得她掏心掏肺。

高安婉拒了向前的帮助,她今天来,不是来寻求帮助的,而是来帮助向前的。她说:"女儿我送去寄宿学校了,我自己刚在私立医院找了份工作。私立医院有规定,白班的护士不能接晚班,要保证服务质量。所以,我打算在医院旁边租个小房子。"

一听说高安要租房,向前又有些懊悔起来,自己当初真不该一走了之,反倒将那套宽敞的三室两厅,白白便宜了犯错误的高平母子。

"姐,要不你住我们家里去吧。我最近住在我妹妹那儿,左左、右右在我娘家,家里空着。"向前诚心诚意地建议道。

高安没有答应也没有拒绝,而是转而问向前:"向前,你跟姐说句心里话,你和……我弟,接下来到底打算怎么办?"

向前一时语塞,这个问题实在太难回答。这些天,她躲在向中那里,一直没能做出决定。她内心的真实想法是,这婚不管离不离,都像是嘴里飞进一只苍蝇,吐出来便宜了苍蝇,吞下去自己又恶心。

向前是离过一次婚的人了,不可能再像三十岁前那么冲动,而且这段婚姻里现在还有左左、右右这一对结晶。一个女人离了婚,带着两个孩子,还能走路带风、又美又飒,那是神话传说。夜深人静时,所有离异带娃的苦,都只能诉予孤灯听。

向前很希望左左和右右能在一个完整的家庭中长大。高平为人处事虽然幼稚,但毕竟没到十恶不赦的程度,罪不至死。他本性不坏,只是情商太低,太容易被别人牵着鼻子走。在这桩婚姻里,高平就像一块鸡肋,食之无味,弃之可惜。

如果真离了婚,又不想当单身妈妈,自己还能嫁给谁呢?难道嫁给柴进?柴进这个人看似条件不错,可向前再清楚不过,她若真嫁给这个花心大萝卜,婚后生活一定会是一番鸡飞狗跳

第七章 同盟者

的局面。

人非圣贤,孰能无过?也许高平能做出改变呢……

"姐,我是真的不知道。"向前抬起眼,对高安诉苦道,"高平的本性不坏,他不抽烟、不酗酒、脾气好、不拈花惹草,这些是他的优点。可是……"

"可是他性格软弱,没有坚定的立场,容易受到环境影响,不成熟,自私自利,没有责任感,不考虑你的感受,是个不折不扣的'妈宝男'。"高安将话毫不客气地接了过去。知弟莫如姐,高安对向前也是坦诚相待,将弟弟的缺点总结得一个不落。

向前不知该说什么好,只能让高安吃点儿点心。

高安没有拗着她,拈起一块曲奇默默吃了。

向前又给她续了些茶,勉强打着圆场:"倒也……没有这么……严重。"

"还有我那个妈,"高安愤懑地放下手里的饼干,"肯定也没起啥好作用,成天给你添堵吧?"

高安把话说到这个份儿上,不偏不倚,帮理不帮亲,向前心里已经相当欣慰了。高安是吃过苦的女人,她完全能理解向前在婚姻生活中的不易。

两人默默对坐着吃饼干,她们原本站在相对的立场上,但情感上却产生了深深的共鸣。

"向前,你愿不愿意听听我的想法?"良久,高安打破沉默道。

向前求之不得,这事儿她本就无人可商量。

"那个狐狸精的事儿,我也从我妈那儿听到了一些情况。我妈年纪大,脑子笨,搞不清楚状况。那女的一听就是个惯犯,估计破坏别人家庭的事儿也不是头一次干了。她当初登堂入室的时候,八成就已经做好了后面的打算!"高安把话说透了,经历过风雨的她,已经觉得没啥需要避讳的了。

向前犹豫了一下道:"可是高平……"她觉得有些难以启齿,她实在不知道高平和李书到底发展到什么程度了。

"高平和那个狐狸精,估计还没什么实质性的进展。"高安快人快语,"我自己的亲弟弟,我还是清楚的。他呀,就是有那个贼心,也没那个贼胆!他高中的时候痴迷他们班班花,可是为了高考,他愣是几年都没敢追人家。虽然这女的有心勾引高平,但高平一来未必能觉察到,二来他也不敢!"

"可是……"向前依旧将信将疑。

她想到高平几次向着李书那个外人,如果说他仅仅是被迷惑了,似乎不太有说服力,毕竟高平是个高智商的知识分子,所以还是他不敢出轨的可能性更大些。

"我弟他就是缺教训。"高安道,"从小到大,我爸妈太宠着他了,我也让着他。这跟你结了婚,你又……特别包容他。他压根儿就没吃过生活的苦,完全就是个没长大的孩子!"高安有些恨铁不成钢的意思。

"姐……"向前难得叫人一声"姐",在家里,她是那个替人遮风挡雨的大姐,如今,也有另一个女人肯为她出头了。

高安紧紧握住向前的手,两人从相对无言,到无语凝噎,再到潸然泪下。这一刻,她们成了真正的姐妹。

"姐,就冲你这番话,我愿意再给高平一次机会。"向前擦干眼泪道。

高安却说:"不能那么便宜了他。你俩就算是和好,也得给他一个深刻的教训,这样他以后才能长记性!"

高安吃一堑长一智,她就是因为原谅了渣男太多次,才导致对方蹬鼻子上脸,得寸进尺的。她是真心为向前考虑,自然希望能通过这次的事儿,真正地改善向前和弟弟的关系。

向前也知道,一劳永逸是不可能的,她愿意走一步看一步。

70

"姐,你现在在哪儿落脚?我送你。"向前挽着高安的胳膊,一同下楼。

"嗐,医院旁边的小旅馆,一百三十五块钱一天。"

"啊,那哪行啊?!"向南停住脚,给柴进打了个电话,"柴总,我有一个外地的大客户,咱们的年框酒店今晚能给个高级套房吗?"

"不用不用,我那儿挺好的,还离医院近。"高安百般推辞。

柴进在那边隐隐约约听见了,笑道:"什么大客户啊?会不会喝酒店冰箱里的可乐啊?"

"你活得不耐烦了?!"向前没好气。

不过柴进玩笑归玩笑,挂了电话,便立刻安排了江景套房。

向前拉着高安走进酒店。高安从没来过这么高级的地方,一路走一路转头看天花板上的吊灯和墙上的壁画。

"向前,"她拽了拽弟媳妇儿的袖子,小声问,"这地方住一

向家的女儿（下）

晚多少钱？"

"几千吧。"

"啊？这可不行！绝对不行！我走了，我走了！"高安说着就要走。

向前一把拉住她："姐！公司给钱，不住白不住！"

"可是……占公家便宜不太好吧？"高安还是执意往外走。

向前当然不肯，直白地说道："你放心，这钱，公司早晚从我头上再赚回去！姐，你别客气了，咱们上楼！"

高安心虚地跟着向前上楼，可一推开酒店房间的门，她就完全忘了所有顾虑，宛如打开了一扇新世界的大门，看什么都无比新奇。

向前见状十分内疚，其实她和高平结婚的这几年，从蜜月开始，每年都带着高平妈一起出去旅游，每次都是订豪华酒店，他们一个房间，高平妈单独一个房间。高平妈也算把前半生没享受过的都享受了个遍。向前好几次都提议带上高安和高安的女儿，反正就是高平妈房间里加张床的事儿，多不了几个钱。可高平妈死活不肯，非说"嫁出去的女儿泼出去的水"，生怕高安占了向前的好处。高平妈觉得，只要她活得够久，向前的钱就是她和她儿子的钱，可高安的就不一定了。

高平也从不帮着高安说话，似乎对高安帮他交过那么多年的学费没有一点儿感恩的意思。

"姐，你就在这儿好好休息！冰箱里那些吃的喝的，你随便拿。饿了就去餐厅吃饭，或者打电话订餐，跟服务员说一声，都算在房费里就行，回头有人来结账。"

第七章 同盟者

向前交代完就想走，高安却拉住她，吞吞吐吐的，似乎有什么话说。

"向前，我有个不情之请……"

"姐，你就说吧！"

"明后天是周末，我想去学校把孩子接到这家酒店来，让她开开眼界，长长见识。你放心，两天，就两天！两天后我们就走！"高安急切地伸出两个手指，满眼殷切的表情。

向前"扑哧"一声笑了，握住高安的胳膊道："姐，你放松点儿！这里住多久都没问题！这家酒店和我们公司有年框合同，每天都要保留三个房间给我们的，你不住也是空着。所以啊，你就带着孩子在这儿踏踏实实地住着吧！"

"不行！"高安坚决地说，"两天，就两天！两天完了我还有事儿呢。"

"有事儿？什么事儿啊？"向前疑惑地问。

"我得到你家住去！"高安坚定地一跺脚，"我得替你去把家里收拾干净了！"

向前一愣："真的吗？"

高安笃定地点头："真的！你把左左、右右也接回来，让那个小狐狸精继续来，我就在家里看着，看她能折腾出什么花儿来！回头搜集好证据，咱们把她彻底消灭！"

望着高安踌躇满志的表情，向前一下子觉得有了万丈雄心，她一把拥住高安，热泪盈眶道："谢谢姐！"

这两天向中依然没有被安排什么工作，她每天下班的时

向家的女儿（下）

候都磨磨蹭蹭的，总想等着王玉溪一起走，两人一前一后地出园区。

可是王玉溪似乎比她更磨蹭，眼看周围同事们都撤得差不多了，但他就是不肯从工位上起来。

今天，向中故意拖到六点，假装收拾办公桌。

这时，一个年轻女同事蹦蹦跳跳地跑过来找王玉溪。女孩儿一过来，就从椅子后面伸手搭住了王玉溪的肩膀。看见她搭肩的那个动作，向中心里立刻"咯噔"一下。

向中认识这个女孩儿，就是隔壁桌有背景的那一位，听说她妈妈还是某个上市公司的副总裁。这样说来，她真是妥妥的"起跑线赢家"了。向中心里一阵酸，却又不好发作。

女孩儿趴在王玉溪肩膀上，看他的电脑屏幕，卷曲的长发轻轻垂到王玉溪的脸旁。

向中几乎是逃离着出了办公室，她一路狂奔到地铁口，大口大口地喘着粗气。她只觉得天旋地转、日月无光。女孩儿和王玉溪依偎在一起的身影，在她脑海中久久挥之不去。

这时，园区里的一只猫，突然从树丛里蹿了出来，似乎闻到了向中包里的味道，在她脚边蹭了起来。

向中觉得这只猫很像米酱，她含着眼泪蹲下身，细细地抚摸它。猫儿乖巧温和，稍稍抚慰了向中伤透的心。

半晌，向中感觉身后似乎有一团黑影，将蹲在地上的自己完全笼罩在里面。她回过头，看到逆光中有个人正静静地盯着自己，是王玉溪。

向中愣愣地蹲着，不知该作何反应。王玉溪是一个人，身

第七章 同盟者

边少了那个女孩儿的倩影。

王玉溪拉起向中,快步离开了地铁口。两人在路边,随便上了一辆开往郊区的空荡荡的公交车。一站又一站,向中和王玉溪肩并肩坐在车的后排。路上光影交错,昏黄的光线穿过雾霾,划过两张模糊的脸。

两人谁也没有开口,一切尽在不言中。一是木已成舟,多说无益;二是万千思绪,都淹没在不得已的沉默中。

车一路驶到檀香山,下车后,简陋的车站空无一人,不远处就是苍山叠翠,层峦叠嶂。夜幕中的山脚下,王玉溪终究还是没能说出自己心底最真实的想法。他喜欢向中,却又不敢说出口。在他看来,她就像广寒宫里的嫦娥,而他自己只是凡夫俗子,不配和她在一起。两人相顾无言地吹了一会儿冷风。

返回的公交车来了,向中上了车,王玉溪却原地不动,静等下一班。隔着玻璃,向中望见他的身影越来越远,越来越渺小,直到消失不见……

向中带着复杂的情绪回到家,她心事重重地在门口换鞋,灯却"啪"的一声被人拍亮了。原来是邓海洋在她到家前就回来了,她被吓了一跳。

"你怎么回来了?!"向中质问道。

邓海洋顶着油光光的脑袋,笑道:"向前来把孩子接回家了,那边不需要我了,我就回来了。"

"噢。"向中难掩失落,她今晚本想独自体会失恋的伤感,但此刻,她却不得不强打起十二分的精神应付邓海洋。

向中平日里都对邓海洋极其冷淡,今天却不得不心虚地对他嘘寒问暖,问他在自己娘家过得怎么样。

邓海洋是个情商极高的人,虽然这段日子的"赘婿"生活令他苦不堪言,但在跟向中汇报的时候,他还是有选择地报喜不报忧。他不停强调左左、右右的可爱,对郑秀娥的唠叨和向郅军的挑剔只字未提。

向中默默听着,脑海里挥之不去的,却是车站前离别时王玉溪那张极尽忧伤的脸。

"老婆,咱们也要一个吧?"邓海洋从身后搂住向中问道。

"我累了。"向中冷漠地挣脱开,今天她实在照顾不了其他人的心情。

"噢,好吧。"邓海洋虽然失落,但还是听话地走了,他时时刻刻尊重着向中的选择和感受。

向中看着邓海洋,心里腾起一丝愧疚。她痛苦极了,感觉人生就像一首歌里唱的那样,"爱我的人对我痴心不悔,我却为我爱的人甘心一生伤悲"。

向南痊愈后想换一下心情,便将一头"清汤挂面"剪成了干净利落的短发。

谁知,江宏斌回来后,一看就大发雷霆,怒斥向南不尊重他。

向南一脸莫名其妙,我剪我自己的头发,关你什么事儿?剪个头发就不尊重你了?你以为自己是家里的皇上吗?!

"女人要温柔,要高雅!你这一剪刀下去,不男不女的,像什么样子?!"江宏斌数落道。

向南反倒不生气,她知道跟这个人没什么道理好讲。她温柔地笑笑："老公，女为悦己者容，我也是怕你审美疲劳，才想着换换花样，增加点儿新鲜感的。你就原谅我一次，就一次，好不好？"

向南对江宏斌撒娇果然有效，在一通甜言蜜语下，江宏斌没再追究，只说了句"留回来"就不再提了。

向南假装安抚地拍了拍他的肩膀，转过身后，却换了一副厌恶的表情。

71

第二天早上，向南去驾校报完名，就顶着一头利落的短发来到孤儿院。

白澈今天正好值班，带着小朋友们画画。向南走进课堂的时候，白澈正对着画板做示范。向南站在他身后，听到他说了一句"适合你"。

他在和自己说话吗？向南都没见到他抬头。"什么？"她疑惑地问。

"短发很适合你。"他背对着她，一字一顿地重复道，似乎并不在乎孩子们也能听见。

其实向南方才像一缕清风般走进来的时候，他便觉得眼前一亮，只是不好意思盯着她看太久。

向南红了脸，转身去辅导其他孩子。

课间，向南将带来的点心分给孩子们吃。白澈托着调色盘走了过来，依旧是浅浅一笑道："我还以为你不来了呢。"

"怎么会?"说完,向南仰头喝水,水从她的唇边溢出,她也毫不介意。

"你好像和之前不太一样了。"白澈放下调色盘,抱着胳膊,有和她长聊的意思。

向南笑道:"在医院躺了一星期,想明白很多事儿。人这一辈子,就得洒脱地活着。"她现在已然是"事无不可对人言"。

"你住院了?"白澈很是讶异,清冽的眸子里闪过一丝心疼,"怎么了?"

"没啥。"向南看了看手里的空瓶,平静地答道,"掉了个孩子。"

白澈被惊得一时说不出话来,这显然超出了他的想象。"你……还好吧?"他没想到她竟如此坦白。

"我挺好的呀。"向南坐在课椅上,晃动了一下手里的瓶子,"难道你看不出来吗?"

"看不出来。"白澈也是实话实说,一个人开不开心是写在脸上的,而不是从嘴里说出来的。

"哈。"向南不再继续这个话题,起身去照顾孩子们了。

白澈意味深长地望着她单薄的背影,捏着画笔,默默低下头,没再说话。

……

"校长,你们这是……"向南准备离开孤儿院的时候,发现门口的三轮车拉进来好几车纸箱子,都堆在传达室的墙根下。而校长正穿着背心,在残阳下挥汗如雨地指挥着工人搬运。

"江太啊!"校长见是向南,语气十分客气,但眼神中却满

第七章 同盟者

是距离感,"我们正按江总的吩咐做搬家前的准备,这些纸箱子就是搬家时候用的。"

"搬家?"向南不解。

"是啊,江总说世纪城的项目就快启动了,咱们院得搬到别处去,已经让老师和孩子们开始打包行李和教材了。对了,江太,麻烦您回去跟江总说一声,新学校的建设资金可以尽快到账吗?我们也很愁啊!您看,光是这些纸箱子,就花了不少钱,咱们院账上的流动资金也不是很多……"

听了校长倒的苦水,向南抿了抿唇,低头沉思了一下,而后仰起头,若无其事地一笑,道:"行!我回去跟他说。"

"好嘞,那我先谢谢您!"

……

下班高峰期,向南从孤儿院回家叫不到车,于是打电话给马师傅。

马师傅却在电话里回答道:"夫人,现在是下班高峰期,从我这儿开车去孤儿院特别不方便,至少得一个多小时,万一再堵在路上,您不就白等我了?这会儿万一江总再急着用车,我也赶不回来。要不……您自己再克服克服,看看附近能不能叫到专车?"

什么叫"克服克服"?!向南一听就火了。她想,如果现在在孤儿院的是江宏斌,马师傅也敢让他"克服"吗?

向南和江宏斌在一起的第一天,江宏斌就说了,家里的车子随便她用。马师傅明明是领薪水的,自己居然使唤不动他。

若是以前,向南也许就忍了,换位思考,自我说服,假装

向家的女儿(下)

马师傅说的什么"下班高峰期"是某种不可抗力,多一事不如少一事。可是今天,她望着苍茫的暮色,决定抗争一下。

"马师傅,正是因为下班高峰,所以我叫不到车!你让我克服,那我能想到的唯一的克服办法,就是打电话给老江,让他亲自开车来接我。他要不来,我今天就住在孤儿院,反正这里也不是没有宿舍!"向南对着电话强硬地说道。

马师傅仍搞不清楚状况,对着电话嚷嚷:"夫人,真不是我不愿意去接您!刚才已经跟您分析过了,有我开车到您那儿的工夫,您叫个车,说不定现在已经到家了。您别难为我……"

"那行!"向南换了一只手拿手机,"你拿你的手机帮我叫!我的手机已经试过了,反正在这个地方就是叫不到车!"

"夫人,您……"马师傅在心里抱怨向南,觉得她事儿真多。

"老马,我就在这儿等。四十分钟之内,你要是不到,别怪我把你公车私用接送女儿的事儿告诉老江!他可是最讨厌别人占便宜的!"

"喂喂喂?!夫人,别别别……"不等马师傅把话说完,向南便挂了电话。话已经说到这份儿上了,她相信老马会来接她的。

向南裹着风衣站在晚风中,就像开在路边的一株百合。

"你还没走?"白澈骑着共享单车停在她面前,他背着一个双肩包,一条腿支撑着地面,微微低头看着向南。

"等家里的司机来接。"向南裹着风衣,随口道。

"果然是有钱人家的太太。"风拂过,向南感觉自己嗅到了一股酸味儿。

第七章　同盟者

"你呢？回学校？"向南看了看白澈，问道。

"嗯。"白澈从单车上下来，"我陪你等吧，这么晚了，一个人无聊。"

向南笑了笑，觉得自己遇上好人了。

白澈扶着单车，两人随便聊着，大多是和绘画艺术相关的话题，只觉得越聊越投机。

"你也喜欢莫兰迪？"

"我本科论文写的就是他，太酷了。"

"那你硕士论文开题了吗？写的是啥？"

"米勒吧，资料多，好写点儿。不过他是真有才华！"

"米勒本身就是神，他唤醒了凡·高。"

"对！欣赏平凡的人，欣赏平凡的事儿，是米勒的风格。"

向南意外发现，方才还让自己头疼的四十分钟，竟然转瞬即逝，变得如此短暂。果然，和志趣相投的人在一起，时间如白驹过隙，而和三观不合的人在一起，简直是度日如年。

"哟，我的车来了，先走了哈！"马师傅的车缓缓出现在夜幕中，此时早已华灯初上，向南挥手向白澈告别。

"再……再见……"等向南坐的车消失不见，白澈才从恍惚中回过神来，孤身一人踩着单车走了。

"马师傅，在前面街角那家奶茶店停一下。"熟悉的街景，熟悉的招牌，向南在车后座上吩咐道。

"夫人，都这么晚了，您不怕喝了奶茶睡不着吗？而且这地方不好停车，上次就和您说过了！"

向南早就料到马师傅会拒绝，用犀利的目光从后视镜里和

向家的女儿（下）

他对视了一眼。

"行，奶茶不喝就不喝吧。"向南冷静且平淡地说道，"不过，一会儿你在前面找个可以停车的地方停一下，我有些话要和你说。"

"夫人，您有啥话，现在就说吧。我送您回去，就跟老李交班了，赶着回家。"马师傅不耐烦地打了把方向盘。

"啊啊啊啊……宝贝儿，我好想你！……亲爱的，急死我了，快让我看看你……"这时，从车后座突然冒出一段不堪入耳的私密录音，显然是马师傅本人的声音，只不过是从向南手里的录音笔中传出来的。

马师傅惊得一个急刹车，向南也跟着往前冲了一下。马师傅的额头立刻沁满了细密的汗珠，就像进了蒸笼一样。

"文琪琪、Jessica、酒醉的探戈、辰桃儿……马师傅，小瞧你了！玩儿得挺开啊！"向南冷冷地握着录音笔说。

"夫人，求求您……"马师傅被吓得七魂去了六魄。都说"平生不做亏心事，夜半不怕鬼敲门"，向南不是鬼，可马师傅的确在这辆车里做了不少亏心事儿。

马师傅将近五十岁，没有什么过人的条件，最近又因为空虚寂寞迷上了网络直播。他一方面经常在江家的车里和各种卖弄风情的女主播开视频聊天，另一方面得益于豪车的内饰，加上他自己的三寸不烂之舌，他也做起了主播，把自己包装成"资产过亿的成功人士"，网上很多人对他深信不疑，他也确实撩到了不少女网友。

可惜，他那些龌龊的言语，都被向南事先藏在地垫下的录

第七章 同盟者

音笔一一录了下来，证据确凿，无从抵赖。

"夫人，求求您放我一马！"方才还气焰嚣张的马师傅，此刻只能苦苦哀求。

向南举着录音笔，莞尔一笑道："呵呵，我要用车，你不肯来接我，我放你一马；我想喝奶茶，你不肯停车，我放你一马；多少次，你借口小区里不好掉头，把我扔在小区门口，我也放你一马……不好意思，马师傅！你可能弄错了，我是江太太，不是放马的！"

72

"夫人，您行行好……"马师傅一再哀求，"我也一把年纪了，老脸不能不要。求求您，这件事儿，到您这儿就算完了，行吗？"

向南低头摆弄着自己的手指甲，冷笑道："完了？"

马师傅几乎带着哭腔说："夫人，您也知道，我们就是打工的，钱也没几个，又到了这个年纪，这辈子也就是给江总开车开到退休了……脸没了，工作就没了，我这上有老、下有小的……"

向南在心里反问：你和那些美女聊骚的时候，咋没想过上有老、下有小？但表面上，向南却假装轻松地笑道："马师傅，你也不用太紧张。说到底呢，这不过是你的私事，我管不着，也不关心。唯一不地道的，就是你不该占用上班时间做这些。"若不是上班时间，没了豪车的加持，马师傅恐怕一个粉丝都骗不来。

"那……夫人，您能不能把这支录音笔给我？"马师傅得寸进尺。

"不能！"向南一口回绝，她留着这支笔还有用，这是她的筹码，她不慌不忙地说，"马师傅，你还是先开车吧，到地方了，咱再谈条件。今天……你不急着回家吧？"

"不急不急不急……"马师傅急得满头大汗，赶紧发动车子。

路上，向南假装不经意地问道："江总他平时，是不是不让你和我说他的事儿？"

马师傅哆哆嗦嗦地把着方向盘："那倒也不是，但……这是咱基本的职业操守……"

"噢，那就没得谈了。"向南将身体往椅背上一靠，幽幽地看向窗外，"那是你女儿就读的中学吧？"经过一所学校时，向南故意问道。

此刻马师傅恨不能载着向南连人带车冲进江里去，一了百了。

好在，向南的口气松动了一下："父母有罪，祸不及子孙，我也不会让你坏了操守。我不会问你公事，不过江总的私事，尤其是那种八卦之类的……"

"知无不言，言无不尽！"马师傅赶紧识趣地说，毕竟他现在有把柄在向南手里，不吐出点儿真东西来交换是不行的。

向南见拿捏住了马师傅，倒也不着急了，轻轻一笑道："你知不知道，江总和那个明蔚……"

马师傅小心翼翼地接话："他们……倒也没什么事儿，不像外头传的那么不堪。"

第七章 同盟者

"你不用安慰我。"向南把前额的刘海往后撩了撩,她还不至于需要司机的同情。

"不是安慰,是……事实。"马师傅小声说道,他正经说话的样子,还真有些"弃暗投明"的味道,"江总每次晚上送明蔚回去,都是略坐坐就走了,从不久待,更不过夜。而且每次从她家出来,总是一副心烦意乱的样子。"

"当真?"向南还是不信。

现在无论是"名媛会"里的人,还是生意场上的人,都默认了江宏斌和明蔚才是金童玉女的一对儿。女的有背景,男的有实力,强强联手,唯一多余的,便是向南这个"绊脚石"。并且,明蔚是江宏斌的初恋,那就更是他心头的白月光了。

"夫人,录音笔在您手上,我骗谁也不敢骗您啊!不过这件事儿,江总好像是故意以假乱真,他特别希望大家都觉得他和明蔚关系暧昧。"

"此话怎讲?"

"明蔚住的地方是知名小区,好多做生意的、场面上的人都住在那里。江总每次送明蔚回去的时候,我开车到楼下,他都会故意让我把车灯打开,甚至有时候,他明明早就下来了,却要在车里抽两根烟再走。"马师傅道。

向南听得心生疑惑,这又是为什么?只听说过男人为了偷偷私会情人,演足了戏摆脱干系,哪有人抓着虱子往自己头上放的?

车到了,向南带着疑惑,准备下车。马师傅一脸哀怨,还是想要那支录音笔。

向南重新关上已经拉开的车门,淡淡地对他说道:"录音笔我可以给你,但你以后能不做这种事儿了吗?常在河边走,哪有不湿鞋?这次幸亏是被我发现了,若是老江发现的,后果你应该知道吧。"

说着,向南将那支录音笔交给了他。马师傅千恩万谢,好话说尽,拿到那支录音笔,满脸如获至宝的表情。

向南下车,在夜风中冷冷地回头看了驾驶座一眼。马师傅以为拿到录音笔就万事大吉了,殊不知,那支录音笔里的内容,向南早就在电脑上复制了一份。以后,就看马师傅的表现了。有这种东西在手,向南的底气足了许多,下车后走路都不自觉地腰杆儿更直了。

虽说"擒贼先擒王",但奈何对手过于强大,先搞定他手下的人也不错。

第二天,向南带着马师傅提供的重要信息去找向前。

"啊?怎么会?"向前听后十分惊诧,什么时候男人对送上门的便宜大声说"不要"了?难道是为了掩人耳目吗?

向南把老马的事儿也说了,向前听后良久没有出声。

一来,她是觉得这件事儿的确蹊跷;二来,她有些不敢正视向南,自己的小妹什么时候变得如此有心机了?这都快赶上谍战剧了。

向前用异样的眼神盯着向南,再次审慎地问了她一句:"小妹,你还真想离婚啊?"

向南笃定地点了点头。

第七章 同盟者

让自己的妹妹送自己的老婆去医院,而自己却转身潇洒地进入会场,继续去陪一个现在看来莫须有的初恋情人。当时情况那么危急,向南的身体状况很不乐观,可江宏斌却置若罔闻,只是一心谋求着他所谓的"大业"。这样的人,和他离婚都是轻的,起码得让他受点儿惩罚。现在向南不依靠旁人,她要还自己一个公道。

向前拍了拍向南的肩膀,没说话,只给了她一个支持的微笑,然后拎起包走出了咖啡馆。

向前叫了辆车,一个人来到上次和柴进来过的江边。烂尾的海天大厦,就像海市蜃楼一样,向前明明看见了,却不知是真是假。

她抱膝坐在礁石上,一直坐到残阳如血,才沿着江堤慢慢往回走。她看着江上的夕阳,心里逐渐明朗起来。

"柴进,海天最近有竞标吗?"她边走边打电话。

"有,在下个月。"

"几家公司?"

"我们能见面详细说吗?"柴进犹豫了一下,回答,"这里面情况很复杂,一两句话说不清楚。"

"好。明早十点公司见。"

"嗯。"

挂了电话,向前也走到了闹市区,她叫了一辆车回自己家。

一进门就见高安麻利地在厨房炒菜,今天这一屋子的菜香,让向前格外安心。高平妈在高安身旁嫌东嫌西,一会儿说她盐放多了,一会儿又怪她火开大了。

见她没完没了,向前忍不住走进厨房说:"高安做,您就让她做,别在旁边瞎捣乱,要么您自己来?"

自从上次向前歇斯底里地骂过高平妈一次之后,高平妈便有些怕向前,方才还骂高安骂得起劲儿,这时一下子就哑了火。

向前白了她一眼,往客厅走去。

高平正坐在地毯上陪左左、右右玩儿,见向前回来了,又紧张又尴尬。这是向前离家出走之后第一次回家,高平想对她示好,却不知她气消了没,于是只好不停地拿孩子当话题试探她:"左左和右右,我带他们去医院检查过了,牙科、眼科都看了。医生说,孩子小,复原能力强,只是换牙后注意少吃糖,少看平板电脑,都能恢复的。"

向前就当高平是透明的,话从耳朵里过,嘴上却不接茬儿,也不与他对视。

"你要还有啥不放心,怕孩子心理上留下啥问题,咱们可以带他们去儿童心理卫生中心做个测验。"高平努力地讨好老婆。

"噢,还有那个李书。"他又急切地开始表态,"不管你是不放心她还是不喜欢她,以后我都不让她来了,省得给咱家添堵。"

向前拿玩具逗弄着左左,轻蔑地说:"来,干吗不叫她来?她要价又不高,又是你的师妹,换了外人更不让人放心。再说了,我们跟她签了三个月的合同,还有一半的时间呢。"

"啊?"高平愣住了,不知道自己老婆葫芦里卖的是什么药。

"还有,我好像没说过我不喜欢她吧?要说不放心呢,谁我都不放心,你妈我也不放心。"向前冷冷地说,全程眼神和高平

第七章 同盟者

零交流。

高平一头雾水,心想:向前怎么离家出走一趟,回来变得这么大度了?

这时,高平妈还搞不清状况,赶过来凑热闹道:"哎呀!向前,你能想开就最好了!这李书啊,是咱老乡,不会坑我们的!上次她给小孩儿吃糖,告诉孩子平板电脑密码的事儿,就是没经验!毕竟人家小姑娘也没结婚,没生过孩子,谁知道孩子的自制力会这么差呢?那买糖的钱,人家不也是从自己兜儿里掏的吗?"

买糖的钱?是说那几根"阿尔麦斯"吗?

高安端着热菜从厨房里钻出来,向前心照不宣地跟她对视了一眼。

73

大家陆续坐上桌,一家人难得整整齐齐地吃顿饭。

高平妈也不知道是哪根筋不对,指着桌上的饭菜又开始作妖了:"哎哟,这鸡汤里的肉怎么这么柴?!高安,这鸡你是在门口那家菜市场一楼左边第三个摊子买的吗?"

高安闷头吃饭,抬眼看了她妈一眼,轻描淡写地说道:"那家的鸡是养殖的。炖汤的这只,我是在医院旁边的一家专门卖肉的店里买的。我听好多病人家属说,这家的鸡不是养殖鸡,而是散养鸡,所以肉吃起来不那么肥,营养价值还高。妈,您可别小看这么一只鸡,一百块钱还不讲价呢。"

向家的女儿（下）

"啥？一百块钱？！"高平妈毫无思想准备，先是嘴巴惊成了O形，而后狠狠将手里的筷子往地板上一扔，把所有人都吓了一跳。

向前脸上有些挂不住，这好歹是在自己家里，高平妈就这样甩脸色，这是给谁看呢？她想反驳婆婆几句，高平竟然在桌子下面碰她膝盖，意思是让她别多事儿。高安继续淡定吃饭，也不搭理她妈。左左、右右听不懂大人的事儿，一人攥着一只鸡腿猛啃。

饭桌上的气氛一下子压抑下来，高平妈方才掀起的风波，就这样平息了。她很尴尬，于是阴阳怪气地又找起了亲生女儿的茬儿："高安，你到底要在我们家住多久啊？这虽说高平是你弟弟，向前也不说啥，可是吧，这人得知趣，没有在亲戚家久住的道理，是不是？"

面对挑衅，高安依旧沉默应对。

向前看不过去了，不顾高平的暗示，执意替高安出头道："亲戚家？这是她亲弟弟的家！我这个弟媳妇儿也不是不容人的人。姐，你想在这儿住多久都没关系！住到女儿上大学才好呢，咱俩也有个伴儿！"

"啧啧啧，向前，你真是站着说话不腰疼！"高平妈连连摇头，反驳向前，"这高安嘛，我的女儿我知道，她总归还是要再嫁人的。四十岁改嫁，还算年轻，在我们农村，找个有社保、有退休金的五六十岁的老头儿，那都不是事儿！"

"妈！"高平终于硬气了一回，喝止了一声。高安离婚还不满仨月，当妈的就算再想让女儿改嫁，也不能急成这样，明显

第七章 同盟者

就是想尽快把女儿打发走。

"我哪儿说错了？"高平妈就是没脑子，还在那儿振振有词，对全家人的态度视而不见，"这多个人，就多双筷子！一百块钱的鸡！高安，你是不是以前自己在家吃不起，现在来弟弟、弟媳家打秋风了？从小我可不是这么教育你的，老占人便宜，这哪儿行？要我说，人还是要自力更生！明天我就给你三姨打电话，让她在老家给你物色个人，光棍儿、二婚、死老婆的都行，关键是得有社保！你孩子现在反正寄宿，你一个人回老家得了！你在医院的工作也挣不了几个钱，我这当妈的都是为你好……"

高安听完，虽然仍低着头不说话，但向前明显看见她眼眶发红，眼泪慢慢蓄积起来。

向前特别生气，高平妈欺负高安的这段话，简直比恶心她自己还令她愤怒。"老太婆！你胡说什么呢？！"震怒之下，向前连"妈"都不叫了，一拍桌子站起来，大声道，"这鸡是高安用自己的钱买的！她说买来孝敬你，也是给孩子们补充营养、长身体的！高安工资也不高，她花一百块钱买只鸡给我们吃，是多大的人情！你怎么能这样说她？！"

"呵，自己买的？羊毛出在羊身上！她在这儿住着，房租、水电，一个月省的可不老少！"高平妈觉得她"管教"自己的女儿天经地义，理直气壮地和向前针尖对麦芒。

向前气得直抽冷气，她得和这个不讲理的老太婆好好说道说道。

可高平这时放下筷子，低着头，一直拽向前的衣袖。他这

向家的女儿（下）

个动作，无疑是火上浇油。

向前气得一把掀翻高平的饭碗，一肚子的火气，立马向他撒去："你拉我干吗？！你妈这一句句说的是人话吗？！高安姐是我请来的！我千求万求请她来帮我接几天手，照顾照顾左左、右右！她才是我们家真正的客人！谁和客人过不去，别怪我向前不客气！"

向前言辞犀利，表情激动，桌上的左左和右右一下子被吓哭了。向前索性饭也不吃了，把两个孩子抱到沙发上，打开电视给他们看一会儿动画片。

等向前安抚好他们，再回过头来一看，高平妈居然已经演技全开，伏在桌上一把鼻涕一把眼泪地大哭起来。而高平，则只是对着散落在饭桌上的一摊米饭长吁短叹。

向前走过来坐下，装作若无其事地夹了一大块鸡肉到高安的碗里，朗声道："吃！姐！他们不吃，咱自己吃！一百块的鸡，有些人是不配！"

高平妈哭天喊地，闹得更厉害了，一个劲儿地叫高平给她"做主"。高平不得已，嘀咕了一句："非得闹成这样吗？"不知是对向前还是对高安说的。

这时，一直低头蓄泪的高安，终于停下筷子，抬起了头。她的眼神里，除了愤怒，还有一丝犀利的光。

"妈、高平、向前，话既然说到这儿了，那我也表个态。"高安平静如水地说道，"妈，您说得没错，'亲兄弟，明算账'，有些账大家还是算算清楚比较好。"

高平妈见高安这么说，以为高安服软了，一下子又嘚瑟起来，

第七章 同盟者

她的鼻涕、眼泪好像瞬间消失了,得意之情立刻溢于言表:"呵,可不就是得明算账吗!你是嫁出去的女儿,泼出去的水……"

"你!"向前几乎想打人了!

高安却不动怒,而是冷笑道:"好啊,既然要算,那咱们就从头开始算!"

"从头算?"高平妈不解地望着她。

高安看了她一眼,又看向高平。"也别从我出生开始算了,就从我上卫校开始算吧。"高安理直气壮地说道,"我那时每个月两百多块的补贴,都是交给家里的,一共交了三年!再加上通货膨胀,四舍五入,就算我读书的时候你们欠我一万吧!"

"什么?!"高平妈一直认为女孩子交钱给家里天经地义,就像高安刚会走路就得帮家里分摊家务一样。

高安接着说:"我工作以后,每个月给高平五百块生活费,从他上高中开始一直到他大学毕业,一共八年,四万八,四舍五入,就当是五万吧。"

向前神补刀了一句:"现在的钱越来越不值钱了,当时的五万,够在你们老家县城买套房付首付了。"

"然后是我结婚!妈,您知道我和前夫最大的矛盾是什么吗?这么多年来,他多少次因为当年给咱家的三万彩礼钱打我!您当年拿到彩礼的时候是怎么说的?您说您会拿出一万给我们夫妻俩过日子,结果呢?您转脸就把那三万全给了高平!"高安越说越委屈,她没有呼天抢地,只是断了线的泪珠,就那样静静地从眼底涌了出来,晶莹剔透,一滴滴地落在桌上。

"得得得!你现在说这些有什么用?都是些陈芝麻烂谷子的

向家的女儿（下）

事儿了！"高平妈一副死猪不怕开水烫的样子。

高平的头却越埋越低，脸红得像煮熟了一样，整个人几乎要钻到桌子底下去了。

"妈，这怎么是陈芝麻烂谷子的事儿呢？"向前瞥了他们母子俩一眼，用一种客观且冷漠的口气说道，"高安转给高平的钱，可都是每个月打到银行卡上的。这些钱，如果高安想要回来，上法院打个官司，也不是没有可能。毕竟只有父母对子女有抚养义务，而高安只是家里的长女，她这么多年补贴家用，完全是出于自愿。但如果她对法官说，这么多年都是您胁迫她的，读卫校的时候她还没成年，弄不好您还会因为虐待未成年人给关进去呢！"向前算准了高平妈是法盲，于是顺着高安的话，可劲儿地吓唬她。

"你少在这儿说风凉话！"高平妈胸脯一起一伏，不服气道，"她是我肚子里掉出来的肉，就得为老高家做牛做马！"

"喊——"向前嗤笑了一声，看向高平。她很希望高平此刻能够站出来，大声说句公道话，那样的话，他这个人这辈子还算有救。毕竟，他也是这个家庭的当事人和受益者。

"你们两个联手给我添堵，不把长辈放在眼里是吧？！哎哟喂，真是没天理啊！儿媳妇儿虐待婆婆啦！你们这样是要遭报应，被雷劈的啊……"高平妈往地上一坐，盘着腿就鬼哭狼嚎起来。

"够了！妈！"终于，在向前殷切的眼神和高安悲凉的抽泣声里，高平说话了。他站起来，全身颤抖着，满脸愧疚地望了对面的高安一眼，而后指着坐在地上的亲妈厉声斥责道："您赶紧起来！我媳妇儿和我姐说得没错，法律就是这么规定的！我姐没义务为咱们家无私奉献！之前我姐给我钱，那是疼我，资助我读书，以后我上班了，这些钱都是要还的！这些话不用你们告诉我，我本来就打算工作之后有钱了，一点儿一点儿地还！妈！您实在太过分了！连我都看不下去了！您别再闹了，不要搞得不好收场，反正我是不会站在您这一边的！"

74

高平发了一通火之后，他妈总算是消停了，又换了副委屈屈的模样，一个人躲到房间里抹眼泪去了。不过，她却故意将房门大敞着，家里其他人都能看见她那副"受气"的样子。

高安今天终于把心底的委屈说了出来，多年的积怨第一次得到了发泄。她拿面巾纸擦干眼泪，便开始收拾餐桌。

高平把桌上的米饭收拾干净，端着盘子也进了厨房。"姐，我来吧。"他站在高安身后轻声说道。

高安听了这话，鼻子一酸，她终究还是个心软的女人。

她觉得，高平再怎么冷漠，到底是她照顾了多年的亲弟弟，就算为了多年的亲情，她也不能跟弟弟一刀两断，该管的还是得管。

高安擤了擤鼻子，和高平一起开始洗碗，"哗哗"的水声冲散了姐弟间的生分。

"你和向前到底准备咋办啊？"高安将一个洗干净的盘子放在一旁的台子上。

高平低着头不说话，拿一块干净的布擦那个盘子，直到那个盘子被擦得一个水珠都没有了，他都没有开口接话。

高安叹了口气，劝道："你呀，就是被鬼迷了心窍！像向前这么好的媳妇儿，漂亮、大方又能干，那是打着灯笼都难找！妈是个糊涂人，这几年你和她住在一起，怎么也变得不辨是非了？还博士呢，真不知道学问都学到哪儿去了！"

高平红着脸，没反驳。

"还有，"高安看了他一眼，把厨房门关上，接着说，"你和那个什么……什么'书'来着，到底有事儿没事儿？"

"是李书，我师妹。"

"哎，别管什么'书'了！就那女的，你跟姐说实话，你俩到底到什么程度了？"高安推了高平一下，让他交代重点。

"没啥程度。"高平挠了挠头，"就是普通同学，一个实验室而已，她……"高平顿住了，他自己也说不上来对李书是一种什么样的感觉。对他来说，这个女孩子就像一缕欢快的风，吹进了他枯燥无聊的生活里。

"拉过手吗？亲过没有？还有没有更过分的？！"高安毫不客气地逼问。

"姐！"高平急得跺脚，"你说哪儿去了？！怎么可能？！我们就是……同学。"

"那梁山伯和祝英台还是同学呢！"高安不放心，她盯着自己弟弟那张无辜的脸，就知道这件事儿没那么简单。

高平从小遇到什么事儿都喜欢装无辜，摆出一副人畜无害、楚楚可怜的样子，似乎知道这样就可以获得更多的同情，从而

第七章 同盟者

将自己置于一个有利的位置上。他看起来越无辜,背地里就越有不好说的事儿。

"你呀你!"高安也顾不得了,拿满是洗洁精的手,去戳他脑门儿,"你这是精神出轨!精神出轨!知道吗?!"

高平死活不承认这是精神出轨,他跟高安坦白道:"姐,和你说实话,我也不知道是咋回事儿……那李书,她……她和向前不一样,柔柔弱弱的,随便说几句话,好像就能说到别人心坎儿里去。姐,我真不是对她有什么想法,就是觉得,拿她当个朋友,相处起来也挺舒服的。"

"你脑子坏掉啦?!"高安直接啐了一口唾沫,"你这就是精神出轨!什么相处起来挺舒服的?你有没有想过,李书平常过的是什么日子?每天上几节课,做做实验,来咱家看看孩子,回宿舍就歇着了。可向前呢?她平时那么忙,外面上一天班,回来还要管孩子,管完孩子还得应付咱妈,她哪儿还有精力哄着你、供着你?你给她钱吗?"高安嘴里的话不停,手里的活儿也不停:"那个李书,摆明了是有备而来。她说话你觉得中听,做事你觉得中意,难道是天生的吗?我和你是一个爹一个妈生的,又比你大几岁,我说话做事,你还常常觉得不中听、不中意呢,你就没想过她这么做有什么目的吗?"

高安一番话说得高平无言以对,他细想了一番,也觉得很有道理。高平虽说平时受他妈的影响,和高安不算太亲近,但对这个姐姐,他心底还是很佩服的。而且高安资助高平那么多年,高平内心深处也常常为此感到自卑。直到今天,高平才忽然意识到,造成他自卑的并不是他姐姐,而是一直不能自食其力的他自己。高安这些年,被高家扭曲的三观扣上了一口又一口黑锅,苦不堪言。好在高平还不算良心泯灭,他还是清楚姐姐的付出与辛苦的,也能听进去她的规劝。

"姐,那你说,现在怎么办?"高平心底也很无奈,他本来就不擅长处理这种问题,现在高安来了,也算是抓住救命稻草了。

"怎么办?"高安沥了沥水,"你自己动脑子想!解铃还须系铃人。向前那边,只能靠你自己努力争取了,至于那个李书……你自己看着办!"

"姐……"

"出去吧,你自己好好想想!别人教的,总不如自己悟的。你要真打算一条道走到黑,没人会拉你!"

高平打开厨房门出来,看见向前正跪坐在地毯上陪左左、右右玩耍。高平被高安方才的一番话触动了,想走过去和他们一起玩儿,找回一家四口其乐融融的感觉。

他经过向前身边,弯腰的瞬间,意外发现向前头顶的发丝里夹杂着一根银丝。他怀疑是自己看错了,忍不住又凑近看了看,还上手拨了拨向前的头发。

"你干什么?!"向前反应剧烈。她自从回家以后,虽然生活如旧,但心理上总是刻意和高平保持着距离。此时此刻,高平突然对自己有这么亲密的肢体接触,让她很不适应。

高平怔了一下,放下手,装作什么也没发生。他没提白头发的事儿,搞得向前误以为他这个亲昵的举动是在对自己示好。不过说起来,他确实也是在示好。

第七章 同盟者

这天，向南又来到玉姐家，向她请教离婚律师的事儿。俩人聊着聊着，就聊到了世纪城的项目。

向南开诚布公地抛出自己的疑问："玉姐，我能问您个事儿吗？世纪城的项目，现在闹得沸沸扬扬，'名媛会'那么多人都跟投了，您为什么……"

玉姐也没回避，答道："向南，不瞒你说，世纪城的诱惑确实很大，听说省规划局的领导是明蔚爸爸的老战友，很早就有风递出来，说那块地属于风景区、商业区和别墅区的连接地带，在政府规划中有着重要的地位，领导们也都很重视那块地的发展前景。"

"那……"向南更糊涂了，向前连想把建材卖给江宏斌都很费劲，为什么玉姐要主动放弃这么好的投资机会呢？

"可是……"玉姐意味深长地看了向南一眼，"江宏斌是个城府极深的人，这么多年下来，我了解他。他越是想做什么，就越是要让别人无法洞察他的心意。世纪城的项目现在是很受欢迎，可越是这样沸沸扬扬的，我越是觉得心里不踏实。"

向南懵懂地听着。

"向南，你知道吗？其实到了玉姐这个年纪，早就不求什么大富大贵了。富贵险中求，想要大富大贵，就得与虎谋皮。玉姐老了，不想再冒任何风险了，就想着过点儿岁月静好的小日子。"

玉姐的一番感叹，向南听在心里，又怕再说下去惹她伤心，就换了话题："姐，那个律师，您这边有合适的人推荐吗？"

玉姐从包里掏出两张名片，放在大理石茶几上。"江宏斌用

向家的女儿（下）

过的几个律师，都是城里最有名的，他最信任的是钟律师。"玉姐指了指左边的那张名片，对向南道，"这个黄律师，是钟律师的死对头，两人经常在法庭相遇，难分伯仲。如果请他做你的离婚律师，倒是有一定胜算，但……诉讼费会特别特别高！"

向南听玉姐说了两个"特别"，就基本猜到诉讼费的价位了。玉姐是什么身家的人？向南跟她比，别说望其项背，恐怕连人家的脚后跟儿都摸不着。

"再看这个人。"玉姐又指了指右边的那张名片，"这个小郑律师，是钟律师的徒弟，跟钟律师在一个律所共事了很多年。可是后来两人不知为什么反目成仇，小郑律师愤而辞职，自己出来单干了。但很可惜，由于钟律师明里暗里的疯狂打压，小郑律师的律所一直门庭冷落。所以，他一直想要找一个机会，可以和钟律师一决高下，找回尊严。"

玉姐抿了口茶，又道："你也能想象得出，能请到钟律师的人一般都是什么财力。谁赶上和这样的人打官司，要么就是比对方更有钱，请得起更好、更贵的律师，要么就是干脆放弃，随便请个律师，甚至律师都不请，直接认栽。所以，这些年小郑律师一直没有机会和钟律师对擂，心里憋着火呢。"

向南听完，拈起桌上的两张名片，慎重地比较了一下。她看了看小郑律师的名片，又想了想自己，最终决定找他。

心中有仇恨的人，潜力是无穷的。过往皆不重要，无论你是怎么倒下去的，只要你坚定地想要爬起来，最终总会找到办法。

75

从玉姐家出来，向南便去见了小郑律师。

小郑律师的律所位置果然很偏僻，在一幢老旧的写字楼里。玉姐已经和他打过招呼了，所以向南去了之后，他格外客气。

向南将自己的情况和小郑律师说了。小郑律师一开始听了有些高兴，他终于有机会和钟律师在法庭上较量一番了。可是，等向南描述完她和江宏斌的婚姻，小郑律师一下子又犯了难，脸色凝重起来。他郑重地对向南说道："你这个官司不好打。"

"是不是要加钱？"

"您说哪儿去了……就凭玉姐的关系，我是按最低标准跟您收费的。只是……"小郑律师顿了顿，直言，"离婚的话，经济上您可能得不到什么好处。因为江宏斌早就对您有所防范，官司打起来恐怕会相当复杂。房、车都是他的婚前财产，离婚时很难分给您，至于他有多少资产，恐怕您也不是很清楚。像您这种情况，最多就是给一笔一次性的补偿，没有子女，赡养费都没有的。"

向南默默地听着，没有反驳。

小郑律师继续道："而且钟律师以前是我师傅，我们彼此十分了解，他很擅长此类离婚官司。城里大部分有头有脸的男人离婚，都是请他辩护，有的案件甚至没上法庭，只是庭外和解，他就能让女方吃尽闷亏。"

向南听后，心又往下一沉，但她没有气馁。沉默良久，她

向家的女儿（下）

终于昂起头，目光坚毅地说："分钱从来不是我的目的。"向南要的是让江宏斌身败名裂。

"那您想要什么？"小郑律师一摊手。

向南想了想，问道："如果在离婚案中，我申请家务补偿，您觉得胜算有多少？"

小郑律师睁大了眼睛："新的《民法典》确实提出了'家务劳动补偿制度'，可是即使胜诉，最多也就是五万到十万的补偿而已……您不能丢了西瓜捡芝麻啊！"他说得很直接。

小郑律师在接到向南这个案子的时候也比较震惊，毕竟江宏斌的身家整个城市尽人皆知，只要能略微分得一些他的财产，向南的下半辈子基本就可以衣食无忧。

但向南看重的不是这个。当初她嫁给江宏斌并不是为了钱，如今她想离婚，也不是为了分走多少财产。

"小郑律师，既然您是玉姐的朋友，那我就充分信任您。和您说实话吧，分财产不是我的目的，我现在只是希望这桩离婚案能产生一定的社会影响。"向南说。

小郑律师是个明白人，一下就听懂了向南的意思。来他这儿委托离婚诉讼的人，无非有两种：一种是心死了，只想争财产，过好下半辈子的；还有一种是心有不甘，只想复仇，让对方身败名裂的。显然，向南是第二种情况。

"这您放心，就凭我和钟律师在律师界的恩怨，案子一开庭，律政界的公号、小道媒体都会出来报道。加上江宏斌又是地方名人，上市公司总裁，关注度肯定会高。另外，您提出的这个'家务补偿'，目前国内只有一两例，并且都是以女方胜诉

第七章 同盟者

结案的，现在国民关注度很高，很有话题性。"小郑律师胸有成竹地说。

"那我就放心了。"向南点了点头，将一个牛皮纸信封轻轻放在办公桌上，里面是给小郑律师的律师费定金。

小郑律师看了眼，又抬头瞟了向南一眼，说了声"谢谢"。

向南笑了笑，正巧瞥到他办公桌上的一张父子照，上面是小郑律师和一个七八岁的小男孩儿。向南很好奇，一般人的办公桌上要么不放照片，要么就放全家福。于是，她拿起相框，随口说了一句："您儿子真可爱！您夫人的照片呢？怎么没摆出来？"

小郑律师尴尬地笑了笑，而后对向南说："不瞒您说，我已经离婚了，房、车归前妻，儿子归我。"

向南很诧异，小郑律师自己可就是离婚律师啊！按他的说法，尽管他争取到了儿子的抚养权，但大部分财产似乎都分给了前妻，他自己的离婚官司怎么会是这种结果呢？向南不禁有点儿怀疑起他的水平。

小郑律师仿佛看出了向南的心思，他沉思了一下，幽幽地对向南说了一句："其实打离婚官司，不是比谁请的律师好，也不是比谁提供的证据多，而是要看夫妻双方谁在这段婚姻里更能保持理性，更能冷静地分析利害得失，谁就能付出更小的代价……"

向南听得怔住了，手里握着相框，水汪汪的大眼睛盯着小郑律师。小郑律师苦笑了一下，伸出手和向南握了握，算是给她鼓励。

向家的女儿（下）

从小郑律师的律所出来，向南回头张望了一下，刺目的阳光，老旧的建筑，越发有一种破败又颓废的感觉。

向南心情有些郁闷，便去了向前那儿，把自己这边搜集到的关于世纪城和江宏斌的信息都透露给了她。于是，向前脑海里那个大胆的猜测，现在越来越明晰了⋯⋯

向南走后，向前直接去了柴进办公室，两人聊起了海天大厦招标的事儿。

"说来也奇怪，这海天烂尾都快十年了，最近突然又炙手可热起来。我去查了，这次参加竞标的公司有好几家，除了那些一看就是陪标的，剩下的就是这四家——辉月、绿城、海鸥国际，还有⋯⋯日帆。"

"日帆？"向前心里"咯噔"一下，"那不是洪江的子公司吗？"

"就是啊！"

"绿城和海鸥国际都是老牌的房地产开发商，他们年年参加海天的竞标，但项目年年都流标了，今年该不会又是这样吧？"向前道，"毕竟海天烂尾了这么多年，没有人真心看好它的价值。"

柴进抱着胳膊点了点头，同意她的看法。

"那⋯⋯辉月又是家什么公司？没怎么听说过，是从哪儿冒出来的？"向前疑惑地问。

柴进也摇头道："不知道，神秘得很！境外注册资本，实力好像还很雄厚，但怎么查都查不到它的实际控股人究竟是谁。"

第七章 同盟者

向前啧啧称奇,"黑天鹅"年年有,今年尤其多。"醉翁之意不在酒,也许江宏斌其实真正想开发的是海天,而非世纪城,现在只是故意声东击西?"她说。

柴进和向前英雄所见略同。

"那我们就得囤货了。"向前道,"海天地处江边,而世纪城地处紫金山下,所需要的建材是完全不同的。江边需要的防风材料和高建钢,都不好买,现在市场上特别难找……"

柴进赞同向前的想法,又告诉了她一个重要信息:"其实,竞标的公司,除了这几家,还有一家我没告诉你。"

"启星,是不是?"向前说。他俩工作上果然十分有默契。

"是,启星的开发资质批下来了。我想搏一搏。"

向前没说话。果然,柴进就是这样。

向中在单位,一连两个礼拜都没被安排工作。天天坐冷板凳的滋味确实不好受,加上同事们似乎都在刻意疏远她,连杨姐喊她去茶水间的次数都变得屈指可数。

向中现在每天不是刷单位官网,就是对着电脑发呆。到月底就是本季度的业绩考核了,向中查了查工作进度,越发担心会交白卷。毕竟,上次领导来视察,王玉溪把这个季度的工作都提交了,所有人都认定那些工作是王玉溪整理总结的,不然他怎么会演示得那么清楚呢?向中就算是把之前的工作再重复写进汇报总结里,这个月她也没有什么工作量。总而言之,她的业绩成了全部门倒数第一。

向中虽然事业心不强,但她习惯保持在不算最好也不算最差的位置,现在被扣上了"倒数第一"的帽子,她在单位里都有些抬不起头来。

她偶尔在办公室以外的地方也会遇见王玉溪,但两人相遇时,眼神不是闪躲就是尴尬。

王玉溪也不总是一个人,向中有好几次都看见他和那个女孩儿挽着胳膊或者搂着肩,向园区门口走去。

她阵阵心酸,却又无法言说。她连质疑或抗议的资格都没有。

她和王玉溪之间,真的就应了杨宗纬的那首歌《其实都没有》:"从什么都没有的地方,到什么都没有的地方,我们像没发生事一样,自顾地走在路上。忘掉了的人只是泡沫,用双手轻轻一触就破,泛黄有他泛黄的理由……我也曾经做梦过,后来更寂寞,我们能留下的其实都没有……"

76

"老婆,surprise(惊喜)!"

向中一进家门,就被邓海洋扭开的纸礼花炮给吓了一跳。她低头抖掉头上的彩纸,直愣愣地望着邓海洋:"什么毛病啊?!"

邓海洋笑容可掬地迎上来,他穿的浅色衬衫,胸口和背后汗湿了一大片,浑身透着傻气:"今天是我们的结婚纪念日啊!你不是总说我没有仪式感吗?所以啊,我就痛定思痛,今天特意给你准备了一个惊喜!"

第七章 同盟者

说着,邓海洋拉起向中的胳膊,往卧室里走。

"噔噔噔噔!"向中抬眼,只见卧室的软包墙上贴着"I LOVE U BABY"(我爱你宝贝)字样的粉色气球,床上铺满了玫瑰花瓣,整个卧室的空气中都弥漫着冰激凌香薰的气味。

这俗气的浪漫突然出现,让人猝不及防。向中望着这梦幻的一切,内心泛起的并不是欣喜或感动,而是一阵心惊肉跳。

"老婆!来!"邓海洋又拉着向中转到客厅。

只见客厅的餐桌上,早就备下了红酒、香槟、蜡烛和比萨,还有一个大大的粉红色蛋糕,装在一只淡紫色半透明的四方盒子里。那盒子上的深紫色缎带显得尤为刺眼,向中觉得,那条缎带捆住的似乎不仅是这个纪念日蛋糕,还有她的脖子、她的精神、她的意识,令她窒息不已。

她想,或许不是邓海洋不好,而是她自己不配。她的鼻子忍不住阵阵发酸。她的婚姻,就像那铺满床的玫瑰花瓣一样俗气。也许有人觉得浪漫,但这种刻意的浪漫却不是她想要的。这一切仿佛一记重重的耳光扇在她的脸上。

"怎么?不开心吗?"看着呆若木鸡的向中,邓海洋兴奋的脸僵住了。

"噢,没什么……上班有点儿累。"向中胡乱拢了拢头发,试图掩饰自己的情绪,"你这些……是找庆典公司弄的吧?"她又尴尬地随手指了指屋里艳俗的布置。

"怎么会是庆典公司弄的呢?"邓海洋一下来了劲儿,坐在向中身边,搂住她的肩膀邀功道,"这些装饰都是我前几天在网上偷偷买好的,怕被你发现,都寄到我公司了。我今天中午吃过饭就回来了，你看那些气球，飘在空中的，是我拿氦气罐打的，掉在地上、贴在墙上的，可都是我拿嘴吹的！"

"噢……"向中尴尬地看了邓海洋一眼，脸上挤出一丝僵硬的笑容。

"老婆，你是不是有什么心事啊？"邓海洋看出了向中的反常，"最近怎么总是闷闷不乐的？"

"噢，没什么。"向中一肚子的委屈，却不想对邓海洋说。一切和王玉溪有关的烦恼，她都想一个人默默地消化，把悲伤留给自己，也是把回忆过去甜蜜的机会留给自己。

"噢。"邓海洋将信将疑地拍了拍她的肩膀，没有再追问下去，"对了，媳妇儿，我有件事儿想跟你说……"邓海洋突然敛起神色，表情严肃起来。

"什么事儿啊？"

"就是关于我的工作……"邓海洋低头看了看自己的掌心，然后一字一句地认真说道，"这次公司的内斗，我们这条业务线，没能竞争过别人，我这个副总裁被淘汰掉了，现在整条线都可能要被裁。"

"什么？！"向中一下子从沙发上弹起来，只觉得五雷轰顶。她本来以为只是自己离失业不远了，却没想到，身为家里顶梁柱的邓海洋，居然也会有撑不住的一天。

"你先别激动！"邓海洋伸出手，尽量安抚她的情绪。

向中眼里噙着泪，她看了看家里这些"浪漫"布置，突然一股无名火涌上心头："邓海洋！所以你今天搞这些，压根儿就不是要庆祝什么结婚纪念日，而是要把这个噩耗告诉我，是

第七章 同盟者

不是？！"

她所有的悲愤和委屈，在这一刻通通爆发了。虽然那些让她难受的事儿都不是邓海洋做的，但是都赶在了一起，于是邓海洋就顺理成章地受到了牵连。

"这怎么能是噩耗呢？"邓海洋竭尽全力地赔着笑脸，"你知道我是做技术的，其实我和我们那个投资人理念不合也不是一两天了，以前求着他给我们的项目投资，现在大家对产品的理念不同，实在走不下去了，干脆分道扬镳，也未尝不是一件好事儿。"

"好事儿？"向中不以为然地说，"折腾了这么久，什么也没留下……"她看似在埋怨邓海洋，其实也是在埋怨自己。

邓海洋有技术，有恒心，在事业上小有成就，最后却因为职场斗争，被淘汰掉了；而她一腔热血，一心追求感情，最后却是一厢情愿，被对方伤得体无完肤，还有可能丢掉工作。这人生还真是求什么没什么啊！

"怎么会什么都没留下呢？"邓海洋看了看情绪激动的向中，从桌上抽出一张面巾纸，替她好好擦了擦眼泪，劝道，"这不是留下了……一堆钱吗？虽然我被淘汰掉了，但是之前分给我的股票还是可以兑现嘛。我算了算，以现在的市值全部套现，三千万还是有的。而且，我团队里的好几个人都表态了，说愿意跟我一起走。"

"走？去哪儿啊？"向中不解地问。

邓海洋坚定地看着前方，充满希望地说："我打算拿这三千万和团队里的几个骨干一起，重新开一家公司。公司名字

向家的女儿（下）

我都想好了，就叫'向海信息技术有限公司'，'向'是'向中'的'向'，'海'是'海洋'的'海'。从今以后，咱就'面朝大海，春暖花开'！"

向中都听呆了，她怎么也想不到，那个每天下了班就回家打游戏的老公，突然变得如此奋发上进了，还满怀激情地要去创业？他别是被职场斗争刺激傻了吧？创业可是九死一生的事儿，邓海洋也不是二十多岁的小年轻了，何苦再去冒这个险？守着那股票套现的三千万，每年买买理财，过过小日子，不是也挺滋润的吗？

"这年头，创业难于上青天。"向中不无担心地劝他道，"你知道为什么这几年，大家打破了头都要挤进事业单位吗？就是因为现在大家更愿意求个稳定！所以，编制又逐渐吃香起来了。你怎么突然想要创业了？还嫌这头上几根毛不够少啊？"向中调侃地摸了摸邓海洋脑袋上所剩无几的头发。

"老婆，你知道之前我为啥一到家就总爱对着电脑打游戏吗？"邓海洋不好意思地低头笑了笑，搂着向中的肩膀道，"我们做技术的，每天都有看不完的国内外的论文和资料，就怕赶不上技术发展的速度。在公司里当CTO（首席技术官），还有很多的管理事务，加上每个公司都有的内耗和派系斗争，每天我那个脑袋，就跟个CPU（中央处理器）似的高速运转。所以我回到家，就想对着电脑打游戏，吃点儿外卖，放空一下大脑。"

"嗯。"向中点了点头。

结婚好几年了，她从来都不知道，原来邓海洋也活得这么辛苦。她总以为邓海洋运气好，在很短的时间就升到了副总裁。都当上副总裁了，还需要跟下面的打工人一样拼命吗？她想象的邓海洋每天上班的状态，就是挥挥手指派下面的人干活儿，然后他自己对着文件签签字就完事儿了。毕竟，她的主管每天就是这样工作的。

"不过没关系，我每天工作完，回到家都能看到这么漂亮的老婆，心情一下就舒畅了！"邓海洋微笑着捏了捏向中的脸，逗她开心。

"哎哟，都快失业了，亏你还笑得出来……"向中不好意思地低下头。说是害羞，其实更多的是心虚。她突然意识到，邓海洋在外面如此辛苦，自己还嫌弃他，实在说不过去。

"现在看来失业是对的，否极泰来！向海科技，未来向着一片蓝海出发！"邓海洋信心十足，雄姿勃发，丝毫没有面对命运波折时的沮丧和退却。他拉起向中，在客厅的地板上跳起舞来。

向中一开始还扭手扭脚、勉为其难的样子，但看着邓海洋那张诚恳且热情洋溢的脸，渐渐地也就松开了揪紧的心，"扑哧"一声乐了，随着邓海洋的脚步，轻盈地跳起来……优美柔和的音乐，璀璨耀眼的灯光，鲜花、香氛、气球、美酒，向中突然觉得心里一阵轻松。

可是这份她本该理直气壮享受的轻松，却被她和王玉溪那段难以启齿的关系蒙上了一层心虚。现在看来，还是她高攀了邓海洋。

这两个礼拜，向南都是上午去学车，下午去孤儿院教孩子们画画，晚上应付差事般地做做家务，周末监督江梓涵学习，陪她玩儿，倒也格外充实。

这天下午，向南在家里的三楼轻声哼着歌儿擦擦洗洗。平常这个时间江老太太都要睡下午觉，所以三楼几乎没有人，保姆都不敢上来打扰，一片清静。

突然，向南听到"咣当"一声，她停住手，竖起耳朵又听了一下，之后便再没有动静。她不放心，放下抹布，蹑手蹑脚地走到江老太太门口，轻轻打开门……眼前的一幕让她惊呆了，只见江老太太从轮椅上滚了下来，整个人倒在地上，表情痛苦，骨瘦如柴的双手紧紧攥着胸口……

77

"妈！妈！您怎么了！"向南大惊失色，丢下手里的东西就去扶江老太太。

江老太太命悬一线，使尽全身的力气，指了指床头柜的抽屉。

向南只好先让江老太太躺下，然后急匆匆地拉开抽屉翻找，找到一个葫芦形的药瓶，上面写着"速效救心丸"。向南赶紧拿过来给江老太太服了下去，而后扶起她，又冲楼下大喊："来人！快来人！家巧！家巧！"

保姆和江家巧闻声赶来，江家巧见状，整个人都吓傻了。

向南朝她吼道："还愣着干什么？！赶紧打120！哎呀，来不及了！叫老马准备车，你过来搭把手！"

第七章 同盟者

一群人手忙脚乱地把江老太太送到医院，急诊科的医生接到电话，早就准备好在医院门口接病人了。

江老太太命大，在向南一路狂奔的护送下，总算捡回了一条老命。她在阎王殿门口走了一遭，下午四点多终于苏醒过来。她睁开眼睛就看见江宏斌守在床边，紧紧握着她枯瘦的手，眼里满是焦虑和恐慌的神色。

"向南呢？"老太太第一句话就问道。

江宏斌这才意识到向南没在旁边，他左顾右盼，不见向南的身影，正欲发火，就听江家巧提醒道："嫂子回去给妈拿换洗衣服了，一会儿就过来。"江宏斌握住江老太太的手，道："一会儿叫她来。妈，您是有什么吩咐吗？"

江老太太看了看满屋子的人，虚弱地说了一句："叫他们都出去，我有话同你说。"江宏斌挥了挥手，一屋子的医生、护士都退了出去。江家巧不知该去该留，江宏斌再次挥了挥手，让她也出去。

整个病房彻底安静下来，江宏斌说："妈，您可吓死我了！您要是被小鬼儿抓走了，我这后半辈子挣再多钱，又能孝敬谁去？"他尽量宽老太太的心。说他是孝子，倒是一点儿也不为过。

一个月前，同样的病房，同样的床位，向南也是躺在这个位置，可江宏斌却视她的命如草芥，生死由她，别提守在床边寸步不离，连最基本的嘘寒问暖都没有。

"儿啊，妈是不是做错了？"江老太太面露痛苦地说道，"这次……多亏了向南。以前，我对那孩子实在是……"

向家的女儿（下）

江老太太心里门儿清，她对向南这个儿媳妇儿，一开始是看不上眼的。她觉得，一个年轻漂亮的小姑娘，嫁给她年过四十还带个孩子的儿子，不就是图钱吗？图钱的女人，哪里来的真心？所以，自打向南进门，江老太太就可劲儿地使唤她。

江老太太屋里的床上用品，从来都是向南用那双画画的手给她手洗。江老太太一直对向南说："洗衣机里有残留细菌，对身体不好，我年纪大了，抵抗力弱……"还有江老太太吃斋念佛，每逢初一、十五都要吃素，而且要求给她做饭的向南也吃素，因为她觉得"只有干净的手脚，才能做出干净的饭菜"。向南要想"干净"，初一、十五就不能吃荤，也不能和江宏斌同房。偏巧向南的排卵期就在十五那几天，所以婚后一直没怀孕，某种程度上也是被江老太太的"虔诚"给耽误的。

可是如今，正是这个她死活看不上的儿媳妇儿，把她的命从鬼门关给捡了回来。江老太太七十多岁了，她就是再糊涂，如今也明白过来了。

"当时楼上一个人都没有，你说，她要是不救我……是不是也没人知道？"江老太太心情复杂地对江宏斌说道。

江宏斌听了，皱了皱眉说："她敢！！妈，您这就是胡思乱想了！"

江老太太绝不是胡思乱想，她当时心脏病突发，生死就在一瞬间，如果向南不给她喂药，她两腿一蹬，恐怕就死无对证了。江老太太本就有些被害妄想症，她总觉得，在当时空无一人的情况下，就凭她过去的所作所为，向南不救她，眼睁睁地看着她咽气，完全合情合理。

第七章 同盟者

"向南……是个好人。"江老太太终于肯定了向南的为人,这还是她头一次说这样的话。

江宏斌给老太太掖了掖被子,轻声宽慰道:"您人没事儿就好,别多想了!我喊家巧进来陪您,我得走了,公司最近特别忙,离不了我。"

"去吧。"江老太太不想耽误儿子的事情,不过,在江宏斌临出门时,她又殷切地交代道,"忙完就回家陪陪向南。我这儿,有家巧就行。"

"知道了,妈。您好好休息。"江宏斌说完就急匆匆地回了公司。

日帆的上市计划正如火如荼,成败在此一举,就看能不能拿下海天了。

向中在单位的日子越来越难过了。

一开始,只是领导不怎么给她安排工作,后来渐渐地,连同事聚餐都不叫她了,她感觉同事们个个避她如瘟神,仿佛她身上布满了可怕的细菌。主管三天两头给她摆脸色,明里暗里地给她挖坑、穿小鞋。

向中不明白自己究竟做错了什么。明明她休假之前,单位的同事相处都很和睦,大家其乐融融的。

体制内的人,大多重视面子,就算是有什么根深蒂固的矛盾,表面上也都不会做得太难看。除非……除非是得罪了特别大的领导,才会被其他同事集体疏远。

但向中想来想去,总觉得想不通。家里有事儿请个假,不是很正常吗？这点儿小事儿至于得罪大领导吗？再说，那次领导视察，王玉溪不是替她上去汇报了吗？也没给单位造成什么损失啊！

这天，向中经过茶水间，又听见同事们在里边议论纷纷。她想弄清楚自己为什么突然就不受欢迎了，于是屏息凝神，默默躲在一个角落里偷听。

"哎哟，你们说向中能挺多久啊？"

"谁知道呢？已经被孤立俩礼拜了吧？"

"她还挺坚强的，要是我，估计一天都受不了。"

"是啊，大家同事一场，谁希望做得这么难看呢？可这事儿，毕竟是上头压下来的，我们能有什么办法？"

"要怪啊，就怪王玉溪太出色了，好几个领导想把他留下来，可惜，咱们单位没坑！"

"逼走一个，这不就有坑了吗？"

"那也得向中肯走才行，我们这种单位又不会主动开人……"

"她要是识趣点儿，现在就该开始找工作了，也不看看人家王玉溪是谁家的准女婿！"

"谁家啊？"

"还能有谁？'格格'家呗！以后王玉溪就是'额驸'了……"

听完同事们的八卦，一句"额驸"彻底刺痛了向中的心。她恨的不是这些同事的势利眼，人在江湖，大家都会趋利避害，她能理解；她恨的是，王玉溪他怎么忍心？他是移情别恋了，还是对自己根本没有感情，从一开始就只是觊觎自己的位置，想用这种方法把自己挤走？

第七章 同盟者

向中是没什么背景，毕业学校不如王玉溪的厉害，人也没有他年轻。可为什么他们就偏偏盯上了自己呢？就因为自己没后台，可以随意拿捏吗？向中气得浑身发抖。

茶水间里同事们还在蒸腾的热气中肆无忌惮地调笑着，仿佛是浑浊的水里一口口吞吃小虾的鲇鱼，残忍又贪婪。

向中很想问问王玉溪到底是什么意思，于是，她给他发了条微信消息："今天下班，我在檀香山等你。"

下了班，向中带着一肚子的疑问和憋闷，独自坐上公交车，又忍受了四十分钟的颠簸，才来到檀香山下。然而，从日落等到天黑，从天黑等到凌晨，她也没有等来那个让她心心念念的身影。

当她拖着酸麻的双腿，走向最后一班回城的公交车时，她终于收到了王玉溪的一条微信，只有简短的三个字："对不起"。

向中按灭手机，行尸走肉般地上了末班车。漆黑无比的夜幕中，空荡荡的车上，只有她和司机两个人。悲伤了一路，眼泪流了一路，她用冰凉的手拭去更为冰凉的泪。

这一切就像是一个魔咒，从起心动念的那一刻开始，就已经注定了悲剧的结局。

公交车停在了终点站。向中徐徐回望这一路陪伴她的晚星，长叹一口气，收拾惨烈的心情，步履沉重地回了家。

邓海洋守着灯光等她回来，见她一身疲惫，便问："怎么这么晚？"

向中冲他苦笑了一下："有些未了的事。"

邓海洋不明所以，以为是工作上的事儿，于是追问："那现

向家的女儿（下）

在了了吗？"

向中不说话，拿起桌上的水壶给自己倒了杯温水，而后一饮而尽。"我可能要失业了。"她说道。

邓海洋惊讶地看了她一眼，心中虽有万千疑惑，但还是说："不干就不干呗！你那破工作也没啥好干的。要钱没钱，要前途没前途，无非就是守着个编制混日子，没什么意思！辞了好，辞职了，正好来帮我，我们的新公司需要一个搞数据的。你要是肯来帮忙，我还能省一份工资呢……"

第八章 后院起火

第八章　后院起火

78

自从上次向前和高平大闹了一场之后,高平就跟李书说,他们夫妻吵架了,让她先别去家里,等情况缓和了再说。李书其实并不知道向前已经觉察出了她的真实意图,当时高平也没和她说太多,她听完不禁有点儿幸灾乐祸的感觉。对她而言,她很希望他们夫妻闹矛盾,却不知这矛盾到底因何而起。

这一周,她也是时而窃喜,时而担心,时而焦虑,心里五味杂陈。当她收到向前让她再次去家里上课的消息时,她的内心充满了欣喜。

她以为自己可以瞒天过海,却没想到早已东窗事发。她特意换了一件白衬衫和一条水蓝色的西装裤,出发去向前家。从"心怀鬼胎"到"人畜无害",不过就是换套衣服而已。

"向前姐,我来了!"李书就像什么都没发生过一般,热情地对站在门口的向前打招呼。

向前内心冷笑,表面却不动声色。李书灿若桃李,她便也笑靥如花。

向前假装亲昵地挽过李书的手说:"你可来了,左左、右右别提多想小李老师了。"

李书见向前并未察觉什么,更加得意,于是表演也越发夸张,甚至做出了"人来疯"似的表现。她将向前的手握得更紧,道:"姐,我也想你们了,尤其是左左、右右!我昨天晚上做梦还梦着了呢!可就是,上周也不知道是怎么了……"然后她故意神秘兮兮地把向前拉到一边,压低了声音道:"我听师兄说,你们又吵架了?因为什么事儿啊?"

李书这么做,就是在对向前炫耀高平和她无话不谈。她明知这对夫妻间的嫌隙必定和自己有脱不了的干系,偏偏还要刻意搅和进去,把风浪掀得更加猛烈一些。

向前咬紧后槽牙,望着李书的脸,浅浅一笑,道:"你师兄都告诉你啦?果然是自己人。既然他不瞒你,我也不瞒你了……"说着,向前还故意四下看了看,一脸防备着高家人的表情,附耳对李书道:"嗐,夫妻间还不就是那点儿破事儿,不是为了孩子,就是为了钱。我跟你说啊,我们家所有的钱都存在我卡里,这不,你师兄前几天跟我闹来着,说我防着他,对他抠门儿!李书,你是局外人,可得给我们俩评评理!这家里的钱明明都是我一个人挣的,买房、买车是我,养家糊口也是我,凭什么我的钱要分给他啊?!哪有这样的道理?"

李书听了,脸上的表情瞬间僵住。

向前装作满腹委屈的样子,拉住李书的手继续诉苦道:"李书,我心里是真委屈!《民法典》都规定了,婚前财产属于个人。我卡里那些钱,好多都是婚前财产,你师兄分不到什么的!"

李书的手逐渐开始往回缩,向前却像打开了话匣子似的,继续肆无忌惮地吐槽道:"其实啊,我也知道你师兄哪里是真跟我计较钱的事儿呢……男人嘛,无非就是要个面子,要个尊严,要个一家之主的感觉,这卡里没钱嘛,他总归是不硬气的,这

第八章　后院起火

不就跟我闹上了吗！他还说什么，万一哪天我把他抛弃了，他就一无所有了！李书，你说他可笑不可笑？"

"噢，是挺可笑的。"李书用僵硬的口气敷衍着。

向前拍了拍她的肩膀，假意抬眼看了眼墙上的钟，然后做出匆忙的样子道："哎哟，你看我，光顾说话了！我还有事儿得出去一趟，孩子就拜托你了！对了，厨房里那位，是左左、右右的姑姑，高平的姐姐，你也叫姐就行。"

"知道了，向前姐。"

"嗯，那我走了哈！桌上水果随便吃，瓜子自己拿了嗑！"

"好，谢谢向前姐，您慢点儿！"

向前低头换鞋，临走前意味深长地和高安对视了一眼。高安微微颔首，让她放心。

望着向前风风火火的背影，李书低头回味了一番向前刚才那番话。她真的是在和自己吐槽，还是故意说给自己听的？财产所有权的问题，真的是这次他们夫妻吵架的导火索吗？她一时间有些迷惑，感觉难辨真假。

但……高平的经济问题却是真的。如果真如向前所说，他们家的房、车都是婚前财产，钱也全在向前的卡里，那自己费了这么大周章，最后就算事儿成了，也不过就是落个本地户口，其他的还是一无所有，还得添上高平妈这么一个累赘。

不过李书转念又一想，也许刚才的话，是向前故意给她打预防针，目的就是敲打敲打她，让她知难而退。李书定了定神，心想，自己可没那么好忽悠，无论如何要先保持冷静。

这时，高安从厨房里走了出来，看见李书，显得更加热络亲昵,就如同见了亲妹子一般。

  李书自信于之前轻轻松松拿下了高平妈,以为高安也和高平妈一样是没见过世面、不辨是非的粗俗妇女,于是打算故技重施,还用自己那套"绿茶大法"来对付她:"姐,您居然是高平的姐姐?看着真的好年轻啊,不说我还以为你们是兄妹呢!"

  李书的段位实在不算高明,手法也很拙劣。高安的底子再好,经过这些年的蹉跎,也早已风华不在。不是人人都像高平妈一样缺乏自知之明,给点儿阳光就灿烂,别人给根杆儿,她就顺杆儿爬的。

  高安莞尔一笑:"你可真会说话。"

  李书不好意思地捋了捋耳边的碎发,微微笑着。

  "噢,你叫李书是吧?"高安故作热情地说,"你看你这都进来半天了,我水都没给你倒一杯,也没切点儿水果,真是照顾不周!"

  面对高安的假客气,李书又开始习惯性地卖乖:"哎呀,姐!您这说的是哪儿的话!高平是我师兄,平时对我可好了,我俩特聊得来!他的姐姐可不就是我亲姐吗?哪能麻烦您呢?再说了,我是来给左左、右右当家教的,哪能让您为我忙活呢?"

  高安听了,暗地里捏了捏围裙,心想这"绿茶"果然不是一般的麻烦,但她嘴上仍笑道:"你这孩子真太懂事儿了!既然如此,我也就不瞎忙了,厨房里还有一堆菜没洗呢。这样吧,我拿点儿零食给你吃,你不会介意吧?"

  "不会不会!您忙您的!需不需要我帮您啊?"说着,李书就挽起袖子作势要进厨房帮忙。

第八章 后院起火

高安拦住她,含笑让她回去坐着。

李书哪里是真的要进厨房,一来二去,她也乐得顺水推舟,又坐了回去。四点开始上课,现在才三点五十,她争分夺秒地坐在沙发上看手机,任由左左、右右在客厅里嬉戏打闹。

高平妈自从上次被向前和高安怼过之后,就有些一蹶不振,也不知是不是脑子不好使,这些天她居然跟个祥林嫂似的,跑到小区里拉住一个邻居,就喋喋不休地寻求安慰。

小区里的人原本还当个新鲜事儿听听,但她说得多了,一来人家耳朵起茧,二来人人心中都有杆秤,不可能她说什么就信什么,后来,也都开始觉得她不对劲儿了。但无论别人多么敷衍,高平妈还是乐此不疲地去楼下溜达,反正现在家里有高安照应。这次李书来家里的时候,高平妈正好下楼去了。

"来!"高安脸上带着礼貌的笑容,拿出一个果盘,放到李书面前。

李书还以为是水果,谁知一抬头,就看见那个镶金边的果盘里放着的居然是几根"阿尔麦斯"。

李书大吃一惊,然后心头立刻产生了某种不好的预感:不会是东窗事发了吧?不过,她表面上仍然保持着微笑,说:"姐,我正减肥呢,不吃糖!谢谢啊!"

高安自然不会和她客气,拈起一根棒棒糖,硬递到她眼前,就差杵进她鼻孔里了。"哎呀,这个糖吃不胖!外国牌子,电视上都做了广告的!"说着,高安就将糖纸剥下来,认认真真地看了一眼,然后装作懊恼万分的样子大惊小怪道,"呀!这糖怎么是'阿尔麦斯'啊!电视上的不都是'阿尔卑斯'吗?!"而后,她又装作不好意思地将手里的糖缩了回来。

"没事儿的,姐,我只是减肥,没有嫌弃糖不好的意思……"李书红着脸,做贼心虚地站起来,想逃进书房里去。

高安却一把拉住她说:"原来你也知道糖吃了会发胖啊?那你知不知道,这糖吃多了还会蛀牙,尤其是没换牙的小孩儿?!"

"嗯?"李书心头一惊,这高安怎么语气突然不对了?

高安脸上挂着笑,眼神却很严厉:"你自然是不会嫌弃这糖的!这冒牌货不就是你买的吗?买回来祸害我的侄子、侄女!"

"姐!您怎么凭空污蔑人呢……"李书立马开始装可怜,满脸委屈,眼泪即将夺眶而出。

高安从离婚那天开始,心就变得比从前硬了很多,此刻又碰上了"绿茶",自然不会手软。于是,她动作麻利地将刚才剥了糖纸的"阿尔麦斯"一把塞进李书嘴里,顶得李书差点儿干呕。

可高安却一点儿也不懂得"怜香惜玉",照着她的脸就啐过去:"想当毒妇,你倒是也花俩钱儿啊!自己都不吃的东西,好意思买来蒙孩子!你的良心是被狗吃了吧?!等你自己将来生了孩子,哪个黑了心、烂了肺的小三也给你的娃喂这种东西,我看你到时候心疼不心疼?!我呸!有人生、没人教的东西!还研究生呢,你那些书都读到粪坑里去了?你妈从小没教过你啊,别人的东西不能碰,不能拿!拿了就叫抢,就叫偷!"

79

"你……你……"李书已经蒙了,她完全被这个第一次见面

第八章　后院起火

的女人震慑住了。这个人，方才还慈眉善目、和和气气的，怎么说开撕就开撕，连个招呼也不打？"你……你是泼妇！欺负人……"李书自然是心知肚明，高安若不是掌握了十足的证据，断不能说出前面这番话来，连细节都分毫不差。那一盘子的"阿尔麦斯"，瞬间变成一颗颗大头钉，将她狠狠钉在耻辱柱上。她无从抵赖，便开始装无辜，装受害者。

这时，向前佯装忘带东西，急匆匆地从门外杀了回来："哎哟，要死了！有个文件没拿！看我这记性……"

向前仍然风风火火的，一进门瞥见李书眼泪汪汪的，立马装作大惊失色的样子，走过来关切地说："哟！这是怎么了？你怎么哭了？"而后抽出一张纸巾，扶着她在沙发上坐下，一副知心大姐的模样，询问道："来来来！怎么了这是？我才刚出门……你这是受啥委屈了？给姐说说……"

李书满脸委屈，小心翼翼地瞟了凶神恶煞的高安一眼。

高安双手叉腰，还甩着抹布，誓将恶人做到底。

李书又不傻，她当然不敢将方才的事情说出来，因为她不确定高安是否已经知道了她的企图，而这件事儿向前知不知道，她心里也没底。从向前今天对她的热络来看，应该是不知道的，那高安又是怎么知道的？

这时，恰逢高平回家，高平妈也从小区里遛弯儿回来了。

高平看见李书那副楚楚可怜的样子，已经觉得心烦了，毕竟这个女人之前做了对左左、右右不好的事儿，他也觉得很难接受。

这时候向前倒是对着高平无比温柔地笑了笑，说道："哎，也不知道是怎么了,我刚出门发现忘带东西,回来就看见小李老师这副模样了!也不知道是不是咱家人照顾得不周到,做错了啥,冒犯了她!哎哟你看,人家哭得多伤心!"

高平妈是个看热闹不嫌事大的,见李书脸上挂着泪痕,也过来握住她的手,问道:"哎哟,这是怎么了?怎么还哭上了呢?来来来,和大娘说,到底是怎么一回事儿?"

向前和高安对视了一眼,高安给了她一个肯定的眼神。向前便往旁边挪了挪,高安挤过来,故作震惊地开腔道:"呀,妈!糖的事儿不是您告诉我的吗?您忘了?不是您说,'这小李老师看着人模人样的,其实背地里没安啥好心'的吗?"

"我?!"高平妈张大了嘴巴,指了指自己的鼻尖,脸上写满了莫名其妙。

"是啊,妈!您不是还特意交代过,这事儿要瞒着我弟媳妇儿的吗?所以,我特意等到向前出门以后,才跟小李老师说这事儿的。我可都是按您的吩咐做的呀!您不是还说,这个恶人我当最合适,反正我平时在这儿的时间少,您还要跟小李老师处的,开不了这个口,其实您心里早就看不惯她了!要不是因为她开的价比别人便宜,您早轰她走了!"高安一通连环炮,直接把高平妈和李书的脑子给搅和成了糨糊。

为了让戏演得更加逼真,向前也隆重登场道:"你们到底在说什么事儿啊?我怎么一点儿也听不懂?"

李书一听,立刻"恍然大悟":原来这一切都是老谋深算的高平妈在背后搞出来的,向前两口子根本一无所知!高平妈这老太婆,平时看着慈眉善目,对人热络得如同一盆火似的,

第八章　后院起火

原来背后这么精明，一点儿亏都不能吃的！原来她早就瞧出了端倪，拉亲女儿过来唱白脸收拾自己，她好继续装模作样地唱红脸，扮和善……

此时，李书只得眨巴着一双无辜的大眼睛，去向高平求救。

向前此刻也想看看高平的表现，她明白，高平是知道来龙去脉的，就看他此刻如何应对了。

谁知，高平盯着李书那双可怜巴巴的眼睛看了一会儿，居然松了口气，换了副和善的面庞，道："到底怎么回事儿？李书，要不咱俩单独出去说，这里面是不是有什么误会啊？我妈和我姐怎么会对你有那么大的怨气呢？"

"就是有误会啊……"李书扑闪了两下挂着泪珠的眼睫毛，那表情，简直比窦娥还冤。

高平拎起李书的包，拉着她的胳膊，就往门外走去，完全不顾及此时左左、右右正瞪着两双无辜的大眼睛盯着他……

向前气炸了，这都什么时候了，高平居然还要单独约"绿茶"出去，听她的一面之词？事实不都是明摆着的吗？！枉费了向前和高安努力设计的局，要让李书难堪……他什么时候才能做个人？！向前对他快要绝望了。

可高安却十分淡定，她用眼神制止了企图追出去的向前，而后走过来握了握向前的手腕，低声说道："沉住气，我的弟弟我知道。"

向前看在高安的面子上，忍住没追出去，却刚好欣赏到了高平妈接下来撒泼打滚的本色演出："哎哟！我在这个家是待不下去了！儿子儿子不待见，媳妇儿媳妇儿不待见！现在连亲生

向家的女儿（下）

女儿都拿屎盆子往我头上扣！我老婆子一条命，早晚都是要去见阎王的！你们早点儿气死我，可以少花几年的养老钱！哎哟，我的老天爷噢，怎么不降个雷，劈死这些不肖子孙……"

高平妈也许还没搞懂，高安方才到底给她挖了多大的坑，直接将李书的仇恨全甩给了她一个人，但她还是从高安和向前的眼神里看出，她俩是串通好的。于是，老太婆先下手为强，坐在地上哀号起来。

向前的心思完全在高平身上，只是面无表情地看着高平妈表演。

高安却不给她妈继续胡闹的机会，一把把老太婆从地上揪起来，训斥道："我们把屎盆子往你头上扣？你知不知道，那个李书，就是个蛇蝎毒妇！她表面上跟你和和气气，背地里，给你的孙子、孙女'喂药'，教他们夜里看平板电脑，毁他们的眼睛，为的就是能登堂入室，拿下你儿子！"

高平妈不听，只是沉浸在自己的世界里，继续呼天抢地。她才不想管那么多，她就是觉得李书说话中听，做事受用。

高安见亲妈不上道，于是冷笑着丢开手，道："行！你不是说我们想省养老钱吗？我们认了！"她转头问向前："弟妹，我妈每年在你这儿开销多少？你说个数！"

向前掰着手指，粗略算了算，道："倒也不是很多，每个月给她三千零花，一年就是三万六，再加上杂七杂八的伙食费、医药费，还有出去旅游，一年也就七八万吧。"

高平妈听了，哀号的声音明显停顿了一下，她没想到自己一个人在儿子家的开销竟然这么多。每个月向前给她的生活费，

第八章　后院起火

她其实都存进了小金库,之前高平爸看病和丧葬花掉了一些,现在卡上的存款也就五六万。高平妈没医保,这五六万要是带回老家,估计花不了多久就没了。

高安朗声道:"那行!弟妹,这些年你也算尽到赡养义务了。虽说我是女儿吧,可我和高平一样,都是我妈的子女。是子女就有赡养老人的义务,接下来几年,这担子就交给我吧!"

高平妈一听,脸上明显不乐意了。虽说她平时极度看不惯儿媳妇儿,但在这边三室一厅的大房子踏踏实实地住着,吃喝不愁,跟老家相比,过的简直算是上等人的生活了。可是,一旦自己归高安赡养……

高安看出了老太婆的心思,撇了撇嘴,冷笑道:"我赡养归赡养,我家的条件可没这边这么好。不过妈,您放心,只要我有一口吃的,就绝对饿不着您!回头我就租个房子,把您给接过去!反正这些年您在我弟这儿也不顺心,对弟媳也不满意……"

"我啥时候对向前不满意了?"高平妈一听高安要把她接走,哪能愿意,她又不是真傻。

"妈,您就别忍了!这两代人在一块儿,生活习惯和观念都不一样,硬凑在一起过,就是互相折磨!也是您说的,媳妇儿终归是媳妇儿,是外人!女儿是亲生的,是您身上掉下来的肉!妈,咱一会儿就收拾东西!您放心,反正我现在也离婚了,以后就尽心尽意伺候您一个人!"

"谁要你伺候?"高平妈瞪了高安一眼,女儿的孝心,在她眼里一文不值。

向家的女儿（下）

高安鄙夷地冷笑道："那您在向前这儿待着，又觉得受气，成天不是给他们两口子挑事儿，就是愁眉苦脸的。要不这样，妈，既然您嫌弃我条件不好，我给您支个着儿！"

"什么着儿？"高平妈赌气问。

高安道："妈，咱们农村的老光棍儿，多的是有社保、医保、退休金的，要不咱回去，托三姨给您介绍个老头儿，你俩和和美美地过日子。回头老头儿不行了，您端屎端尿地把人家伺候走，人家的房子、存款不就都是您的了？然后您有钱了，我再把您给伺候走，您后半辈子啥都不用担心了！"

"你！"高平妈伸出一根粗壮的食指，怒气冲冲地指着高安，气得七窍生烟，"不肖子孙！哪有劝娘改嫁的？！那些老光棍儿，我还不知道，就是想找个免费保姆！高安，你好狠的心啊！居然把你亲妈往火坑里推！你到底是不是我亲生的？！畜生！畜生啊！……"

这时，向前坐在沙发上，从牙缝间冷冷地蹦出几句话，更是像拿着一把尖刀，往高平妈的心上扎去："妈，不是您劝高安的吗？农村老头儿好，有医保！还说，高安现在才四十岁，还能找个五六十岁的老头儿过过。怎么，这话您说得她，她就说不得您？！您骂她畜生？那您前一阵子闹着让她改嫁，您又是什么？！"

"你们……你们……"高平妈气得咬牙切齿，瘫倒在地上无能为力。她此时表情狰狞，如丧尸一般，恨不能吃了向前的肉，喝了高安的血。

第八章　后院起火

80

高平拉着李书，来到小区里的一个僻静处。李书刚站定，就扑到高平肩膀上开始哭。

高平心里也挺烦，他扶住李书道："别别，你总得先让我知道你为什么哭吧！"李书泪眼迷离地起身，梨花带雨地小声抽泣。

高平确实没见过这样的"美人垂泪"，他从小看见的，不是他妈那样的哭天喊地，就是他姐那样的连声音都不敢发的小声啜泣。至于向前，她好像很少哭，在特别委屈或者生气的时候，也就是掉两滴眼泪而已。那两滴眼泪，就是最自然的生理反应。而像李书这样，好像连眼泪滚下来的状态都能控制似的，着实稀罕。

"师兄，我……我买糖……是因为我喜欢左左和右右！可是……可是，我的情况你是知道的，在学院都是领助学金的，平时还要补贴家里，确实没什么钱……可是，没钱就要受欺负吗？伯母……伯母她怎么能那样误解我的好意呢？"李书一边说，一边胸口剧烈地起伏着，活脱脱一副被人陷害的模样。

高平拧眉，抿了抿唇，手插进衣兜里，犹豫了一下，而后拍了拍李书的肩膀道："好了好了，你先别哭，也许确实是场误会！"

"什么叫'也许'是场误会呀？"李书拽住高平的胳膊，"师兄，我是没什么钱，可我有尊严啊！外面的人怎么欺负我都没关系，我都不在乎，可是……师兄，你呢？你是怎么看我的？"

高平叹了口气，直直盯着李书的眼睛。

不得不说，李书的这套"我穷我有理"的理论，还真是和高平妈如出一辙。这些年，高平妈就是用这一点，把高平吃得死死的。她觉得，自己和向前有任何矛盾，都是向前不对。因为向前强大、能干，能够独立面对这个世界，所以向前就应该同情弱势群体，就得让着她，如果向前反抗，那就是恃强凌弱、仗势欺人。

高平无奈地看着李书那张脸，感觉这场景再熟悉不过，简直是另一个他妈在向他哭诉，不过他还是淡淡地说："好了，我知道了。你也别委屈了。"

李书哭完了，也不知是不是"软骨病"又犯了，居然又靠进高平怀里，委屈道："师兄，你一定一定要相信我！不然……不然，我真的活不下去了！"

高平一惊，双手恨不能举成投降的姿势，但很快，他似乎下了很大决心似的，用一只胳膊搂住李书的肩膀，轻拍道："好了好了，怎么又哭上了呢？师兄相信你，你的为人咱们实验室谁不知道，又单纯又善良……好了，咱不哭了啊！"说着，高平掰开李书的肩膀，从兜里抽出面巾纸，低下头仔细地替她擦了擦眼泪。

这时，李书看准时机，突然用细嫩的玉手一把握住高平的手，抬起楚楚可怜的泪眼，又唤了一句："师兄……"

高平笑了笑，手重新插回衣兜里说："你放心吧。以后有什么委屈和想法，就跟师兄说，师兄永远站在你这一边……"

"谢谢师兄。"

高平脱下自己的外套，披在李书身上，送她去公交车站。

第八章 后院起火

李书心里甜滋滋的,她觉得有了高平的承诺,前面受的那些委屈都是值得的,心里一阵窃喜。

……

李书回到寝室,迫不及待地将今天的事儿和高平的表现告诉了室友佳佳。

佳佳眉飞色舞地打趣李书道:"哟,这就拉上手啦?你速度够快的呀!"

李书把高平的外套脱下来,挂在椅背上,红着脸对佳佳道:"那有什么办法呀!这不落户就在眼前了,我实在是等不了了。之前他们两口子冷战,活生生拖了我一个多礼拜!我要是再不下手,那不是黄花菜都凉了!"

佳佳看了一眼那件外套说:"现在不是好了吗?你也算求仁得仁。哟,这外套……啧啧!你这是秀恩爱呢!"

李书甜蜜地笑道:"高平今天当着他老婆、他妈和他姐的面冲出来的时候,我还挺意外的呢!哎,你说,这高平不会是真对我动心了吧?"

"嘻,那可不?"佳佳给了李书一个肯定的眼神,"男人都是得陇望蜀,吃着碗里的看着锅里的。再说了,哪个男人不喜欢被认可、被崇拜啊?高平老婆那么能干,他平时肯定被压得死死的。哪像你,温柔、善良、脾气好,又懂得放低身段,他肯定贼受用!"

"是吗?"李书将信将疑。

"那当然了!不过,有句话我可得提醒你,"佳佳拍了拍挂着高平外套的椅背说,"你可千万不能动情!别把自己给玩进去了。这种关系里，谁动了感情，谁就输了！你可别忘了，你的目的就是把高平和他老婆搅散了，尽快跟他结婚，然后落户！"

李书爽利地接道："我知道，我才不会轻易动感情呢，为了落户我拼了！你给我出出主意，接下来我该怎么办？"

"那当然是约他去开房啊！"佳佳不假思索地说。

"啊？这也……太快了吧？"

"嗜！"佳佳白了李书一眼，"男人都是很现实的动物，不见兔子不撒鹰的！现在用手机三秒钟就能找来一个陌生人，哪个男人会花时间跟你搞柏拉图恋爱啊？现在讲究'结果导向'啊，姐姐！"

"行了行了，那就听你的吧。"李书不好意思地点头同意了。

"来，我给你在网上买点儿'装备'……"佳佳拿过李书的手机。

"'装备'？什么'装备'啊？可别乱花我钱啊！我这个月卡里就剩一百多了，还有一个礼拜呢！"

"来吧，别磨叽了！"佳佳戳李书的脑门儿，"你是榆木脑袋啊！上下的内衣总得成套吧！舍不得孩子套不着狼！实在不行，我先借你点儿钱……"

"那就看看吧……你别给我整太暴露的啊！我师兄不是那款的，人挺老实的。"

"喊，男人都一样，别被他们道貌岸然的外表给骗了！这款黑色蕾丝的怎么样？……"

……

高平回到家之后，看见高安正坐在地毯上陪左左、右右。

第八章 后院起火

左左、右右见爸爸回来了,仿佛商量好了似的,很有默契地同时低下头。

"向前呢?"高平开口问。

高安冲卧室努了努嘴,又拿食指蹭了蹭脸,意思是"正生气呢"。

高平立刻往卧室走。经过高平妈房间的时候,高平妈故意"哎哟、哎哟"地高声叫了两声,想引起儿子的注意。

高平听见了,却没有停步,他推开卧室的门,只见向前正背对着他躺在床上。高平心疼地走过去,坐在向前身边,推了推她。

"你别碰我!"向前觉得恶心,"你怎么不跟那小狐狸精走?还回来干吗?"她忍不住抹了把眼泪。

"谁跟她走了?我就是过去听听她怎么说。"高平解释。

向前气得翻身一骨碌坐起来,指着门外嚷道:"还有孩子呢!你怎么能当着孩子的面……"

向前虽然坚强,但任何女人看见方才那个场景,都会伤透了心。她红着眼睛,竭力忍耐着内心的痛苦和愤怒,很想问问高平,他们之间多年的感情,都比不上李书那个"绿茶"掉几滴眼泪吗?

高平似乎有苦难言,只是竭力安抚向前道:"请你相信我!事情真的不是你想的那样!我要是真跟她有什么事儿,能当着你们的面跟她走吗?向前,我知道你心里委屈、不痛快!你这次离开家,我已经意识到了,我们之间的问题,我有很大的责任。请你给我一点儿时间,我要用这个时间做一些事情,来证明自己。"

向前看着高平,听他说完,虽然这段话听起来很老套,但他的表情和眼神却是从未有过的恳切和真诚。他的自辩也在理,若是他真和李书有什么,又怎么会当着全家人的面跟她出去呢?除非,他真的不想要这个家,不想再和她过了。

高平轻轻捏了捏向前的肩膀,又侧脸看了看她鬓边的银丝,心疼地低头抿唇,说了句:"你确实辛苦了。"

这突如其来的关心,让向前感到莫名其妙。她肩膀生疼,内心乱成一团麻。这时,高安在门外高喊道:"向前、高平,吃饭了!吃完饭,你们俩一起带孩子去楼下玩玩儿吧……"

大家都上了桌,只有高平妈还在屋里不出来。向前捅了捅左左,让他去喊奶奶出来吃饭。但高平妈还在较劲,不肯出来。

向前又让右右去叫,却被高平一把按住。高平看向高安,故意高声道:"姐!你今天怎么就煮这么点儿饭?这点儿哪够吃啊?"

高安接道:"哎呀,怪我怪我!少放了一杯米,可不就少了吗?算了,先给孩子们盛吧!"

"十、九、八、七、六……"高平默默倒数了几秒,果然听见里屋传来了窸窸窣窣的声音。不一会儿,高平妈蓬头垢面地出来了,自顾自地坐到饭桌上,端起了饭碗……

81

向南下午按时来到孤儿院,却发现整间教室都没人。她不

第八章 后院起火

禁纳闷儿，所有人都去哪儿了？她带着疑惑转到教学楼后面，想找个人问问，看见的却是大家热火朝天地搬家的场景。

"那个，打包好的，先码起来，码起来！"

"各位老师，跟同学们说，一定要分门别类写上各人的名字！"

"哎哟，快快快！这边这边！让一让！让一让！"

向南看见校长正汗流浃背地带队，连白澈这么个白面书生，都扛了两个麻袋，急匆匆地从楼梯上下来。

"这是……干吗呀？"向南拉住白澈问道。

白澈将肩膀上的麻袋放了下来，抹了把额头上的汗说道："这块地不是就要开发了吗？让我们赶紧搬走呢！"

"搬走？"向南愣了一下。

白澈气喘吁吁，然后莫名其妙地看着向南："不会吧，你老公的项目，你居然啥都不知道？服了你了！"

"噢……"向南僵在原地，脸上露出尴尬的笑容。

"来，搭把手，帮我把这个放上来！"白澈半蹲下扛起一个麻袋，示意向南把另一个给他压上。向南稀里糊涂地照做了，白澈流着汗，一路小跑地扛着两个黑乎乎的麻袋就走了。

向南走进宿舍楼，发现孩子们正在兴高采烈地打闹着，把东西抛来抛去，各种杂物扔得到处都是。有几个高年级的孩子，正费力地拖着自己的书包和不知道从哪里捡来的破烂纸箱，在逼仄的楼梯间移动。

向南想上去搭把手，可这样的孩子太多了，她根本帮不过来。无奈之下，她找到了校长，和他商量道："校长，孩子们的

向家的女儿（下）

东西多且杂，如果各人搬各人的，装到卡车上还是混在一起，到了地方又分不清谁是谁的了，孩子、老师都会很累！"

校长显然被最近这琐碎的搬家给整烦了，就算是面对向南，说话也不大客气："那您说怎么办？教学用具、办公用品、孩子们的生活用品都要搬走，还要调派卡车……不瞒您说，这两天我真是一个头两个大！"

向南想了想，对校长提议道："校长，您看，现在孩子们搬家，多半用的深色麻袋和土黄色的纸箱子，而且都不是标准化的，这样会显得很凌乱……"

"哎哟，我的姑奶奶……"如果不是因为向南是江宏斌的老婆，校长心里都想骂娘了，都什么时候了，还有心思研究这个？"江太太，咱们预算就这么多，哪有工夫考虑搬家用什么箱子？您看我也一把年纪了，就为了节省点儿人力，都当了快一个礼拜的搬运工了！我知道您是好心，可也得考虑实际情况啊！"他无奈地说道。

"这些钱，我来出！"向南爽快地承诺道。

校长怔了下，把手里刚搬起来的箱子又放回到地上："您出钱？真的吗？"

"真的。"向南点了点头，诚恳地对校长道，"这次搬家，也许是这些孩子第一次搬家。所以，我觉得可以让他们在搬家过程中学到东西，养成分门别类收纳的好习惯。我们可以给他们每人分几个标准化的纸箱，让他们写上自己的名字。告诉他们怎么从这里搬走的，就怎么在那边复原，让他们从小就学会对自己的东西负责任。"

第八章　后院起火

校长听了向南的话，默不作声。他内心有一个疑惑，如果这是江总的主意，那为什么不早点儿提出来，而让他们兵荒马乱了这么多天？但他不好意思问向南，于是先答应道："那行。纸箱子什么时候能到？我今天让他们先停工，正好现在卡车一时也调派不过来。"

向南打开手机搜了一下，说："我现在就下单，会催店家赶紧发货的。宁愿现在多耽误一两天，也不要等孩子们都搬过去了，再乱七八糟地收拾。新的地方，新的开始，希望孩子们初到那边，不要太忙太累了。"

校长觉得向南说得有道理，看了一眼她的手机，就说："那您快下单吧！"

向南挑了一家质量较好和发货速度最快的店铺，登录了向前的购物账号，购买了一批纸箱。向南不敢用自己的账号，怕留下消费记录，被江宏斌看见了又要啰唆。这笔钱她打算之后用现金还给大姐。

向前收到短信，见有一笔莫名其妙的消费，正想点进去看，向南的电话就打来了："姐，我拿你的号买了一批纸箱子，回头我给你现金。"

向前正在忙，于是漫不经心地说道："什么现金不现金的，我的号你随便用，爱买什么买什么！对了，你买纸箱子干什么用啊？"

"噢，说是因为世纪城的项目，孤儿院要搬家了，我买点儿纸箱子帮他们装东西。"

"这么快？"向前愣了下。

向家的女儿(下)

"是啊,姐,我不和你说了哈!我要去帮忙了!"向南急急忙忙挂了电话。

她看见不远处,白澈又咬牙拎了两大捆透明胶走过来,忙揣起手机,上前去接东西。烈日下,白澈清俊白皙的面庞被晒得通红,黄豆大的汗珠一颗接一颗地往下滚落。他汉白玉一样的手臂,此刻青筋凸起,肌肉紧绷,手臂上的阴影如同素描画一样。

"你倒是悠着点儿啊……"向南扶他在对面的花坛坐下,递给他一瓶矿泉水。

白澈累得手抖,拧了几下都没能拧开瓶盖。

向南嫌弃地看了他一眼,接过瓶子,拧开瓶盖递了过去。

白澈"咕咚咕咚"喝了半瓶水下肚,才发现向南似乎满怀心事地望着某一个方向发呆。"你想什么呢?"白澈拿手在她眼前晃了晃,问道。

"要是……能多搞点儿钱就好了。"向南想到刚才买纸箱子的事儿,下意识地嘀咕了一句。

"你说啥?"白澈不解,像向南这样身后站着金主的人,还会缺钱吗?

"唉,没啥。"向南叹气。

白澈想了想,还是忍不住问道:"你真的缺钱?你老公不给你吗?"

向南无奈地低头看了看地上,避重就轻道:"钱这玩意儿,谁都缺的。"说完,她荡了荡悬空的两只脚。

白澈抿了抿唇,放下手里的瓶子,思索了一下,而后,他抬头问道:"你有存画吗?"

第八章　后院起火

"嗯?"向南抬头,表示不解。

白澈耐心解释道:"我最近刚认识了一个画廊老板,他刚从国外回来,想收一些青年画家的画,他也挺赏识我的。我见识过你的绘画水平,只要你愿意,我可以帮你引荐一下。"

"真的?!"向南喜出望外。她想起江家别墅的地下室里还有一堆她的油画,包得严严实实的,和烟、酒、茶、燕窝堆在一起,都是她研究生时期的作品。原本在毕业展上,有好几个画廊负责人看中了她的作品,想出钱买,但江宏斌都以"家里不缺你那俩钱儿"为由,替她推掉了。这些作品现在都被油纸包裹着,在地下室里不见天日。

"只要你想,随时。"白澈认真地看着向南的眼睛,一点儿也不像是在忽悠她。

向南也很意外,没想到这个学弟居然有这么大的"能量"。果然,怀才不遇的人,都是对自己认知不清;真正有才华的人,到哪里都能吃上饭。

"那你都能卖画了,干吗还来孤儿院打工啊?"向南问。

白澈笑了笑,抬眼看了看天边耀眼的阳光,而后转过脸,反问向南:"那你又为什么来呢?"

"我……"向南也被问得语塞了。

随后,二人相视一笑,继续去宿舍楼里干活儿。

向中单位,部门季度例会上。

"接下来,我们进入最后一个议程,也是最艰难的一个议程……"向中的主管顿了顿,做出一副痛心疾首的模样,"其

向家的女儿（下）

实，单位的每一个同事，都是一个战壕里的战友，无论哪一个同事因为掉队而离开，我都是非常、非常、非常伤心的。"主管连用三个"非常"，这让向中的头埋得更低了。

这就是他们单位的特色，明明上头领导已经决定好了的事儿，也要再拿到部门例会上"讨论"一番，以显示民主。

向中觉得，这种时候还不如直接给她脖子上"咔嚓"来一刀更痛快，这么钝刀子割肉似的"凌迟"，简直就是将她最后的一点儿尊严扔在地上反复践踏，而且连遮羞布都抽走了。

王玉溪坐在向中对面，和她一样低着头。向中虽然没有看他，但她心里明白，他应该也预料到接下来要发生的事儿了。

"为了不浪费大家的时间，我就直说了。向中同志，也是我们的老员工了，一向工作表现不错，之前我们对她的能力和工作态度也很认可。但是……每个单位都有工作制度，法不容情，我们也很难做。上个季度，向中在咱们部门垫底……"主管按常规对向中启动了劝退流程，"所以，在万般无奈之下，我们领导班子决定，先让向中留岗查看！当然了，人到中年，我也很理解向中，并不是她的工作能力有问题，而是前段时间，她家里确实有事儿走不开，所以分心了……这也难免，对吧……"

在他们单位，言辞委婉是最基本的职场礼仪。但言辞委婉并不代表这些人为人处世就真的温和宽容，需要强硬的时候，他们是绝对不会心慈手软的。把话说软，不过是为了大家面子上好看。

向中都混成"老油条"了，这点儿场面上的把戏，她还能不懂吗？

第八章 后院起火

82

"不用留岗查看了,我直接辞职吧。"向中说完这句,终于把头抬起来了。她随意地扫视了众人一眼,转身离开了会场。这一眼,是她最后的反抗和尊严。她无法接受这样的结局。

她怎么也没想到,有一天自己被迫离开,不是因为薪资太低,不是因为"三十五岁效应",而仅仅因为职场排挤,她要给别人腾位置,而这个"别人"还是王玉溪。外表平和、内心高傲的向中,怎么也想不通。

这天下班,她顶着一头乱发,散着风衣的腰带,独自在临州河边走了很久很久。她望着蓝天、白云、江鸥、白渡桥和数不清的高楼大厦,以及匆匆而过的人们,突然间醒悟了。她想,这个世界从来都有它的运行规则,一切都按部就班地发生着,自己之所以会被抛弃,是因为忘记了规则,而忘记了规则的人,注定会被这场游戏抛弃。

路过街角,向中丢给一个看起来很年轻的乞丐两枚硬币。可那衣衫褴褛的小乞丐,却拽住她的风衣,使劲儿拍打着自己胸前的二维码。她烦躁地挣脱开,盯着那脏兮兮的二维码,苦笑了一下,随后离开了。她笑着笑着,几滴微凉的泪水不知不觉地滑落下来。

原来,逆水行舟,不进则退。你不遵守规则而被世界抛弃的时候,世界甚至都不会和你打一声招呼。当年轻人都已经适应了社会,学会了新的游戏规则时,向中这个"恋爱脑"居然还沉浸在上世纪的浪漫情感里而无法自拔。

"回来啦？"邓海洋最近看起来格外意气风发，自从他下定决心自己创业，白天便四处奔波办理各种手续，晚上则在自家客厅召集跟他一起创业的下属开会，再也不一个人吃外卖了。

向中扫了一眼，足有七八个人，也不知道邓海洋哪来这么大的魅力，能把这些人从原来的上市公司里带出来。几个同事见向中回来了，齐齐抬头，异口同声地大喊了一句："嫂子好！"

向中被震了一下，脸上露出尴尬的笑容。她觉得此刻灰头土脸的自己，实在不配被人叫"嫂子"。她红着脸，硬着头皮回答了一声："你们忙，当我不存在！茶几上的零食、水果随便吃，不够我再去楼下买啊！"

"嫂子真好！"

"谢谢嫂子！"

"嫂子真贤惠！"

"哥，你赚了啊……这么漂亮的媳妇儿！"

听着众人的调侃，向中落寞地走进房间，锁上了门。等外面的声音渐渐减弱，向中的思绪又浮上心头。

她坐在卧室的床边，对着窗口的微光，眼泪又不自觉地流了下来。她不敢去回想事情的来龙去脉，连面对的勇气都没有。不知怎的，她的脑海里突然浮现出米酱可爱的脸，以及抱在手里糯米团子般的手感……也许所有这一切最后留下的，还不如她和米酱间的温暖更持久。

客厅会议终于在八点多结束了。邓海洋送完客，第一件事儿就是冲进卧室，问向中有没有吃饭。他见向中情绪低落，像

第八章　后院起火

泄了气的皮球一样，忙从方才讨论工作的兴奋中抽离，坐过来搂住老婆的肩膀，问道："是谁又招惹我的老婆大人了啊？你看你这表情，就跟别人欠了你一个亿一样！"

向中不说话。

邓海洋接着哄道："老婆最漂亮了！你没看见，刚才我那些同事全夸我福气好，一个个都可羡慕我了！所以你就更加不能生气，生气容易老，你老了，我虽然无所谓，可全世界的人不就少了一个见美女的机会吗？……"

邓海洋越是竭尽所能地哄老婆，向中的内心就越是有一种挥之不去的罪恶感。她愧疚地伏在邓海洋的肩头哭了起来。邓海洋身上常年被她嫌弃的冲锋衣，此刻却成了她最实在的依靠。

"我工作丢了……"向中委屈地说道。

邓海洋摸着她的头，笑着安抚："我以为什么事儿呢！哎哟，不哭不哭！咱家不差你那点儿工资，干得不开心，就不干了呗……"

"我是被单位开除的……"向中从小到大都没有当过"差生""坏孩子"，所以这次被辞退让她格外接受不了。

"开除？开除就是辞退，辞退就得赔钱！"邓海洋继续安慰向中，"你还省得绞尽脑汁地编辞职理由了，多好！"

向中含着泪挤出一个笑容，狠狠地捶了他一把。然后，她忍不住越哭越伤心，越哭越大声，将心中的委屈排山倒海地发泄出来。

明蔚衣着得体，手捧鲜花，拎着精致的果篮，到医院探望江老太太。

江家巧早就接到了她哥的通知，知道今天明蔚要来，于是从一大早就忙不迭地给江老太太做思想工作，说的无非都是生意场上讲究脸面，还希望老太太配合之类的话。

江老太太表面上敷衍着江家巧，心里却不甚痛快。所以，当明蔚拉着Mavis出现在病床前的时候，江老太太的脸色仍旧如往日般阴沉难看。

"伯母，我是明蔚，您还记得我吗？二十年前……"明蔚和江老太太套近乎，本想说"二十年前，我还去您家玩过呢"，可江老太太立刻接着说："二十年前，我儿子是你们家司机！这我知道。"

气氛一时尴尬起来，明蔚的笑容僵在脸上。Mavis则戴着耳机，不带任何感情地跟在明蔚身后当人肉背景板，对江老太太说的话毫无反应。

"呵呵……花给我吧。"江家巧赶紧伸手接过明蔚的花，努力打着圆场。

明蔚把花递给江家巧，自己却坐也不是，走也不是。江家巧赶紧让明蔚坐下，自己则紧张地站在旁边。

江老太太倒是很淡定，看都不看明蔚一眼，只是冷冰冰地说了句："烦你跑一趟了，人既然你已经看过了，那我就不留你了，请回吧。"

"妈……"江家巧为难地给老太太使眼色。她哥今早可是给她交代过任务的，说明蔚执意要过来探望老太太，让老太太务必给人家点儿面子。

第八章　后院起火

江老太太以前对儿子基本是言听计从，可如今，她觉得自己这条命是向南给的，怎么可能再给明蔚好脸色？就算明蔚过去是千金大小姐也不行。哪个当妈的会心甘情愿地把自己的亲儿子送去给人家当车夫？不过是生活所迫罢了。

江老太太如今上了年纪，每每想起江宏斌十八九岁的时候，嘴上的毛还没长齐，整个人瘦得跟猴子一样，就那么跑前跑后、点头哈腰地给人拉车门、提包，她就心酸不已。

江老太太今日一见明蔚，种种不堪回首的往事又浮上心头。她恨急之下，又对明蔚冷言道："我这也是为你着想，你和我儿子既不是同事，也没有其他关系，我这儿留你多坐，怕别人传闲话。"

"妈！"江家巧闻出味道不对，赶紧像救火队员一般拼命找补，"您瞧您说的，这明蔚姐和我哥……是朋友啊！人家能抽时间来看您，咱们应该感激才对……"

"我可承受不起。"说完，江老太太干脆闭了眼翻过身去，背对着明蔚不再理会了。

江家巧无奈，小心翼翼地轻声对明蔚说："您别介意，我妈她是老糊涂了……"

明蔚倒是保持着大家闺秀的风范，站起身小声回了句："那我就先走了哈。"说完，她就领着全程如机器人般的Mavis往门外走去。

她们还未走出病房门，就听江老太太好像突然醒过来一样，怒气冲冲地说："我没老糊涂！这样的女人，想顶替向南进我江家的大门，除非我死了！！"

向家的女儿（下）

明蔚分明听见了，她眉心微微抖动，脚步停了一下，然后继续大踏步地往电梯走去。

电梯里，只有明蔚和Mavis两人。Mavis突然翻了个白眼，说："死老太婆，给她脸了。"其实她全程都听见了。明蔚抬眼看了下电梯里的监控，而后狠狠瞪了Mavis一眼，严厉地说："知道自己要做什么，要达到什么目的，就别那么沉不住气！"

Mavis见不得她妈这副委曲求全的样子，嚼着口香糖，又翻了个白眼。

出电梯前，明蔚恼怒地扯下Mavis的耳机，训斥道："和你说了多少遍了，出门别戴这玩意儿！"

滨江集团里，向前和柴进这几天没日没夜地替启星准备投标的材料，同时他们预订的高建钢和S级玻璃也终于到了码头，他俩忙着报关、卸货之类的工作，每天马不停蹄，连闲话都懒得说。

唯有董事长十分清闲，还忙中添乱地不停"骚扰"他们。董事长一会儿喊柴进去帮他挑矮马，一会儿又支使向前给他点外卖。

向前一边点开外卖软件，一边冲柴进抱怨道："他不知道咱们这几天忙吗？怎么好意思这么支使人？"

柴进笑道："呵呵，他故意的，他就是这么个人，你别理他。"

向前无奈地摇着头，给董事长下单买完三菜一汤，又投入没完没了的工作中。"对了，柴进，我帮着你干启星的活儿，算不

第八章 后院起火

算拉'飞单',背叛公司啊?"向前苦中作乐,对柴进调侃道。

柴进边低头看文件边笑道:"得了吧你!海天的项目,要是启星不中标,那滨江压在码头的那批尖货怎么办?你以为滨江账面上的钱还有很多啊?"

"嗯哼。"向前挑了挑眉,觉得柴进说得有道理,顿时觉得压力倍增。

如果启星不中标,那滨江的货就只能卖给中标者。如果中标者是江宏斌,他又知道了这批货是专供江边的建材,一定会疯狂压榨滨江的利润。到时候,滨江亏本卖也不是没有可能。毕竟,码头的仓储费可不便宜。

"那不管!'飞单'我是拉了,不管对滨江有没有好处,作为启星的老板,你得给我结第二份工资!"向前故意对柴进说。这些年,两人早就习惯了,无论面对怎样的压力,都不能放弃在工作中互相挤对的乐趣。

83

向前只顾着"城门失火",却忘记自家后院的"火"了。

一连好几日,高平都故意对李书表现得十分亲近。他亲自去李书寝室取外套,引来佳佳一阵嘘声。在实验室,他更是主动邀请李书去食堂吃饭,还请她喝咖啡、奶茶。

李书也很纳闷儿。高平以前不知是不是读书读傻了,对男女之事不是特别敏感,所以李书每回撩他,都要谋划好久,循序渐进,环环相扣,最终才能获得那么一点儿若有若无的回应。

现在高平突然如此知情识趣，却让李书心底直打鼓，总觉得事出反常必有妖。但她转念一想，也许是这次向前和高平冷战，让他彻底想开了，他需要的是一个像自己这样柔柔弱弱、懂得迎合他的女人，而非向前那样精明强干、独当一面的强势女人。井底之蛙最擅长的就是自欺欺人，李书这个人很早就学会了玩心机、耍手腕，但似乎一直没学会怎么去爱一个人，更别提了解被人爱的感觉了。

高平突如其来的温柔，瞬间击碎了李书的防备，加上她急功近利的本性，不出一周，她就和这个师兄打得火热，沉湎其中不能自拔。一旦产生了"恋爱脑"，理性就起不到什么作用了。

这天从实验室回来，李书就翻箱倒柜地找东西，问佳佳之前帮她购买的内衣放在哪儿了。佳佳带着坏笑，明知东西放在哪里，却故意取笑她："怎么，终于想通了？'头通鼓，战饭造，二通鼓，紧战袍……'"

佳佳说着说着还唱上了，但李书此时确实是心急火燎。她从小被家里人算计，长大了又耳濡目染地学会了如何去算计别人，像她这样的人，但凡能感觉到别人对她动了一丝真心，便像抓住救命稻草似的，是怎么都不会放手的。更何况，这个人还有帮她解决户口的可能。

"行行行！别找了，这儿呢！"佳佳把脚下的箱子踢给李书，满不在乎地笑道，"当初我拿下我们家那死老头子，用的就是这个牌子。喏，这次给你买了升级版，祝你成功喽！"

李书接过箱子打开，就看见黑色蕾丝配玫红底色的内衣，香艳不可方物。正在这时，她收到了高平的短信，问她现在能

第八章 后院起火

不能下来一趟。李书盖上箱子，抿了抿唇，带着娇羞的表情，补了补口红，就冲下了楼。

高平此时穿的就是那件借给李书的风衣，在那之后明显还没洗过。李书一想到这是二人交换过体温的物证，就忍不住低头娇羞一笑。

高平的手插在衣兜里，一副酷酷的样子。他故意低下头去，从侧面看了李书一眼，然后用低沉带有磁性的声音说道："要不，我们去操场走走？"李书自然求之不得，立刻同意了。

于是两人就像大学生情侣一样，绕着蔚蓝色的塑胶跑道，一圈又一圈地并肩走着。夕阳下，晚风中，空气中弥漫着一种浪漫气息，以及时间匆匆流逝的焦虑感。

终于，在又走了一圈后，高平侧过英俊的脸，借着一抹晚霞的残红，问李书道："你是不是喜欢我啊？"

李书一怔，而后不好意思地低下头："你还真是直男，怎么能这么问？"

一抹深沉而又诡异的笑意掠过高平的嘴角，而后他盈盈的眼眸里溢出无限的深情："我就是想知道。"

李书无比羞涩地点了点头，如一朵被风轻轻抚动的蔷薇花。

"其实，你也知道，我和我老婆婚后关系一直不怎么样。"高平在得到李书肯定的回答后，换了一副无所谓的口气说道，"向前她比较强势，对我也总是吆来喝去的。倒不如你，乖巧懂事，不作不闹，温柔可爱。"

李书听了，不自觉地停住脚步，抬头去看她这位帅气的师兄。高平有意无意地逃避着李书的目光，李书却踮起脚尖，想去亲高平的脸。高平条件反射般地躲开了,迅速说道:"有人。"

李书感觉时机成熟了,于是掏出手机道:"要不我发个酒店定位给你?你放心,从这一刻起,我整个人都是你的。"

高平勾了勾嘴角,双手放在李书的肩膀上,故意坏笑道:"这可是你主动约我去酒店开房的啊?我可没有这个意思。"说完,他还故意用食指在李书的鼻子上轻轻点了一下。

李书不好意思地笑了,娇羞地小声回应道:"是我主动的,你是被逼的,行了吧?"

高平满意地点了点头,然后又说道:"我还有一个问题。"

"你问。"李书心神荡漾。

"你为什么会看上我?"高平用一种看似无心的语气问道。

"啊?这还有为什么啊?"李书装傻。

高平连忙假装平静地说出下一句台词:"都说坠入爱河的人总是不自信的。过去,我碍于已婚的身份,不敢对你表白。如今大家把话说开了,我也想鼓起勇气问问为什么,增加一点儿安全感。毕竟,我结过婚,有孩子,而且年龄比你大不少。"

"我……"李书没想到师兄这么直接,反而一下子有点儿被问蒙了。但月上柳梢,她望着高平那动情又殷切的眼神,知道不吐露点儿真心是不行的。于是,她低着头,攥着衣角,小声道,"师兄,你长得帅,又那么有才华,我是真的欣赏你,崇拜你……"

高平不耐烦地打断道:"可是我离婚以后,很有可能净身出户,一分钱都分不到,还带着两个孩子,跟着我,你会受苦的……我不想让你为我吃苦。要不,我俩还是就当情人吧!"

第八章　后院起火

李书一听高平这么说，也有些急了，生怕煮熟的鸭子飞了，情急之下，她脱口而出道："不要，师兄！我是真的爱你的，我就想嫁给你！我不介意你有两个孩子，我以后一定会把左左和右右视如己出的！只要你肯离婚娶我，我把户口落下来，以后就能在这座城市找一份医生的工作！只要我俩肯努力，将来一定可以活下去的！这不是让我吃苦，而是给我在这座城市吃苦的机会！我想在这儿扎根，和你在一起……"

虽然李书说得无比动容，但"户口"二字一出，高平还是立刻意识到了问题的关键。因为当初他和向前结婚，户口也是他考虑的重要因素。婚前，他对向前的爱并没有那么深，也许还带着功利色彩，可是婚后多年，越相处，他就越欣赏向前的坚强与大度。

高平的手又伸进兜里，关掉了里面的U盘形录音笔，他觉得自己这回一定要赢。"李书，今天有点儿晚了，我还没准备好。要不，你把酒店定位发给我，咱们约周末？"高平把手从兜里拿出来，俯身再次按住李书瘦削的肩膀，深情款款地看着她，调笑道，"再说一次，可不是师兄逼你的噢。"

"行了，师兄，别闹，一会儿就给你发过去。"说完，李书一扭脸，娇羞地跑了。

蓝黑色的夜幕下，高平望着李书渐行渐远的背影，摸了摸自己的鼻子。一瞬间，他突然无比憎恶多年前那个略显卑劣的自己。终究是他对不起向前。他想，就算结婚时是出于某种利用的心理，现在也该报恩了。何况他早已真正地爱上了那个他本就高攀了的妻子。

向家的女儿（下）

回到家，高平满身疲惫。向前还在单位加班，左左、右右跟着奶奶终于不看动画片了，而是对着平板电脑上外教英语课。

高平纳闷儿他亲妈是怎么在一夜之间就学会了使用平板电脑的，她一个英语盲，还陪着左左、右右听得津津有味。

他感慨万千地走进卧室，高安拿围裙擦了擦手，跟了进去。高平瘫倒在床上揉了揉额头，高安狠狠捶了他一把："臭小子！鞋都不脱，事情都办完了？"

高平有气无力地从兜里掏出录音笔，丢在床上："该录的都录了，她和室友的对话，还有我套的那些话。"

高安拿起那枚小小的U盘形录音笔，心满意足地笑了笑："这种'绿茶'，活该这么治她！你这么做，才对得起你媳妇儿，知道不？小没良心的东西！"

高平心情复杂，一时不想说话。

"对了，绿萝后面那个摄像头里的视频你也看看吧。"

"什么绿萝后面的摄像头？"高平一骨碌坐起身，不解地问。

高安撇了撇嘴，不屑地说："你以为你媳妇儿真傻啊？她那是给你留着面子呢！因为李书是你的师妹，她不好跟你直说，但她又不放心李书，所以早早在客厅的绿萝里面埋了个微型摄像头！我跟你说，那里面的视频我看了，我肺都要气炸了！你猜怎么着，回回李书来，都给左左和右右吃糖、玩电子游戏，根本就没怎么好好管过孩子学习……"

"真的？！"高平气愤到难以置信。他知道李书不怀好意，却无法接受和自己同样接受着高等教育的同学，竟然做出如此不负责任的事儿来。再怎么说，小孩子总是无辜的吧？他气得

第八章　后院起火

牙齿都打战了。"视频在哪儿？我现在就要看！"他脸涨得通红，立刻去找他和向前共用的笔记本电脑。

高安站在一旁指挥："我记得上次向前就是从这个文件夹里打开的……对对！就是这个……"

84

高平盯着视频，气得浑身发抖。他"啪"的一声合上电脑，一言不发地走到窗边，抱起胳膊。

证据确凿，李书已经无法抵赖了。高平突然觉得自己很愚蠢，他之前对这个师妹的袒护真是太幼稚、太无知了。向前装摄像头这个做法，他真的没想到，他甚至有点儿佩服她的先见之明。如果没有拍到证据，他一定会像过去那样，苛责妻子狭隘多疑、无理取闹。可在证据面前，他猛然清醒了，意识到什么是未雨绸缪，什么是防人之心不可无。

高安见弟弟陷入沉默，站起身来，将笔记本电脑收到一边。"你也不用想太多，她就是自私罢了。"她用姐姐的口吻劝道。

高平内心气愤难平，他觉得一个人再怎么样也不该为了一己私欲，去伤害别人的孩子。"姐，我累了，想睡觉了。"高平在窗边攥着拳头，背对高安道。

"那就快休息吧。"高安望着弟弟的背影，叹了口气，退出了房间。

晚上，向前拖着疲惫的身体到家的时候，高平和孩子们都已经睡下了。唯有客厅还留着一盏灯，借着微弱的灯光，向前

向家的女儿（下）

看见高安坐在那儿，慢慢地捋着一沓单据。

"姐，怎么还不睡？"向前边换鞋边问。

灯光将高安脸上的皱纹照得更加明显，但她的神色却很从容。"今天去楼下开了一下信箱。"高安蹾了蹾手里厚厚的一沓单据道，"你看，这么多！又是水费、电费、煤气费，又是物业费的……"

向前走过来笑笑："嘁，姐，你理这些干吗？都是从我卡上直接扣的。这些单子其实没什么用，扔了吧。"

高安也笑，但她的笑里透露出几分苦涩和意味深长。"来，向前，你坐。"高安拉开自己身旁的凳子。

向前知道她有话要对自己说，于是郑重其事地坐了下来。

"向前，我粗算了算，水费、电费、煤气费外加物业费、电话费、有线电视费，一个月三千块钱差不多就没了。"高安道。

"我知道啊。"向前也大概估算了一下，她的卡上确实每个月差不多要被划走这么多钱。

"这钱……"高安顿了顿，"你就没想过让高平出？"

"你弟？"向前先是一愣，随后笑着摇头，"他哪有那么多钱？"

"有没有是一回事儿，你叫不叫他出又是另一回事儿。"高安严肃地说，"想当初，我跟前夫过日子的时候也是和你一样的想法，觉得都是一家人，家庭开销谁有钱就谁出，都是一样的。可是，你猜最后结果怎么样？"

向前眨着眼睛，静静聆听着。

"一开始，我只是偶尔出几次钱，后来就次数越来越多，最

第八章 后院起火

后就变成理所当然,每次都是我出钱了。"高安的脸上带着苦笑,娓娓道来,"我每个月在医院累死累活,统共就能挣那点儿钱,省吃俭用,一个子儿掰成两半花,才能勉强应付家里的日常开销。向前,你知道吗?这么多年了,我连一件二百多的衣服都没给自己买过。我去店里看过好几次,不是我不想要,而是买不起,也不敢买!"

向前听了一阵心酸,轻轻拍了拍高安的手。

高安却越说越激动,眼泪也开始在眼眶中打转:"可是,我背负着巨大的经济压力,每天像头驴一样累死累活,而我家那位却并不领情,还觉得这是天经地义的。他成天在外头搓麻将,有时候一局就输不少钱。这也就罢了,他还背着我在麻将桌上勾搭了一个女人,拿钱去宾馆开房……有一次,我在我们家抽屉里发现了一张商场的购物小票,我才知道,他……他居然给外头的女人买了条一千多的裙子!"

"姐……"听到这儿,向前都不知道该说什么好了,此刻一切安慰的话语都显得那么苍白。

"所以,向前,"坚强的高安很快擦干眼泪,仰起脸坚定地对向前道,"我从自己的婚姻里领悟到了,跟家里人谈钱,不丢人!正常的家庭开销,就应该大家共同承担!让男人花钱,没什么不好意思的,就是要让他们懂得承担责任!"高安的这番话,是经历过极致痛苦后的大彻大悟。

高安的意思,向前听明白了。其实每个月三千多,对她来说真不是什么事儿,不过就是她一条裙子的钱。向前能挣钱,她多出些也无所谓,但高安这番话剖析得也有道理,这些道理以前从未有人对向前说起过。

向前从小就是家里的老大,因为向郅军的教育,她一直觉得老大为家庭做出牺牲是天经地义的。小时候,她学习只要稍微落后一点儿,向郅军就严厉地批评她:"你这个样子,怎么给两个妹妹做表率?"仿佛向前的优秀,只是家里的"表率",而和她自己无关。后来结了婚,因为高平还是学生,向前收入高,整个家庭的经济重担就毫无争议地直接压到了她的肩膀上。向郅军和郑秀娥为了她的婚姻稳定,还总劝她:"能者多劳,让高平安心读书,你的好日子在后头呢。"所以,向前很少觉得委屈,也不敢委屈。她怎么也没想到,有一天把这些话摆在台面上跟她说的,居然是自己的大姑姐。

"姐……"向前紧紧攥着高安的手,感动得不知该说点儿什么好。

"人无压力轻飘飘,"高安道,"明天我就把这些单子交到高平手上,从这个月开始,你把你卡上所有的按时扣款都取消!"

"这……"向前还是犹豫,"高平他……能行吗?"

"人都是被逼出来的。"高安撂下这句话,冷静地拿着单据站起身,离开了客厅。

向前默默地坐了一会儿,决定这次听高安的话。她打开手机银行,把卡上的每月按时扣款功能都点了一遍"取消"。

"来来来!小心小心!别撞到桌角……"向南看着工人从地下室往楼上抬自己的画作,紧张得满头大汗。"马师傅!马师傅!车开来了吗?"她扬手招呼。

第八章　后院起火

不远处,马师傅也是满头大汗,小心翼翼地开着一辆白色皮卡渐渐靠近。"夫人,这个车够了吧?"马师傅当初考的是B2驾照,但他好久没开这种车了。这辆皮卡还是他瞒着江宏斌从洪江的工厂里偷偷开来的,所以紧张得不行。

向南穿着白T恤、牛仔裤,抬头看了看皮卡货箱的尺寸,皱了皱眉道:"差不多吧!"

马师傅下车,帮着工人们把油纸包着的画儿抬上车。

病愈后的江老太太,坐着轮椅,从二楼阳台上慈祥地低头问向南:"这是在干什么呀?"

向南回过身,仰头对江老太太说:"妈!这些是我以前画的画儿,搁在家里占地方,打算拉走处理掉!"

"处理掉?"江老太太拄着拐杖站起来,扶着阳台的栏杆说,"处理掉多可惜啊!我还一幅都没看过呢!这样吧,你把那张最大的搬回来留给我,我挂在房间里,没事儿的时候欣赏欣赏。"

向南笑了,却没有往下搬的意思,回道:"妈,这些都是旧画儿,回头我专门给您画一幅新的!水墨画、水彩画、油画,您随便挑;画观音还是画花鸟,也都您说了算!"

江老太太"呵呵"笑了两声,冲向南挥了挥手:"得了,那你继续干活儿吧,我就等着了。"她又对马师傅道:"向南的事儿,就是我儿子的事儿,一样重要!你们都勤快着点儿!"

"好嘞,老夫人您放心!"马师傅是最不敢不尽心的。

向南坐在副驾,很快就把这些画儿拉到了白澈推荐的画廊。

果然,画廊老板是一个极其有品位的人,他太太也是个艺术评论家,夫妇俩都十分喜欢向南的画作。"白澈,你的这个朋友,应该给她开画展!"画廊老板拿着烟斗,诚心称赞道。

"她的确可以开画展。"白澈摸着后脑勺笑道。

那些尘封的画作被撕去包装,重见天日的瞬间,白澈和其他人一样,立刻被惊艳到了。甚至连向南自己,望着那些曾经亲手创作的旧作,都觉得有些遥不可及。这光芒四射的才华,自己真的曾经拥有过吗?

"怎么样?你要不要考虑下,我给你在西岸美术馆办个画展,再请个专业的经纪人,帮你运作一下?凭你的才华,出名是指日可待的事儿。到时候,卖画的钱,咱们五五分,大家一起靠才华赚钱。"画廊老板对向南道。

向南听了心里甜滋滋的,但她仍然婉拒道:"谢谢您的赏识,可我真的急等着用钱,恐怕等不到开画展了。这些画儿,二位说个价,差不多的话,我就卖了。"

画廊老板笑了:"那你这是给我送钱了!你要这么说,我就不客气了。"

向南笑笑:"一言既出,驷马难追。"

一旁的白澈却急了,他拉住画廊老板的胳膊说:"您可得给我面子!"

画廊老板的太太穿着精致,她听见白澈着急的声音,视线离开向南的画作,回眸一笑道:"哟,咱们白澈,清高的白大艺术家,啥时候也需要我们这些俗人卖面子了?"

"姐!"白澈羞红了脸,"别开玩笑。"

老板夫妇笑了,拿来计算器按下一串数字。老实说,这个价格比向南想象的高多了。她怎么也没想到，自己这些被江宏斌不屑一顾，丢进储藏室都嫌占地方的作品，竟然在市场上能值这么多钱。她心里一瞬间五味杂陈。

85

向南收了钱，就离开了画廊。马师傅急着去厂里还车，早就开皮卡走了。白澈追了出来，问向南这是要去哪儿。向南说要去商场。

白澈的脸上掠过一丝复杂的表情。"去商场干吗？"他疑惑地问。

向南回眸洒脱一笑："当然是买包啊！"

"你卖画就是为了买包？！"白澈紧跟向南的步伐问道。如果别人这么回答，他只会不屑，可向南这样回答，他的内心便腾起一股莫名的愤怒。

"是啊！"向南不解，自己挣的钱，爱怎么花就怎么花，碍着谁了？白澈的语气和眼神怎么这么怪异？他仿佛是在看一个清纯美丽的公主，在物质面前，瞬间幻化成面目狰狞的怪物。

"早知道就不帮你了。"白澈鄙夷地瞥了向南一眼，挺直后背抬起腿，做出要走的样子，他以为向南至少会欲盖弥彰地自辩一番。他心想，不管向南怎么解释，都掩盖不了她贪求物质的本性，等她解释完，他一定会立刻戳穿她，进而教育她一番。

谁知，向南压根儿就没有解释，甚至都没听清白澈在说什么，更没有发觉他在自己身边直直地盯了她许久，而且还有些生气。

向家的女儿(下)

"喂,梓涵吗?放学了吗?我一会儿去接你,咱俩去商场!"向南兴奋地打着电话,"去商场干吗?当然是买你之前看中的那款包包哇!我自己有钱了,可以给你买……别别别,别突然叫我'妈'!看把你高兴的!得了,你收拾收拾东西,在校门口等我吧,我马上到!"

白澈望着向南眼里兴奋的神采,才意识到自己在她眼里可能连盘菜都不是。听她说完后,他突然觉得,如果她能多看自己一眼,自己就算当不了一盘菜,当根葱也是可以的。

可此刻向南的心里都是江梓涵,那个一年多前还和她非亲非故的女孩儿。"没事儿我先走啦!"向南挂了电话,和白澈告辞。

白澈回过身,仍然像狗皮膏药似的追了上去:"你……这就走啦?我……"

向南兴高采烈地跳上一辆出租车,冲手足无措的白澈挥了挥手:"明天学校见!拜拜!"

"喂,喂……"白澈身不由己地追了出租车一段,才停住脚步。这个学姐身上有太多的故事和秘密,引得他无比好奇,忍不住想要接近。

坐在车里的向南,头发被窗外的风一阵阵吹在脸上,她觉得爽快至极。自从毕业,向南从来没有上过一天班,也没有自己挣过钱。直到今天她才知道,原来一个人自食其力,靠自己的才华挣钱的感觉是这么舒畅。

外面繁华喧嚣的花花世界,在这一刻,似乎也和她有了联系。她心中腾起一股莫名的征服欲,感觉自己想要融入这个世

第八章　后院起火

界，真正地拥抱它。欣喜过后，她心中更加肯定，自己真的可以离开江宏斌，过上自食其力的生活。这一切，既要归功于她自己的努力，更要感谢向郅军和郑秀娥，砸锅卖铁地培养了她的绘画才能。那些所谓的"无用"之学，只要合理地加以利用，在未来的某天，总能成为有效的谋生手段。

向南接了江梓涵，两人一起去买了包，然后挽着胳膊开开心心地去吃饭。

"妈，你怎么突然有了这么多钱？"江梓涵咬着比萨，满是疑惑地问。

向南再次制止江梓涵叫自己"妈"，但江梓涵居然瞬间为她发明了一个新的称谓——南姐。

这都什么辈分？不过，今天心情超好的向南也不在乎这些了，她自豪地笑道："我把以前的画儿卖了。"

"哇！"江梓涵看了看手边的香奈儿，不可思议地抬起头。

"南姐，你的身价也太高了吧！几幅画儿这么贵的？！"

向南神秘地笑了笑："不是几幅啦，是……"她伸出一根手指。

"一幅？"江梓涵夸张地吐了吐舌头，"我的天！南姐，你的画儿就是金子！不，金子都没这么贵！"

"美是无价的。"向南轻松地笑道。她觉得自己很幸运，通过白澈的介绍，遇到了赏识她的伯乐。

向南望着江梓涵津津有味地啃比萨的样子，忽然发现她用沾着油的手不停地去推包上的金链子，似乎嫌它碍事儿，影响了自己吃饭。最后，她竟然索性直接把新包丢进了桌子下面放

向家的女儿（下）

外套的藤筐里。

向南不禁有些疑惑地问："梓涵，这款包你心心念念这么久……可我怎么感觉，你好像也没那么喜欢？"

江梓涵咬比萨的动作停了一下，随后她赌气似的将剩下的小半块比萨全部塞进嘴里，然后一边嚼一边说道："南姐，不瞒你说，我买这个包，一半是为了和我爸赌气，另一半是……"

"你慢点儿说，来，先喝口水。"向南拍了拍被噎住的江梓涵。

梓涵却急于解释，抿了口水，用力拍了拍胸口，就急不可耐地吐槽道："另一半是因为，这个包我们学校那些人都有，就我没有，她们竟然怀疑我家的财力。后来，我告诉她们，我爸是洪江集团的老大。她们就问我我妈是谁，我说不知道，我从小就没见过我妈。然后她们居然在背地里质疑我是私生女！还说，难怪我爸连个包都舍不得给我买！"

江梓涵说得匆忙，但向南从她的叙述中，还是听明白了。江梓涵嘴里的"她们"应该是贵族学校里的那些同学，向南真没想到，原本应该培养纯真友谊的青春校园，有一天竟然也会成为物质攀比的温床。比父母，比家世，比金钱，比物质，这些低俗、粗鄙的思想，竟然在这样一群花季少女中流传起来。要知道，她们可都是父母的掌上明珠，从小就接受着最好的教育。

"所以，我一定要证明给她们看，她们有的，我也有！"江梓涵愤愤地说。

向南望着她的脸听她说完，静静地思索良久。半晌，向南

第八章 后院起火

重新递给江梓涵一块比萨,幽幽地问道:"梓涵,假如……我是说假如,我给你办转学,让你转去普通的公立学校走读,你愿意吗?"

江梓涵一愣,都忘了接比萨,瞪圆了眼睛问道:"真的吗?"

从小到大,江梓涵都没有上过公立学校,更没有走读过,从幼儿园开始,她就过着寄宿生活,只有假期才能回家。所以,她从小很少体验到亲人的关爱,而是早早地周旋于各种陌生人中。她积极表现自己,在幼儿园阿姨和老师面前争宠,只为她们能多看自己一眼;她挑衅同学,同时也被一样缺爱、不懂事儿的同学欺负,似乎在这种激烈的敌对和排斥中,她们才能找到自己存在的意义;她们似乎是被父母遗忘的孩子,忙碌的父母顾不上她们,只会给她们足够多的金钱。

"真的。只要你愿意,剩下的事儿我来办。"

和江宏斌结婚后,向南就成了江梓涵名义上的监护人,其实她只是江宏斌用来操控江梓涵的又一个傀儡。前一个傀儡是江家巧,江梓涵有了"妈"以后,便不再需要姑姑出面了。此时此刻,向南意识到,自己应该行使监护人的权利了。

江梓涵眼睛热热的,她对转学本无所谓,但是她却对"走读"二字无比神往,渴望每天都能过上温馨的家庭生活。她曾经无数次地幻想过,黄昏下课后,她背着书包,走在车水马龙的街上,不远处的小区里,有一盏灯是为她而留,有一桌热饭正在等待着她。

"可是,我爸他不会同意的……"江梓涵兴奋了片刻,眼神忽然黯淡下去,她的心如同此时手里的比萨一样冰凉。

向南摸了摸她的额头，虽和她有着一样的担忧，却还是故作轻松地笑道："放心，我会搞定的。"

"南姐……"江梓涵哽咽了，"谢谢你。"

接下来的时间，江梓涵推心置腹，将自己在贵族学校里的烦心事儿，一股脑儿地全部倒给了向南。比如，连宿舍后勤阿姨都会向学生家长索要礼物；校董每次开会，都有几个特定的学生家长参加，那几个学生就成了学校里"高贵"的存在；而每次家长会，在同学们眼里都像时装周一样，大家在背后议论每位妈妈的衣品，因为这些代表了每位爸爸的财力……

向南更加确定，不能再让江梓涵在这种给钱就能上的所谓贵族学校里继续消磨生命了。无论江宏斌同不同意，她都要给江梓涵转学。可是，转学这件事儿，要比买一个香奈儿包难得多。向南微微抿了一口面前酸中带甜的饮料，心里有些忧虑。

"对了，南姐。"江梓涵突然神神秘秘地盯着向南说。

"怎么了？"向南被她看得莫名其妙，摸了摸嘴角，以为脸上有什么残渣。谁知，江梓涵接下来居然爆给她一个天大的秘密。

"南姐，你知道我爸在别墅里有一个保险箱吗？"江梓涵压低了声音，稚嫩的脸上满是鬼鬼祟祟的表情。

"保险箱？"向南不解，"是书房那个吗？"

"那个只是摆设啦！其实里面没啥重要的东西。"江梓涵咬着吸管轻描淡写地说道，"我说的是……酒窖里那个！"

"酒窖里？"向南讶异，"我怎么不知道酒窖里还有个保险箱？"

第八章 后院起火

江梓涵脸上露出得意的表情,她吐出嘴里的吸管,慢悠悠地说道:"一猜你就不知道!我也是在一次偶然的情况下才发现的。就在酒窖里,威士忌柜子的后面……"

"梓涵,"向南打断江梓涵的话,"你干吗和我说这个?"

没想到,处于青春叛逆期的江梓涵居然有着大人般的老练,她飒爽地一挑眉,揶揄向南道:"我呀,是怕哪天你和我爸离婚了分不到钱,这才告诉你的!"

"我和你爸离婚?"向南真不知道江梓涵的小脑袋瓜里成天都在琢磨什么东西。江梓涵考虑的问题,她可能一辈子也猜不到。

"嗐,南姐,我早就看出来了,你和我爸……"江梓涵世故地摇了摇手,"压根儿就不是一路人,离婚估计也是早晚的事儿!其实离就离吧,离开我爸那样的人,也是一种解脱!但是钱,咱们还是要牢牢握住!"

"梓涵!"向南一脸严肃地责怪道。虽然嘴上这么说,但她心里却有点儿感动,江梓涵的一句"咱们",让她这个"后妈"感觉一阵欣慰。

江梓涵说完,一脸得意的表情。她又拿起一块新的比萨,对着向南,故意夸张地咀嚼起来。这孩子!

86

向中离岗的那天,默默地将办公桌上的东西一件一件地放进纸箱。

向家的女儿（下）

这里的每一件东西，都代表着她过去的岁月和日常的生活习惯。人的习惯是很难改变的，人很难立刻脱离一个熟悉的环境，也许这就是离职的痛苦所在。

王玉溪就坐在向中身后，听着向中窸窸窣窣收拾东西的声音，他尽量装作若无其事，但其实向中每动一下，似乎都有什么东西扯动着他的心弦。

向中咬着嘴唇，望着平日里堆得满满当当的办公桌瞬间变得空空荡荡，不禁热泪盈眶。她面前的这张桌子，承载了她毕业后七年多的岁月。她抱起纸箱，含泪转过身，目光所及皆是无动于衷的身影，甚至连杨姐，都坐在不远处装作十分忙碌的样子，没有过来跟她打个招呼。

向中低头一阵叹息，过往茶水间的亲密，终究像那些废弃的茶水一样，汩汩地流进了下水道。所有同事都保持着缄默，独自离开的向中，最终还是沦为了全场的笑话。

王玉溪像一尊玉雕，一动不动地稳坐在工位上，向中望着他冷漠的背影，感觉心中一片冰凉。

她去找主管签离职单，主管正好在和其他部门的一个领导打电话，故意磨磨叽叽地怠慢她。她将离职单放在主管眼前，抱着纸箱站在一旁等了十多分钟。主管只是"嗯嗯啊啊"地打电话，一直没搭理她。

这时，王玉溪的新女友，那个很有背景的女孩儿，碰巧也拿了一份文件来给主管签字。主管立即放下手里的电话，"唰唰唰"地帮她签完了。

这一举动立刻激怒了向中，她内心压抑着的怒火，此刻

第八章　后院起火

"腾"的一下冒了出来。这个主管,向中跟了他三年多。他交办的工作,她总是放在第一位;他朋友圈发的任何信息,她总是第一时间点赞;她开门让他先走,进电梯替他按着开门键……向中不知道自己哪里做得不好,马上就要走了,竟然还要给自己难堪。不就是签个字的事儿吗?三秒钟就能解决。自己再怎么也是鞍前马后地跟了他三年多的下属,有必要做得这么绝情吗?

向中狠狠地将手里的纸箱子"啪"的一声蹾在主管桌子上,巨大的响声立即引得办公室里那些刚才还在"挺尸"的同事纷纷抬头。

主管愣了一下,对着电话说了一句"我等下和你说",然后便站了起来,严厉地质问向中:"你干什么?!"

向中怒怼道:"等你签字等半天了!"

"我这不是正在处理事情吗?"主管狡辩道。

向中冷笑道:"那别人的你怎么签了?"

主管讪笑:"你这是离职,我总得看一下离职单吧?她那是报销,马上签一下就行了。"

向中不吃他这一套,她再傻也知道他就是看人下菜碟,故意怠慢自己,最后再在自己面前摆一摆当领导的谱儿。谁都知道,向中今天只要跨出这道门,基本上就很难再进入体制内了。所谓"江湖留一线,日后好相见",那也得见得着才会留。既然认定是老死不相往来了,人性便在此刻暴露无遗。

"向中,你这个态度是不行的。"主管眼镜的镜片泛起一道油滑世故的光,"就算是被裁,也不应该有情绪。我们也是按规章制度办事，没有谁故意为难谁的情况。"

"呵呵，是吗？"向中心头所有的委屈如潮水般涌起，她不卑不亢地抬起头，"是不是为难，大家心知肚明。我就是叫你签个字，你快点儿！"

主管无奈，低头龙飞凤舞地签了。他鄙夷地哼了一声，把离职单丢给向中："这样行了吧？'离职原因'这一栏，我也只能秉公办事，写'业绩不合格'了。"

这个情景，所有人都看见了，却没有一个人吭声。有的人活着，却已经死了，这些人里还包括那个彼时情浓的王玉溪。

向中冷笑了一声，默默地、一丝不苟地将那张离职单方方正正地叠好。而后，她抬起头，对着眼前这个翻脸无情的主管，说出了最后一段话："我承认，我上个季度的业绩是有所下滑，但这绝不是我被迫离职的理由。你们都说王玉溪在会上汇报得好，可我想问一句，他一个新人，刚来不到三个月，能熟练地做完全单位一整年的数据吗？难怪人说'干活儿的干不过做PPT的'，王玉溪每一页PPT上的数据和图表，都是我提前两周通宵达旦赶出来的。"

"向中，你现在说这些还有什么意义？"主管不耐烦地说。

"是没什么意义。"向中平静地再次抱起桌上的纸箱，"如果有意义，我也不会走了。我工作七年多，请长假的次数屈指可数，第一次是结婚度蜜月，第二次就是前阵子我妹妹生病住院。但就这一次，你们便抓住不放。如果我没记错，王科在去年季度审查的时候去巴厘岛十二天；刘科孩子高考，半个月没来上过班；小夏，一个月少说要有几天去美容院接睫毛、

第八章　后院起火

做美甲；还有杨姐，上个月也有四天没来……你们在座的每一个人，有谁敢拍着胸脯说，你们不在的这些天，我向中没帮你们扛过业绩？！为什么你们大家都没事儿，偏偏我请了一次假，就成了'业绩不达标'，要卷铺盖走人？！大家都应该心知肚明吧！"

撂下这句"心知肚明"，向中对这个熟悉的地方再没有留恋，抱着箱子大踏步地离开了。

自始至终，所有人都像是局外人般冷漠地看戏，包括面无表情、无动于衷的王玉溪。殊不知，他们才是局中人，而向中已经在这一刻逃离了金丝笼的桎梏。

王玉溪坐在座位上，内心波涛汹涌，但他终究无法挪动他僵直的双腿，追出去和向中说点儿什么。这个位子对他来说，实在是太重要了。"寒门贵子"这四个字，是对他的过往的诠释，也是流在他骨血里的卑微与无奈。一个户口，一份体制内光鲜体面的工作，让王玉溪成了当代"陈世美"。唯令向中不明白的是，王玉溪到底是和她刚接触的时候就存了这个心，还是身在"染缸"一段时间后才变节的。不过这一切都不重要了，结果就是他为了所谓的"个人前途"，伤害了一个对他真情实意的人……

向中走到地铁口，直接将纸箱子扔在路边的垃圾箱上，然后听着地铁的呼啸声，迷惘、失落地回了家。

她一进家门，就看见邓海洋正在意气风发地和创业伙伴们开会，每个人的眼睛里似乎都有清澈的光，照得整个客厅亮堂堂的。她忽然觉得自己真可笑。

向家的女儿（下）

向前和柴进一人咬着一根冰棍儿，正在一起打印标书。海天大厦的项目，他们并非志在必得，但彼此都心照不宣，知道成败在此一举。

"地价和方案，你都核对过了吗？"柴进又问了向前一遍。他明知她是做事极其谨慎的人，还是多问了一嘴，暴露出他对这个项目的不自信。

"你确定不告诉董事长启星的事儿？"向前试图转移他的注意力，"如果启星真的拿下海天，那么洪江和滨江的处境，都会变得很尴尬。"

柴进抿唇不语，脸上看不出一丝平时的玩世不恭。

"董事长可是把你当亲儿子。"向前的内心也很纠结，她真的不知道从今往后，自己到底应该站在哪一边。

"商场如战场，"柴进笃定地挺了挺腰板，"先做了再说。"

向前叹了口气。

柴进又问："你会站哪边？"

向前看了一眼柴进疲惫的眼神，没吱声。

这么多年过去了，曾经意气风发、英俊潇洒的柴进，终究也快要迈入四十岁的大关了。四十不惑，是世事磨砺出的老成，也是提醒自己已经不再年轻的警钟。

直到标书弄完，向前都没有回答柴进，她只是将东西收进背包里，淡淡说了句："师兄，走吧。"

她觉得自己还是应该站在柴进这边，就算董事长对她有提拔之恩，终究……向前之所以是现在的向前，柴进功不可没。

第八章 后院起火

当年的事儿，向前明白，柴进有他的不得已，这么多年，他都在尽心尽力地弥补。他们就像螺栓和螺母，只有在一起，才能实现彼此的价值。

"早点儿成个家吧，不然将来谁继承启星？"出来之后，向前苦中作乐，调侃了柴进一句。

柴进笑笑："我这不是等你跟高平离婚吗？"

"那你慢慢等着吧，猴年马月的事儿，大概率你这辈子是等不到了。"

"高平有什么好？"柴进不屑。

向前拉开车门，边上车边说："我这辈子，事业上注定是要跌宕起伏、一波三折了，婚姻上我只想过平淡的小日子，跟大多数人一样，说得过去就行了，不想再折腾了。"

87

这一天，向南从马师傅那儿打听了一下江宏斌晚上的行程，得知江宏斌晚上会和明蔚、明蔚的爸爸在江边会所喝茶。于是她提前买了几张《春草闯堂》的戏票，让江家巧带江老太太去大剧院看戏。

江老太太是个戏迷，最喜欢看旦角戏，又热闹，唱词又多。她兴奋地挂着拐棍儿，在众人的簇拥下往门外走。"向南！向南啊！你咋不跟我们一起去？来来来，一起走着！"她边走边回头朝向南喊道。

向南面带微笑地走过来，亲自扶着江老太太上车："妈，家巧陪着您,我就不去了。我正打算炖红枣燕窝呢,您吃不惯外头的东西,待会儿戏散了,到家正好有口热乎的。"

"你这孩子……"江老太太无比感动,"真是我老太婆前世修来的福气啊!"

过去,她不待见这个儿媳的时候,总觉得向南像个老妈子一样伺候一大家子是天经地义的事儿。但在向南救了她的命之后,她是真的拿向南当自己的孩子心疼了。人心都是肉长的,多大年纪都不例外。

因为江老太太腿脚不方便,向南多买了几张票,让保姆们也都跟着一起去。保姆们日日围着江老太太转,几乎每天都在别墅里活动,而且大多没去过大剧院这种地方,她们听了向南的话,个个笑逐颜开,对向南感恩戴德。

送走了热热闹闹的一群人,整个别墅一下子冷清下来。向南冷静地反锁上别墅的大门。她穿着白T恤、牛仔裤,举着手机,一步步走下楼梯,悄悄来到了江宏斌的酒窖。

江宏斌热衷于收藏威士忌,所以昏暗的酒窖里,有一整面玻璃墙柜,里边都是装着琥珀色液体的玻璃瓶。江梓涵说的保险箱在哪儿呢?向南打开酒窖所有的灯,仔仔细细地搜寻了一圈,都没有发现那个保险箱的影子。酒窖里阴气森森,盛放威士忌的恒温冰柜里,时而闪烁着星星点点的微蓝色灯光,让向南的脊背阵阵发凉。越急越找不到开关,向南如同一只热锅上的蚂蚁,在这方寸之地转了许久,除了背上渗出的冷汗,一无所获。

也许,江梓涵说的仅仅是一种推测?或者,江宏斌已经知

第八章　后院起火

道江梓涵发现了这个秘密,所以将保险箱挪了地方?为了这样一个不知是否真实存在的东西,向南焦虑不安。向南又摸索了许久,依然没找到保险箱。她感到万分沮丧,甚至有点儿惋惜今天的戏票钱,这些钱可都是从她自己的"小金库"里出的。

她落寞地准备关灯上楼,可就在她转身的一刹那,忽然被墙上的摹本《千里江山图》吸引了。烟波浩渺的江河,连绵起伏的群山,北宋王希孟的这幅写意长卷,不愧为水墨山水的集大成之作。江山千里,苍苍莽莽,浩浩无涯,为什么在所有的画作中,江宏斌会选择这幅《千里江山图》挂在这里?难道就因为他姓江?

向南踩着竹底棉麻拖鞋,鬼使神差地一步步逼近那幅画。山水画中的"三远法"——高远、平远、深远,在这幅画中表现得淋漓尽致,"空间原则"的运用,可谓是登峰造极。想到"空间原则",她突然灵光一闪,伸出白皙纤瘦的玉臂,随手滑动了一下这幅画。

"吱"的一声,画卷悬浮于暗轨,居然真的移向一边,露出了背后的玄机,只见它后面的墙上,嵌着一个寒光凛凛的密码保险箱。

向南怔住了,原来这才是关窍!回过头来细想,她立即茅塞顿开,觉得自己之前实在愚蠢,她早该留意到这幅画的。

江宏斌购买艺术品,只看收藏价值,不关心艺术价值。这样一个"艺盲",又怎么会真的欣赏《千里江山图》,还买了一张摹本收藏?纵然这是十大传世名画之一,江宏斌也不至于爱它爱到要悬挂在自己时常流连的酒窖中。这幅画中的青绿色调,也不是江宏斌欣赏的风格，他崇尚金碧辉煌、色彩艳丽的视觉体验。自然清丽的山水画卷，从来入不了他的眼。

保险箱找到了，密码又是什么呢？向南颤抖着手，伸向九宫格的触控面板。她犯了难，不知输错几次这台冰冷的机器就会报警，万一响起警报声自己又该怎么办。

江宏斌的生日？他不会愚蠢至此。向南的生日？他不会深情至此。江梓涵的生日？向南的手伸向密码屏，但很快又像被烫到一样猛地缩了回来。她觉得，这个可能性就更小了。

要不，先试试江老太太的生日？向南突然意识到，自己应该用江宏斌的思维方式考虑这个问题。对他来说，这辈子生多少子女都不重要，包括向南流产的那个孩子，但是生他的人却只有一个，就是江老太太。

"嘀！嘀嘀！"保险箱竟然就这么轻而易举地被打开了。

心已经提到嗓子眼儿的向南，一时间有些难以相信。原来哥德巴赫猜想，就是"1+1=2"这么简单。但若是她不了解江宏斌，猜想永远只能是猜想。

向南拉开保险箱的门，翻了翻，发现里面有一个应急包。她拉开包的拉链，发现里面有一张黑色信用卡、五万美元现金，还有三本护照。

富贵险中求，做生意的人，迫于巨大的不安全感，总会给自己留一条后路。向南静静地翻开那三本护照：Hongbin Jiang、Zihan Jiang、Jiaqiao Jiang。

呵呵，都是他们江家的人，只有拥有这个姓氏，才是他们家里不可替代的成员。为什么没有江老太太？也许是考虑到她

第八章　后院起火

年事已高，也许是赌她年纪大，必然会平安无事。

可是，自己的护照呢？她也曾以为自己是"Mrs. Jiang"，原来，都是她自作多情罢了。

这一刻，她的心无比平静，也无比悲凉。在现实面前，连愤怒都显得多余。在江宏斌的世界里，自己究竟算什么？回顾往事，原来自己从来都没有真正地成为过他生活的一部分。她是他锦上添花的点缀，也是他釜底抽薪时扬出去的灰。向南的心彻底凉了。

她继续用颤抖的手，翻开包旁边的一摞文件，这些多半都是洪江集团重要项目的合同，还是"阴阳合同"的"阴面"。文件旁，还有一本黑色笔记本，里面清清楚楚地记录着一些账目……

向南默不作声地掏出手机，一一拍照，然后又将东西一件件归位，擦去指纹，仿佛这里从未被她发现过一般。

关上保险箱，向南深吸一口气，转身头重脚轻地走出了酒窖。

到了一楼，她紧紧扶住红木的楼梯把手，只觉得脑袋一阵眩晕。那三本护照，成了压倒她的最后一根稻草。受到这样的打击，任谁都会与对方恩断义绝。

高平一个人坐在明亮的图书馆里，对着桌上一沓缴费通知单发愣。

博尔赫斯说过，如果有天堂，天堂应该是图书馆的模样。但是，高平直到今天才知道，原来这"天堂"里不仅有书，还有供养自己读书所需要的费用。

高安把这些单据递给高平时,两人的对话还回荡在高平耳边。

"弟,这些是家里这个月的开销,你付一下。"

"干吗要我付?以前不都是向前付的吗?"

"以前是她付,就应该永远让她付吗?"

"我和向前……她赚得比较多。"

"赚得多的就应该付?那我得去劝劝向前,以后别那么努力了。"

"姐,你不要难为我……我们夫妻间,一直都是这样的。"

"一直都是这样,就一定对吗?不是我难为你,而是你作为男人,该承担的就得承担。这个月,你先自己想办法付,钱实在不够,我可以先借给你。"

"姐!"

"我上班去了,人总该自食其力。"

高平望了望四周林立的书架和上面密密麻麻的书本,刹那间,他有些醒悟,自己在象牙塔中待得太久,已经忘记了理应承担的责任。

他抖了抖额前的刘海,脸上冷峻的神情渐渐变得温和起来。

他打开手机银行,看了看里面的余额。好在他读书期间得到的奖学金,一分也没有动过,而且,向前也从来没有过问过他的这些钱。三万两千七百二十块六毛五分,他凝视着这个金额,感觉就像是自己过去冷漠、自私的证明。

半晌,他开始在手机银行上转账,物业费、水电费、网费、电话费、有线电视费等,他都一一支付了。不算不知道,他这才发现，这些杂七杂八的日常开销，仅仅一个月就耗去了好几千块钱。

他猛然醒悟到，加上吃饭和购买其他日用品的花费，他们一家人每个月至少都会有五位数的开销，更别提还有两个孩子的幼儿园学费、车贷、房贷等更大的开销了。向前作为一个女人，将这个压力扛了好多年。她从不抱怨，从不算账，为了照顾自己脆弱的自尊，甚至很少在家提到这些数字。

高平的眼眶湿润了，他望向明媚的窗外，心里却是一阵酸楚，以及说不清的懊悔……

88

向中离职后，在家吃了睡，睡了吃，无所事事了几天。

邓海洋租赁的写字楼顺利交付，办公桌椅陆陆续续送到后，他和同事们也转移了阵地，整个家一下子变得空荡荡的。

邓海洋让向中跟他一起去写字楼上班，帮着新公司做些数据分析、汇总的工作，但向中没心情，暂时没答应。她在网上也试着给几家公司投过简历，但不知是不是因为她的工作经历问题，好几天下来，她都没收到回复。

她端着马克杯，站在窗前向外望去，不知道究竟是找不到工作令她心烦意乱，还是别的事情让她万念俱灰。她似乎不敢直面自己的内心，从前单位离开那天，王玉溪的背影就像一道冰冷的墙，从此隔绝了她对这个世界所有的热情。

她现在就像一具行尸走肉，生无可恋地过着每一天。

楼下的花园里，几块水泥质地的不规则的几何图形，硬生生地镶嵌在郁郁葱葱的绿地中。这单调的风景，如同无趣的人生，让她感觉厌倦，心里更加烦闷了。

突然，一只灰黄色的猫不知从哪里矫捷地蹿了出来，从灰色的水泥地上一跃而过。虽然从向中的楼层望去，它只是一个灰黄色的小点，却一下子勾起了她的兴趣。

她痴痴地凭栏而望，想起了王玉溪家的米酱，它柔软又温暖的身体，皮毛上光滑的触感，似乎还停留在指尖。

"王玉溪？"向中望向更远处，忽然站直了身体，脱口而出。她以为自己看花了眼，结果发现，楼下仰着头走过来的那个熟悉身影，竟然真的是米酱的主人。

他为什么会出现在自己家楼下？！向中慌了。这不合情理的画面，令她怀疑自己是否因为受了刺激而开始神志不清。

向中拼命揉自己的眼睛，直到眼睛发疼。她重新睁开眼，楼下的那个身影，确实就是她之前心心念念，后来又被伤得体无完肤的罪魁祸首。

她来不及打扮，穿着珊瑚绒的睡衣，踩着拖鞋，就飞一般地奔下楼。

花园里，曾经熟悉的两人四目相对，眼神却显得陌生又慌乱。数日不见，王玉溪看起来面容憔悴，眼神也黯淡了许多，他的下巴上还残留着淡青色的胡楂儿。他一向很注重形象，现在这样显得相当反常。

"你……怎么到这儿来了？"向中忍不住疑惑地问道。

王玉溪无言，只是神色忧伤地默默望着她。

第八章 后院起火

此刻，他们彼此间都有千言万语在心里翻涌，可谁都不知该从何说起。

自从上次从檀香山回来，王玉溪和向中就再也没说过话。向中以为，檀香山就是他们两人关系的句点。后面所有冷冰冰的现实，都是对前面那段可笑情节的注解。文章已完，曲终人散。可谁知……他竟然会再次出现，用这样令人意想不到的方式。

"向中，我……放不下你。"王玉溪挣扎半晌，才幽幽地说。

他原本是想得到这份工作，也曾以为自己可以为了达到目的而不择手段。可人生总是如此，得不到的永远在骚动，得到了就发现其实很无聊。他以为他可以毫无感情地出卖向中，可当一切真的发生了，他得到了自己想要的东西以后，他却发现自己在夜深人静、灯火阑珊时，无法面对那个曾经和向中共处过的小屋。米酱幽怨的眼神，散落床头的书本，时时刻刻都在提醒着他，他曾经和谁拥有过一段美好的时光。

几夜辗转难眠的折磨之后，王玉溪终于忍不住偷偷翻看了向中的离职资料，然后默默记下了她的家庭住址。他几次鬼使神差地过来，在这里徘徊良久，心里期待着能再见一见向中。他明白，自己是爱上向中了，却无法面对。他不敢，更知道自己不配。

向中从心底迸发出一阵冷笑，方才看见王玉溪时的兴奋心情，此刻已经逐渐冷却下来。她勾起嘴角，笑道："别来无恙啊，前同事。"

"向中，请你不要这样说……"王玉溪显得更加尴尬了。

向家的女儿（下）

向中那复仇的眼神似乎像猫眼一样冷漠。此前，她为爱情和欲望疯狂过，后来的结局几乎将她整个人撕碎。疼得死去活来的时候，她明白了，爱情本身就是一种欲望。是欲望，就会燃烧，就会灼伤人心。有因必有果，她如今的结局，都是因为当初起心动念时的贪心。或许她真的罪有应得，而王玉溪也是。但她万万没想到的是，报应竟然来得这么快。

爱和咳嗽一样无法逃避，忠于爱情的人，未必被命运眷顾，但玩弄爱情、挥霍爱情的人，终将获得命运的公正裁决。向中丢了工作，王玉溪被心底的爱情折磨。他们这对痴男怨女，终究没有一个能活得光彩又痛快。

"要是没什么事儿，我上去了。"向中最后决绝地瞥了王玉溪一眼，掉头就走。

他的身姿依然挺拔，但这挺拔的身体里藏污纳垢，清雅的面庞似乎也蒙上了一层挥之不去的阴影。

"不要，向中……"王玉溪下意识地拧紧了眉头，一边摇头一边走上前去。他以为他可以接受，但真正面对的时候，才发现这不是他想要的结局。他冲动地追了上去，突然从向中身后紧紧抱住她单薄的身体。

向中受到了惊吓，瞬间僵在原地。这一次，王玉溪温暖的身体是实实在在地贴在她的身上。

"向中，不要，不要走……我们还像以前一样好不好？我错了！我真的错了！这份工作我不要了，我什么都不要了！只要你愿意，你跟我回去，米酱还是我们俩的，我还是愿意陪着你，做饭给你吃，我们一起看书，一起聊人生！你用我送你的杯子

第八章 后院起火

喝水,我们……我们要在一起……一辈子!"

王玉溪这段迟来的表白,让向中听得心惊肉跳又恍若隔世。同样的话,同样的语气,表白的时间不同,效果截然不同。如果向中是在离职前听到的这段话,也许她真的会为了所谓的"爱情"义无反顾地冲动一次。但现在,她很清楚,这是王玉溪面对分离时的应激反应,是冲动、激情,以及神志不清的疯狂。也许此刻他的表白确实是发自真心,但等到激情退去,再次站在人生的岔路口时,他依然会做出和之前一样的选择。

"你放开我!放开!……"向中无力地抖动了两下肩膀。

王玉溪紧紧地将她箍住,死活都不放手,他的下巴抵在她的肩头,硌得她生疼。

向中在挣扎中抬起头,猛然发现不远处,准备回家的邓海洋正站在夕阳下看着他们。

"海洋,海洋你听我解释……"向中彻底慌了神。她不知道邓海洋有没有听见刚才王玉溪说的话,但不管怎么说,自己被一个男人紧搂的画面,对邓海洋来说已足够有冲击力,至于那个男人说了什么话,已经不重要了。

只见邓海洋一言不发地走了过来,一把拉开王玉溪,然后对着他的侧脸,挥手就是重重的一拳。

这一拳打得干脆利落,甚至可以说,这是邓海洋这些年来在向中眼里最帅气的一个动作。但这一拳,看似是打在王玉溪的脸上,其实也是狠狠地砸在向中的心上。

王玉溪一下被打倒在地,然后狼狈地试图爬起来。

邓海洋上去一脚,再次将王玉溪踹翻在地,然后使出浑身的力气，朝王玉溪的另一边脸上又打了一拳，打得他捂住半边脸倒在地上，动弹不得。

"老公，老公，别打了！"向中慌忙上去阻拦，"再打会出事儿的！"

邓海洋回头恨恨地看了向中一眼，质问她："你究竟是舍不得他，还是舍不得我？！"

向中哭了，眼泪一下子模糊了视线。她的手死死攥住邓海洋的袖子，苦苦哀求道："我求求你，我不想出事儿！"

邓海洋恼怒又厌恶地瞪了向中一眼，猛地挣开她的拉扯。他直起身整了整衣服，带着满腔怒火，愤愤地转身大踏步离去。

王玉溪抹了抹嘴角流出的一丝殷红的鲜血，幽怨地望向向中。

向中的嘴唇都快咬破了，她见邓海洋走了，长出一口气，然后用轻蔑的目光看了王玉溪一眼，说："你好自为之吧。"说完便朝着邓海洋离开的方向走去。

向中进了家门，却发现邓海洋并没有回家，而且之后的一天一夜都没有回来。她坐在客厅里，动都不敢动，从天黑坐到天亮，又从天亮坐到天黑，满脑子都是最近发生的事儿，以及邓海洋临走前对她失望至极的表情。她的"完美婚姻"，终究被她的任性撕开了一道难以弥补的裂痕。

第二天傍晚，几近虚脱的向中，拨了个电话给向前，把发生的事情简单讲了一遍。

向前一听，当然心急如焚，立即往向中家赶。她一进门，向中第一句话就问："姐，我这是不是报应？"

第八章 后院起火

向前看着眼前憔悴不堪的妹妹，一时间只觉得喉咙像被什么东西卡住了一样，不知说什么好。她只好先竭力安抚向中，劝她喝水、吃东西。然后姐妹俩像疯了一样，同时给邓海洋打电话。

可平日里一向谦和稳重、待人礼貌的邓海洋，此时就是不接电话、不回消息，仿佛人间蒸发了一般。

向前本以为邓海洋多少会给自己这个大姐一点儿面子，至少他们俩之前相处得还不错，可邓海洋始终没有接她的电话。他也许是被伤得太深，一时难以接受，也许是从未想过心爱的妻子会背叛他，他用一种近乎决绝的方式，斩断了一切和向中有关的联系。

89

向前正忧心忡忡地陪着向中，突然接到了董事长的电话，让她到四十公里以外的度假村去一趟。

向前看着向中这副半死不活、生无可恋的样子，实在是不放心她。可董事长刚才在电话里也说了，他今天非要见到向前不可，有一些关于招标的事儿要当面问问她。向前抿了抿唇，心想：招标的事儿？目前滨江并没有参与任何项目的招标，唯一和招标挨得上边儿的，就是柴进的启星正在介入海天的项目。

向前心里惴惴不安，总有些不好的预感。她放不下向中，却也不想放弃最近几个月的努力。无奈之下，她只好给柴进打

向家的女儿（下）

电话，把向中的情况说了一下，让他过来帮忙照顾一会儿。柴进一口答应。面对他的仗义帮忙，向前还是隐瞒了董事长让她去度假村的事情，只说自己有急事需要离开一下。

柴进的车如期而至，向前见他到了，便上了车往度假村开去。柴进在楼下抬头望了望向中家的窗口，心中百感交集，他今生还是第一次踏足向中的家门。向中的婚礼，柴进没有理由被邀请，他曾经托向前给了向中一个十万块的红包，被向中退了回来。向中也曾赌气给他发过绝情的短信："没收到你的聘礼，何必收你的贺礼？"柴进没有回复。

他在上楼的时候想，早知道向中今天会落到如此境地，当初还不如用那十万块当了聘礼。

他确实花心，也确实多情。他不忍心看到自己曾经爱过的女人受苦，季纯是，向中是，向前也是。他就像是段正淳，如果将他的情史历数一遍，他无疑是个滥情的人，可是当他处于一对一的关系中时，他又显得相当深情。

"你来干吗？看我笑话吗？"向中穿着睡衣，抱着胳膊，凄凉地立在窗边。听到柴进来了，她回头看了他一眼。

由于向前已经告诉了柴进大门密码，他便直接进了向中家。此时他屏住呼吸，默默地关上大门。

向中明白，方才向前急匆匆地冲出家门，一定是有什么急事儿。而此刻柴进的出现，也必定是受大姐的嘱托，他应该多少已经知道了她的情况。但大姐的好心，却因为他俩隐秘的过往，误打误撞地变成了另外一场报应。向中无颜面对当下的一切，也无颜面对曾经的自己。

第八章 后院起火

"你这笑话,我都看了几年了。大结局,不容错过。"柴进一步一步地靠近向中,假装调侃地说道。

向中此刻更加羞愧,恨不得从窗口一跃而下,来个一了百了。

"你这又是何必呢?"柴进幽幽地说,"嫁了人就好好过日子,何必去招惹那些不着调的小鲜肉?"

"你是来教训我的?难怪如此得意。"向中赌气地对着窗外说道。

柴进轻轻叹了口气,无奈地说道:"我有什么资格教训你?你我都是屈从于欲望的人,谁又比谁高贵些?"

向中终于回过头,她盯着柴进的眼睛,数日的委屈涌上心头,一瞬间泪水涟涟。

柴进看着不忍心,一把将孤立无援的向中狠狠地搂进怀里。这一搂一抱,无关风月,不过是一个哥哥对妹妹的万般心疼。

"好了,不哭了。我们解决问题。"柴进轻轻拍了拍向中的后背,低声安慰她道。

向中如鸵鸟般躲进柴进的胸膛,她实在需要片刻的逃避。

"你还爱邓海洋吗?"明知这个问题有可能灼伤自己,柴进还是开口问道。

向中犹豫了一下,但很快,她用力地点了点头。

她的孤寂,她的落寞,她的无力感,都来自这个男人。但也正是因为有了这个不解风情的男人,在凄风冷雨的夜晚,这幽暗寒凉的世界有了一盏为她守望的明灯。邓海洋挥拳打向王玉溪的那一刻,向中的心里再次印证了这个男人有多么在乎自己。看得见的,是他眼底的恨;猜得到的,是他心头的伤。邓

向家的女儿（下）

海洋外表上被岁月摧残的痕迹，也是源于他对这个家的贡献。一个没有事业、没有压力的男人，谈何对身边女人的爱护？又谈何给心爱的人一个值得期待的未来？

此刻，向中清醒了，她从柴进的胸前抬起头，下意识地向后退了两步，坚定地说："爱。"

柴进的心似乎被轻微撕扯了一下，早知会被误伤，但他还是来了。不过，既然来了，他就要帮向中到底。

柴进低下头，移步给向中倒了杯温水，隔着三步远的距离，将水杯递给她："那你现在要做的，就是爱惜自己。只有你爱惜自己，别人才会爱惜你。"

向中强忍着忧伤和羞愧，接过杯子，迎着柴进的目光，将杯中水一饮而尽。

"邓海洋的事情，我帮不了你，解铃还须系铃人。但其他的……交给我，请你放心。"说完这句，柴进便转身往门外走去。

向中瘦弱的手里举着一只空杯，眼角是微凉的泪，她有强烈的预感，这会是柴进和她的最后一次交集……

柴进跳上车，头也不回地开出小区。他要去一个地方找一个人，一个巴掌拍不响，向中落得如此田地，有些人也别想快活。

"喂，喂！这位先生，请您冷静点儿！您再这样，我们可要叫保安了……"向中原单位的前台，和其他人一样懒散，一开始竟没发现衣冠楚楚的柴进不是他们这里的人，就这么稀里糊涂地让他混进去了。直到柴进拽着王玉溪的衣领，硬生生将他从楼上一路拖拽下来，前台才发现出了问题，于是急忙从看热闹的人群中挤出来，上前试图将两人分开。

第八章　后院起火

"不在里面打你，是为了不影响其他人工作！我们是讲理的人……"柴进将王玉溪一把推出大门外，然后迅速脱下自己的黑色西装外套，随手丢到一边。他挽起袖子，趁王玉溪倒在地上还没爬起来，迅雷不及掩耳地骑到王玉溪身上，左右开弓，一边一记重拳。

王玉溪认得柴进，之前在医院见过他，自然清楚他是为何而来。周围围满了看热闹的同事，王玉溪打碎牙齿和血吞，无法为自己辩解。此时他若鸣冤叫屈，便是将他和向中的事公之于众。他没那么蠢，也确实觉得对不起向中，所以任凭柴进一拳又一拳地对他进行着惩罚。

三拳五脚以后，柴进觉得差不多了，他不想伤了谁的筋骨，只想给薄情寡义、投机取巧的人一个教训。柴进阴沉着脸从王玉溪身上跳下来，似乎还觉得不够解恨。

"我警告你，以后不许出现在她面前，不然我见一次打你一次！之前你做过什么，自己心里清楚！我在你这个年纪，想要什么，宁愿头破血流地去闯，也不会踩着别人上位！你对不起她的信任，余生你就在自责和悔恨中度过吧！"

柴进尽量说得隐晦，但他心里其实对王玉溪这样的所谓"寒门贵子"蔑视至极。真正的寒门贵子，是"穷且益坚，不坠青云之志"，而王玉溪这样的，不过是利用人们对"寒门"的怜悯之情，不择手段地捞取利益而已。

王玉溪躺在水泥地上，忍着满身的疼痛，蜷缩成一团。无论是邓海洋还是柴进对他出手，他始终都没有还手，实在是最后的一点儿良心让他放弃了还手的冲动。是他害了向中，害她

向家的女儿（下）

丢了工作，搅乱了她的婚姻。但同时，在朝夕相对的相处中，他早已深深地被向中吸引，爱上了这个美丽又迷茫的女子。余生，他注定会在后悔和煎熬中度过。

就算没有柴进的老拳，王玉溪也没有任何理由和勇气再去介入向中的生活了。他们就像是两条短暂相交的直线，因为欲望而相互吸引，但在他一念之差导致彼此错过后，必然就是渐行渐远的别离。

其实，无论是柴进、向中还是王玉溪，不忠于情感、不珍惜情感的人，终将被情感抛弃。不信抬头看，苍天饶过谁。

"董事长，我来了。"向前急匆匆地推开度假村VIP包厢的大门，额头沁出几颗汗珠。

董事长和秘书正气定神闲地对坐着喝茶，秘书见向前到了，乖觉地腾出位置，又用竹制茶夹，往向前面前夹了一只莲花形的开片茶杯。

向前心里惴惴不安，明知宴无好宴，茶无好茶，但仍不得不耐心地配合着。

董事长喜好风雅之事，仿佛外面的风云变幻都与他无关，他可以一直静看庭前花开花落，万事风中过，于他了无痕。

"来了。"董事长做了个"请"的手势，让向前就座喝茶。

向前心虚不已地坐下了。本来启星也不关她的事儿，但她毕竟是知道的，如果还瞒着董事长，倒好像有什么不可告人的企图似的。

第九章 三堂会審

第九章 三堂会审

90

"向——前——"

向前屁股刚挨着木凳的边缘,突然听见董事长郑重其事地叫了自己一声,只见他摆弄着手上的玉戒指,鼻子里还冷哼着。

这抑扬顿挫的腔调,向前一听,整个人都软了:"董……董事长,您……您有啥事儿就说,您这么叫我名儿,我害怕……"

今日的"鸿门宴",连"项庄舞剑"都省了,董事长的脸色从一开始就青得像块铁板似的,好像随时都能吃人。

向前心里仅存的一丝侥幸立刻荡然无存。她自知不是董事长的对手,可又不能出卖柴进,一时间真恨不得当场暴毙。就算被蒙在鼓里一无所知,也好过现在这样左右为难。

"我上次问你江宏斌的情况,你现在有答案没有?"董事长问。

向前如实回答:"有了,江宏斌的目标压根儿就不是世纪城,而是海天大厦。"这时候她要是再耍心眼儿,那她就是缺心眼儿了。

"还不算太笨。"董事长阴沉着脸,微微点了点头。

随即,秘书将一份文件递给董事长,董事长接过来看了一眼,然后直接甩到向前身上。向前躲闪不及,被文件夹砸得生疼,里面的几张A4纸散落出来,纸上的"启星"二字,显得格外扎眼。

董事长气哼哼地叉着腰，来回踱步。

向前一句话都不敢说，显然董事长已经知道启星有房地产开发资质的事情了。当初她提醒过柴进，这件事应该知会董事长，可柴进一意孤行，她也没什么办法。

"你们是不是觉得我特别闲？"董事长冷哼着问。

"没……"向前低下头，红着脸。

董事长指着墙上的挂钟，继续道："向前，你现在抬头看看那面钟，数三个数。"

向前刚抬头，迎来的却是一向温和儒雅的董事长雷霆般的咆哮："你数到三，我挣的钱就够你一年挣的了！跟我耍心眼儿！你回去问问柴进他配不配！"

向前为难地试图解释："董事长，柴进也是想拿下海天的项目……"

"就凭他？"董事长用食指关节敲了敲桌面，"他那三脚猫的功夫都是我教的，还在这儿自作聪明呢！"

向前虽然被压迫得不敢说话，但平静下来的间隙，她还是想不明白，柴进成立公司拉"飞单"，董事长也不至于发这么大的火吧？毕竟是干爹和干儿子的关系，这点儿包容度总还是应该有的吧？更何况自己就是被拉来泄愤的，董事长这戏是不是演得有点儿过了？

"我问你，海天的项目，你们准备怎么拿下？"董事长乜斜着瞟了向前一眼，满是不信任的神情。

"这次招标分两块：一块是拿地，标底柴进说他胸有成竹；

第九章 三堂会审

一块是项目方案,考虑到滨江美院明年会搬过来,我们打算将海天大厦往现代、高端、艺术的方向打造,并且想学习魔都大厦,辟出两层做博物馆和美术馆,以吸引高级别的金融机构入驻。"向前不敢隐瞒,和盘托出。

"开发这么一块地方,需要多少资金,你们算过吗?"董事长冷笑着,接过向前手里的文件夹,然后又狠狠摔下,"柴进那兔崽子是不会算账吗?!就凭他兜里那俩钢镚儿,够用吗?"

向前也很委屈,这个问题柴进早就预料到了,但他就是对向前坚称,只要拿下项目,董事长一定会给他托底,资金不成问题。于是,她只好把柴进的这个想法对董事长说了。

谁知董事长一听,整个人瞬间从生气变成暴怒:"我的钱是大风刮来的吗?滨江的钱,是地底下长出来的吗?!"

向前从未见过一向淡定的董事长如此暴怒,但她真摸不清这背后的门道,愣在原地,只有心慌的份儿。"那……董事长,您说怎么办?"她战战兢兢地问。同时她也觉得委屈,心想:董事长,你为啥不自己直接抓柴进过来说话?老让我当"传声筒"合适吗?你们"父子俩"有啥不能锣对锣、鼓对鼓地当面说清楚的?非得虐待我……

但不一会儿,她就从董事长深深失望的眼神中读懂了,柴进压根儿没将启星这件事办在点子上。而对此一无所知的柴进,此时正在向中前单位的门口疯狂地挥拳揍王玉溪。

董事长发完火,渐渐地平静下来,他幽幽地看了向前一眼,说:"滚蛋。"

这……这就完了?这间VIP包厢,向前真是一脸蒙地进去,

向家的女儿（下）

又一脸蒙地出来。

出来后，迷茫的向前没有直接回家，而是将车子开到了江边。她停好车，下车围着海天大厦一圈又一圈地独自走着。

"喂，你们这儿还没开发呢？"向前正在驻足琢磨的片刻，突然听见身后工地上有两个保安在聊天。

"嘻，快了！"另一个保安丢过去一根烟，"马上就要开运动会了，那个美院也要搬过来了，最晚下半年，工程必须动工了。"

"那太好了！你也算熬出头了，这鬼楼，你也看了两年多了吧？"

"谁说不是呢？房子没人住就垮得快，是到了该重新开工的时候了。我已经听见风声了，这次招标会，据说有家特别有实力的集团会参加投标，要是中了，后面的事儿就快了！"

"恭喜恭喜！到时候封个开工红包，你也能回老家看一趟媳妇儿……"

"自己家媳妇儿有啥好看的？这栋楼要是真的重新开发了，我就坐在那岗亭里，天天看别人家媳妇儿来这儿上班……"

"去你的吧！"

向前静静地听着，风声、涛声和人声，都在她的脑海里回荡……一个大胆的揣测逐渐在她心中形成。

晚上，柴进独自在办公室里查看后天投标的材料。他神情严肃，整个人散发着一股"不成功，便成仁"的肃杀之气。

向前推门进来，单刀直入地说："标底要改。"

"别胡闹！后天就要招标了，你让我现在改价格？"柴进当

第九章 三堂会审

她在开玩笑。

向前道:"一定要改,就改低一口价。"

"为什么?"柴进抬起头问。

向前默默走过去,对柴进道:"别问了,这么多年了,我希望你相信我一次。"

"这么大的事儿,你总得让我知道为什么吧,难道就凭你自己的感觉?"柴进不肯让步。

向前一时也不知怎么跟他解释,但她坚持说:"你信不信我?"

柴进叹了口气,点了点头。他合上手里的资料,突然问了向前另外一个问题:"你觉得辉月是谁的公司?"

"董事长的。"向前脱口而出。

英雄所见略同,柴进也是这样想的。这种拐了七八个弯儿查不到真正的幕后老板,又对海天的项目追得这么紧的公司,背后的实际操控人一定是长久盯着这个项目的。现在除了江宏斌、柴进和向前,只有董事长对这件事儿咬得最紧。

"所以,你觉得辉月会不会中标?"柴进问向前。

向前摇头:"我不知道。但是启星一定不能中,得让江宏斌中。"这是她被董事长训斥过后最直接的判断。

"向前,你在开玩笑吗?我们费了这么大的力气,最后居然战都不战,就将战果拱手让给江宏斌?"柴进觉得她疯了。

"假设江宏斌中了,那么他会找谁买建材?"向前迫不得已,只能试着启发柴进,这一点她还是下午在工地上才想通的。

"我们……"柴进顿悟了。

向家的女儿(下)

二人相视一笑,柴进默默撕了标书,向前转身离开。

向南再次来到孤儿院,发现聋哑学校和孤儿院的所有设施和学生用品都已经搬空了。她望着废墟一般的地方,眼前浮现的却是保险箱里黑皮笔记本上的账目。

"你想什么呢?"白澈不知从哪里钻了出来,手里还提着几件画具,显然他是过来"捡漏儿"的。

"都搬完了?"向南明知故问。

"可不都搬完了吗!这两天把孩子们给累坏了,校长特地给孩子们放了半天假,让他们休息休息。"白澈答道。

向南心中不是滋味,转头恰巧瞥见白澈的胳膊上有一道显眼的深红色疤痕。"你这是怎么了?"向南一惊,顾不得太多,直接拽起白澈的胳膊,诧异地问。

白澈尽量若无其事地放下衣袖,笑道:"前两天搬东西的时候被铁丝划的,不碍事儿。当时怕感染,去医院打了一针破伤风。"

"铁丝?"向南奇怪地盯着那道一尺多长的划痕,"学校怎么会有暴露的铁丝?"

白澈见瞒不过去,只好把真相告诉向南:"不是在这里,是在新地方划的。其实那边啥都没弄好,就是个破旧的厂房改的,好多地方都露着生锈的铁丝。不光我,好几个孩子也都被划了,我带他们一起去打的破伤风针。"

"这么严重?"向南不敢相信,她拽住白澈,瞪大眼睛说道,"新地方在哪儿?你现在就带我去!"

白澈眼神闪烁，他不想让向南看到新地方的不堪，试图回避她的请求。毕竟，刚到新地方的时候，看到破败不堪的环境，现场所有人都被气得一句话也说不出来。江宏斌给他们承诺的"过渡化学校"，竟然就是一片废弃的厂房加集装箱改造的。

但校长仍然心存希望，因为江宏斌承诺过，等找到地方会重新规划，再建一座学校，到时候孩子们的条件就会变好了……白澈觉得那是他的幻想，却没点破。江宏斌承诺的"过渡化学校"都准备得这么敷衍，让人如何能相信他承诺的"以后"？

毕竟向南的身份是"江太"，白澈不忍在她面前暴露太多残酷的现实。因为他明白，向南和江宏斌那样的冷酷"金主"不一样，她是个善良的人。而善良的人，往往都比较脆弱。

91

向南终于还是去了新地方。她转头看看四周，感觉这里就像电影里的"猪笼城寨"一样，心底腾起了无限的悲愤和震怒。

果然，善良的人都是脆弱的。

向南抬头望见破败的厂房外架着竹竿，上面晒着孩子们花花绿绿的衣服，低头看到满目疮痍、锈迹斑斑的楼梯，转身再瞥见斑驳的墙壁和裸露的砖头，那些天真的孩子正大声地嬉笑打闹……她只觉得一阵头晕目眩，眼前一黑，整个人便栽倒下去。

"向南，向南！"白澈连忙扶住她。

向南跌进白澈的怀里,十几秒钟之后,才逐渐苏醒过来。

"向南,你没事儿吧?"白澈关切地问。

向南无语地望着眼前的一切,只觉得保险箱里的"谜底"一次次地在她的脑海中浮现。"我……没事儿。"向南摇摇晃晃地站起身,她扶着昏沉的脑袋,对白澈道,"麻烦你现在送我去见我大姐一趟,我有急事找她。"

白澈心疼地看着连站都站不稳的向南,不忍心让她继续奔波,但又见她无比坚决,不得已点了下头。

"你大姐在哪儿?"

"滨江集团。"

白澈叫了车,然后背起向南往校门口走去。

向南瑟瑟发抖的身体贴在白澈宽阔的后背上,可这片刻的温暖却无法抵消她得知真相后内心彻底的寒凉。她感觉自己仿佛坠入了深深的海底,身边漂浮着洁白的冰山,她努力挣扎,却被刺骨的寒意侵袭着,完全无法动弹。江宏斌这个人,怎么能冷漠至此?

到了目的地,白澈扶着向南往大厦走去。谁知,向南只是虚弱地对他说了声"你先回去吧",便独自一人走进了滨江集团的大门。

向前正在办公室里捏着鼻梁,最后考量自己见过董事长后的判断是否正确。她对柴进的劝告,是一场孤注一掷的赌博。

"姐……"向南幽灵般地出现在门口,把向前吓了一跳。

"南南!你怎么来了?"向前连忙迎上去,"脸色怎么这么难看?来来来,坐下,我先给你倒杯热水……"

第九章　三堂会审

"不用了，姐，关门。"向南语气坚定，每个字都像是提前计划好的，此时按部就班地说出来。

向前从未见过向南这种脸色，意识到出大事儿了，立即按照她的要求做了。

"姐，江宏斌把所有人都骗了。"向南行尸走肉般地走到沙发前，一屁股瘫坐下去，"明蔚、你、周乔伊，还有跟着他投资的其他人。"

向前震撼不已，因为小妹从不过问生意上的事儿，今天竟然能来和自己摊牌，还将牌底说得清清楚楚，到底发生了什么？

向前这样想着，也说出了自己的推断："世纪城根本就不会开发，他只是虚晃一枪。他真正的目标，是海天。"

向南也是今天才确认了这一事实，便赶过来给大姐通风报信。可她没料到，她老谋深算的大姐早就猜到了这一点。

"呵呵呵呵呵呵……"向南突然像中邪一样傻笑起来，她反常的举动让向前担心不已。

"南南，你别吓姐好不好？你到底是知道什么事儿了？来，咱慢慢说……"向前坐在她身边，用力抓着她冰凉的手，努力安抚她。

"姐……"向南把头靠在向前肩上，泪水一下模糊了视线，"我以为……我真的以为，江宏斌是为了明蔚而不顾我的感受，破坏我们的婚姻。但其实……其实，根本不是的！"向南的情绪激动起来："他根本就不爱明蔚，一切都是演戏！他所做的一切都是为了世纪城的项目，不，是海天的项目……江宏斌，他的心里从来没有任何人,只有他自己!他自己!!"

向前见向南激动得语无伦次,又透露出这么多的信息,一时间也有些慌了神儿。

"不急不急,南南,什么事儿都没有你的身体重要。你慢慢和大姐说,生意上的事儿,大姐也把知道的全都告诉你……不怕不怕,咱们一起面对!"

"姐,我在江宏斌酒窖的保险箱里翻到一些账目。我也不知道自己的猜测对不对,上面清清楚楚地记录着金额、时间、地点,还有不知是谁的姓氏……一共十九笔账。"向南道。

向前不解:"这些都是什么交易呢?"

"我怀疑这是他行贿的记录。"向南大胆地猜测道。

"行贿?"向前不大相信,"老江还是很谨慎的,不会做这些事儿吧?"

"他自己是不可能做这些事儿,但……"向南顿了顿,"他可以让其他人做。"

向前更惊讶了:"那你说他行贿,这笔钱是用来给谁的?"

"明华。"向南在来的路上经过深思熟虑,此刻回答得很肯定。

"明蔚的爸爸?"向前抿了抿唇,这水可深了。

"对!就是明蔚的爸爸!"向南抬起头道,"我和江宏斌生活的时间虽然不长,但了解他的个性。我推测,他应该是让其他人给明蔚的爸爸行贿,然后记下了具体的数目和细节,接下来他会再让人举报明蔚的爸爸受贿,这样,拔出萝卜带出泥,世纪城的项目就会被彻查,在搁置开发的同时,套住所有人的

第九章 三堂会审

钱。而他低价拿下的海天项目，价格就会暴涨，江宏斌单凭这一笔就会赚得盆满钵满。"

向前听了，有些惊恐地看着自己的妹妹，究竟是什么让一个曾经"傻白甜"的小丫头，在短短几个月的时间内变得如此敏锐？也许是对爱人的失望，以及对婚姻的绝望吧。

向前这个老江湖，此刻对整件事都是一知半解，可向南的话却让她深信不疑。如果这个逻辑成立，那么就不难解释江宏斌为什么要布下海天这么大一个局了。

"向南，你……也不要想太多……"向前知道自己的安慰十分无力，但此时此刻，她也只能这样劝向南。换作是谁，当知道枕边人是这么一个冷面冷心，能够弃所有人于不顾，连初恋和婚姻都拿来利用的野狼时，一下子都会接受不了。更何况，向南涉世未深，几乎没有领略过世间的黑暗。

向南想起江宏斌生意场上对别人的热络，他站在明蔚身边时的温柔体贴，对Mavis有求必应的关照与宠溺，还有他对自己从不解释的冷漠态度……原来，这一切的一切都是假的，不过是他戴着面具自导自演的一场戏。

向南就好比戴着镣铐，在戏台上痛苦地舞蹈的艺人；江宏斌却好比戴着假面，坐在戏台下拍手叫好，必要时还会将小费塞进那冰冷的镣铐里的观众。他的眼里，只有利益和成败，没有道义、爱人和朋友。只是为了让众人以为世纪城那块地很快会被开发，他就让上百个孩子在一夜之间搬去"猪笼城寨"。白澈和孩子们被划破的伤口，和不得不打的破伤风针，不过是江宏斌所需要的"道具"而已。至于明蔚，向南对她的仇恨一瞬

向家的女儿（下）

间消散，却也无法对她产生同情，这个女人不过是咎由自取罢了。只是，爱情是无辜的，不该被人利用。

那么，江宏斌对向南呢？不用说，她也不过是这盘棋上一颗微不足道的棋子罢了，谁会对一颗棋子投入真感情？

"可你是怎么知道那钱是给明蔚她爸爸的？"向前皱着眉头，还是想不通向南为什么这样言之凿凿。

"是因为……爸。"向南低下头。

"爸？"向前不解，她那个成天遛鸟的老爸什么时候有这么大能耐了？

"爸前两天无意间和我说起，他去江宏斌办公室那天，意外看到桌子上堆满了钱。他仔细给我描述了在场的几个人的长相，有一个岁数较大的人，特别像明蔚的爸爸。我又旁敲侧击地询问了马师傅，感觉八九不离十。"向南道。

向郅军如果知道他不经意间的一番话给向南和向前提供了这么重要的信息，一定会觉得当初自己在洪江挨的那顿揍也算是值了。

"这事儿现在就有意思了。"向前拧眉思忖着，"可是，南南，你为什么要急着告诉我这些？"她依然有些不解。

谁知，这一回向南的回答却无比坚定："姐，我知道和江宏斌离婚没有那么容易，我要搞垮他的生意，搞垮他的精神，这样我才能顺利离婚。我了解他这个人。"

"南南，你真的想明白了？"向前再一次问道。

向南用力点头确认。

"行！无论你要做什么，姐都会支持你！"向前紧紧抱住单

第九章 三堂会审

薄的向南。她的这个妹妹,在和江宏斌的这段婚姻里,着实受了太多的苦,江宏斌必须付出代价。

"姐,你能通过滨江的关系,搅黄江宏斌海天的项目吗?"向南扑在姐姐怀里,噙着泪花轻声问。

向前冷静地推开她,直视她的眼睛:"为什么要搅黄?海天的项目,就应该让江宏斌中标。"

向南泪眼蒙眬,不明所以。

"但这并不妨碍我们搞垮洪江。"向前无法在此时揭晓答案,只得先给小妹吃颗定心丸。

而后,姐妹俩经过讨论,都觉得明蔚的爸爸一定会罪有应得,但是她们希望他被举报的时机能"恰巧"晚那么一两天,因为她们需要时间去运作。

世纪城的项目,江宏斌不想吃也得吃下去。他想杀所有人一个措手不及,那么她们就"以子之矛,攻子之盾"。

92

天朗气清,城郊的高尔夫球场上,董事长穿着白衣白裤,在一片绿茵间潇洒地挥杆。秘书拿着水和毛巾,恭敬地站在一旁陪同。

今天中午便是海天大厦的招标时间,秘书有些担忧地看向董事长。良久,他还是忍不住开口道:"董事长,海天的事儿,您为什么不能像以前一样直接找柴进,而非要在向前这边绕一下,还不告诉他们真实情况?"

董事长收回飘向远方的目光,放下手里的球杆,皱着眉回头看了秘书一眼。这一眼中似乎带有一些无奈,还有一些难言之隐。

而后,两人散着步,走向下一洞。秘书跟着董事长多年,早已是董事长的心腹。董事长忽然问他:"你记得我今年多大岁数吗?"

秘书掰着手指头回答:"五十八?"

董事长没吱声,半晌开口道:"是五十九。在我们老家有个风俗,叫'贺九不贺十',这过了生日啊,我就六十了。三十而立,四十而不惑,五十而知天命,六十而耳顺,七十……七十岁的事儿,等我过了六十岁再想吧。"

"董事长,您还年轻,好多人在您这个年纪,事业才刚起步呢。"秘书奉承道。

"别人是别人,我到了这个年纪呀,却只想退休。"董事长将球杆递给秘书,"我可不想以后再为了柴进那小子,动不动就从温哥华飞回来,要不就是深更半夜爬起来接他的视频会议。还有些时候,我一杆球还没打完呢,他又捅了个什么篓子,我还得在后面殚精竭虑地给他'擦屁股'。"

董事长是真的心生退意了。在隐退前,他想要最后一次磨一磨柴进,也特意考验一下向前。毕竟单凭柴进一个人,他依旧是不放心。董事长想通过这次的项目,考验向前两点:一是看她在关键时刻能不能劝得住柴进;二是看她到底有没有脑子,够不够聪明,是不是轻轻点拨一下,就能看清事情的真相。

"董事长,下午辉月的招标,真的就低一口价吗?"秘书再

第九章 三堂会审

次问道。

董事长点了点头,这是他最后的备选方案。如果柴进和向前不开窍,那么他就押宝失败,也只能认定自己这辈子就是个劳碌命了。

秘书见董事长神情突然变得凝重,就想换个相对轻松的话题,故意问道:"董事长,我一直有个疑惑。"

"说。"

"您对柴进这么好,他该不会是您的亲戚吧?"

董事长听了,嘴角勾起一抹轻笑:"你猜。"

他在柴进身上看到了自己年轻时的影子,他是信任柴进的,这兔崽子看起来声色犬马、吊儿郎当,但其实很有事业心,也够忠心。最重要的是,柴进讲义气,对所有女人都挺好,包括自己那个不成器的、死活要混娱乐圈的女儿。柴进拿她当亲妹妹,女儿有这么个"哥",董事长觉得挺放心。

毕竟,滨江未来的路还很长。

"海洋,我是妈。家里那个空调啊,好像没氟利昂了,你上次把修空调师傅的名片放哪儿了?"郑秀娥待在如蒸笼般的家里,焦急地打电话询问邓海洋。

"妈,就在门口鞋柜左边第一个抽屉里。"邓海洋耐心地回答道。

"找着了,找着了!海洋,谢谢你啊,瞧我这记性!"郑秀娥捏着名片一阵欣喜。

邓海洋刚才开会时,看到岳母来电,特意中断了会议,走出办公室接电话。这么多年来，他早已习惯了将所有跟向中有关的事儿都放在第一位，可惜……

邓海洋回头望了一眼办公室里等他回去继续开会的创业伙伴，突然鼓足勇气，对着电话说："妈，我和向中分居了……"

"什么？！"郑秀娥刚放下的心，一下子又揪紧了。

她以为自己听错了，向中和邓海洋分居？这怎么可能呢？！她觉得，她这三个女儿，就算另外两对都离了，邓海洋也不可能抛弃向中。到底发生了什么，让二女儿和二女婿闹得如此严重？

"海洋，海洋！你别挂，到底咋啦？"郑秀娥按捺不住，对着手机大叫道。

"妈，我先挂了，里面开会呢。"邓海洋瞬间又感觉心灰意冷，不想再提了，于是落寞地挂了电话。

郑秀娥穿着碎花睡衣，一只手拿着名片，直接呆立在原地。

"怎么了？打个电话，这么一惊一乍的！"向郅军莫名其妙地走向老伴。

"海洋说……他和向中分居了！"郑秀娥惊魂未定地重复了一遍邓海洋的话。

向郅军瞬间觉得血压飙升，整个人都快被心底的怒火烧得爆炸了。

"啪"的一声，他狠狠地将手里的蒲扇往地板上重重一摔，咆哮道："让向中现在就给我滚回来！打电话！现在就打！"

郑秀娥知道事态严重，颤颤巍巍地给向中打电话。

向郅军嫌弃她手脚太慢，一把夺过手机，接通后就劈头盖脸地骂道:"你长本事了?夫妻分居都不让我们知道?!你现在就给老子滚回来解释解释,最近又是怎么欺负人家海洋的!……你别跟我狡辩了!这次的事儿,我问都不用问,就知道肯定又是你作的!邓海洋多好一个人,你不把老实人逼到那样,兔子能咬人吗?能跳墙吗?!我还没老年痴呆呢!现在给你半个小时,马上出现在我和你妈面前!"

说完,向郅军便气急败坏地挂了电话,然后捂紧生疼的胸口,往后一个趔趄,险些倒在地上,郑秀娥心疼地一把扶住他。

向中知道向郅军的脾气,不敢怠慢,立马收拾东西回了娘家。

客厅里,向中再也不敢隐瞒,对父母交代了整件事的前因后果。这段日子她也确实太压抑了,需要一个安全的环境好好倾诉一下。向中的叙述,带着忏悔,基本上全是客观的描述。

向郅军颤抖着听完,怒不可遏地抓起桌上的一方水晶镇纸,就要往向中头上砸,幸亏被眼疾手快的郑秀娥抓住了手腕,向中才侥幸捡回一条小命。

"孩子不好,慢慢教育!老头子,你可千万别气坏了自己的身子……"郑秀娥埋怨地冲向中使了个眼色,让她先别说话了。

向郅军自认为一生光明磊落,他根本接受不了自己女儿做出这种事儿。

向中也明白,她现在在父母眼中,就是一个不知检点的无耻之人。她因为一己私欲,玷污了整个老向家的清白,罪该万死。

一盏茶的工夫,向郅军的情绪才逐渐平复下来。他虽然恨向中烂泥扶不上墙,但事情已经发生了,现在就算把向中碎尸万段也没什么用,得先解决问题。所幸向中还是守住了自己的底线,没有和王玉溪越过雷池。

"你必须去跟人家邓海洋道歉!诚心诚意地道歉!"向郅中恼怒地命令道,转念一想,他又痛捶了一下自己的胸口,"不光你要去道歉,我也要豁出这张老脸去找他道歉!都是我管教不严,我该去跟他负荆请罪!"

郑秀娥以为向郅军气糊涂了,抚着他的胸口,劝道:"你去算什么呀?难不成你个老丈人还能跑去给女婿鞠躬啊?让向中自己一个人去就行了……"

"去!必须去!"向郅军重重地一捶桌子,那方水晶镇纸居然被震得跳起来一下,他又对郑秀娥说,"你也去!做点儿海洋爱吃的,明天就去!"

"行行行,去去去……"郑秀娥无语了,竭力配合着向郅军撒气。

"做错了事儿就要认!子不教,父之过!"说完这句,向郅军狠狠瞪了向中一眼,起身离开了。

这严厉的一眼,让向中感觉脸上简直像是被剜了一刀,比以前被打还难受。一个人内心最强烈的羞耻感,并不是来自千夫所指,而是来自自己知道错了之后,身边亲人的一个责备的眼神。

第二天,向郅军和郑秀娥拎着一大早做好的菜,穿得体体面面地来到邓海洋的新公司。

邓海洋已经在办公室一连住了好几天,吃喝没人管,整个人不仅憔悴，还胡子拉碴的。他找了个没人的会议室接待他们，向郅军将自己从家里带来的剃须刀递给他，让他先刮刮胡子，而后又悉心地打开饭盒，把热腾腾的饭菜端到女婿面前。

邓海洋自然知道二老是为何而来，向中的"出轨"，让他们觉得心里不安。

邓海洋了解向郅军，知道岳父是个十分正派的人。向郅军平时脾气大、性子急，爱对女婿摆架子，他今天能豁出这张老脸，低三下四地来替女儿道歉，显然对这件事相当重视。可怜天下父母心，邓海洋都理解，可他的内心就是一时无法原谅向中。

向郅军几近讨好地对邓海洋描述了他是怎么批评向中的，最后才小心翼翼地问："海洋啊，接下来你有什么打算？老住在办公室也不是个事儿，要不你先住我那儿去？"

一听要住到岳父家，原本心烦意乱的邓海洋不禁一惊，暴露了内心的不情愿。

向郅军忙解释："你放心！只要你肯住过去，家务活儿我和你妈全包，绝不让你动手！我们也不会多话，保证你住得清清静静、舒舒服服的！以后，我们就是你的亲爹、亲妈，你就是我们的亲儿子！"

93

"海洋……"向郅军殷切地望着邓海洋，希望他能表个态。

邓海洋自打和向中结婚，在向家的地位从来没这么高过，但他现在心情复杂,哪怕向郅军亲自把筷子递到他面前,他还是怔怔地不肯接受。

向郅军没办法,又叹了口气说:"也是,裂痕要慢慢修复。这样,海洋,我和你妈,就坐在外面的会客沙发上等你,什么时候你忙完了,咱们一道回家!"

"爸……"邓海洋有些不忍地站起身。

向郅军摆了摆手,道:"没事儿,反正我们退休了也没事儿干。你就专心忙工作,如果需要跑个腿儿什么的,你随时言语。"说完,向郅军便拉着郑秀娥识趣地退出了会议室。

邓海洋低头看了看手里的鸡翅木筷子,又望了望半桌子的菜,内心五味杂陈。

高平在实验室里盯着手机银行发呆。

这几天光是处理这些琐碎开销,就让他心力交瘁。他完全无法想象,以前自己当甩手掌柜的时候,向前是如何平衡事业和家庭的。

"师兄……"一双绵软的手从椅子后面伸过来,轻轻拍了拍高平宽阔紧实的背。

高平回头,看见化了淡妆,元气满满的李书。他的嘴角不经意地抽动了一下,而后笑着递给她一杯奶茶,轻声道:"给你点的。"

李书一脸甜蜜,插上吸管,娇羞地低下头啜饮。奶茶是七分糖,很甜,但对李书来说,再甜也甜不过师兄的关爱。

"哦,对了。"李书突然想到什么,望了望四周,见没什么

第九章 三堂会审

人,便放下奶茶,从自己的小背包里掏出一张对折的小卡片交给高平。

高平轻轻捏了捏,不用想也知道是什么东西。他心想,李书居然开好了房等自己过去,她为了达到目的,还真是什么都豁得出去。他似笑非笑地揣起那张卡片,又故意用手指在李书娇俏的鼻尖上轻轻点了一下,假装逗弄她。

"师兄,讨厌啦……"李书娇嗔道。

高平忍住内心的不耐烦,站起身整理了一下衣服,笑道:"行!今天晚上九点,我把家里的事儿弄好就过去。你别在我前边去,我要给你准备个惊喜。"

李书用粉拳捶了高平一下,捂着脸跑了。

惊喜?李书漫无边际地幻想着甜蜜的场景,是玫瑰花瓣铺满的大床,还是满屋的浪漫装饰?这一刻,她少女心荡漾,期待着晚上的到来。

高平收拾好东西回到家,将摄像头里的视频和录音笔里的音频全部导了出来,又掏出前两天刚入手的手机投影仪和迷你音响。

高安推门进来看到这些,按住高平的手问道:"你想明白了,真准备这么做?"

高平似乎在和过去的自己决裂,他长吁一口气,肯定地点了点头。

"可这么做,是不是太便宜李书了?"高安转过脸,愤愤不平地说,"她这属于虐待儿童吧?要我说,就应该让警察把她抓走!"

高平咬着下嘴唇,没有说话。半晌,他站起身,似对高安说,又似喃喃自语道:

"她做的那些事儿还算不上虐待儿童,就算报警也不会把她怎么样……其实我心里比你还生气,可是,你知道我们学医的,本科就要五年,然后考研至少又要挑灯夜战一年,所有的希望都寄托在寒窗苦读上……我恨李书,但看到她,我又想起了以前的自己。当初,我选择向前,除了爱,是不是还有别的原因,我自己也不清楚。"

高安愣愣地望着弟弟,一时有些难以理解,然后又不甘心地说:"那也不能就这么算了,要不在网上曝光她?"

"曝光她又能怎么样?她会觉得自己做错了吗?她真的会觉醒吗?"高平攥紧拳头,他太知道怎样去对付一个同类了。如果在网上曝光她,自己家的隐私想必也会泄露,孩子们还小,不能让他们受到伤害。高平打算用自己的方式去报复李书,同时警醒那个曾经同样迷惘的自己。

李书在寝室掏出佳佳替她买的那件"战袍",满脸的娇羞和甜蜜。

佳佳坐在她身后,满不在乎地说道:"你放心吧,今天过后,高平就是你的了!你让他干吗,他就得乖乖干吗。我就提前祝你们百年好合了啊!"

"去你的!什么百年好合?"李书不好意思地说。

佳佳又说:"也是,这才是万里长征第一步。先搞定了高平,把户口落下来,以后遇到更好的,再'良禽择木而栖'呗。"

李书没说话,她知道佳佳是什么人,但自己无法做到像佳

第九章 三堂会审

佳那样,为了过上优渥的生活,完全不择手段地攀高枝。高平高大英俊、成绩优秀,李书多少还是有些倾心于他的。她已经想好了,只要高平接受了她,和她结婚,将来再帮她把户口落下来,她还是愿意和高平踏踏实实地好好过日子的。

李书里面穿着"战袍",外面裹着连衣裙和外套,手心冒着汗,来到酒店房间门口。

高平冷静地坐在黑暗的房间里,听到外面的动静,他缓缓站了起来,白色的衬衫闪烁着冷光。

"李书。"他拉开门。

"师兄!"李书踮起脚尖,一下扑到高平身上,紧紧搂住他的脖子。

高平撑着门框僵尸般地挺立着,表情复杂。"先进来。"他一把将李书拉进了房间,里面漆黑一片,什么都看不见。

黑暗中,高平听见了李书"怦怦"的心跳声。

高平做出急不可耐的样子,迅速将李书按在墙上,让她一动都不能动。

正当李书闭上眼睛,准备享受接下来发生的一切时,突然听到高平冷静的声音从上方传来:"李书,你到底为什么要这么做?"

李书有点儿蒙:"师兄……"

黑暗中,高平冷笑的声音显得诡异而又严厉:"给左左、右右吃来路不明的糖,告诉他们平板电脑的密码,教唆他们在大人睡着后躲在被窝里玩游戏,是你做的吧?"

李书一惊,方才暧昧旖旎的气氛被一扫而尽,她整个人开始颤抖起来。

"你来我家给两个孩子辅导,就是把他们丢在地毯上不管,然后自己玩手机,对吧?"高平继续质问,"挑拨我妈和我媳妇儿的关系,背地里教孩子们一些负能量的东西,故意把口红落在我们家沙发上……这些都是你做的吧?!"

"师兄,我没有……"李书脸上的潮红褪去,她平日里在人前装出的那副楚楚可怜的模样,此刻又浮现了出来,"师兄,我真的什么都没做!是不是嫂子在背后污蔑我?请你一定相信我!我不是那样的人,我对天发誓……"李书指天发誓,眼里噙着泪花,一副受尽屈辱的模样。

突然"啪"的一声,只见高平轻蔑地摁了一下手里的遥控器,房间最大的那面白墙上开始放起投影,都是藏在家中绿萝里的针孔摄像头拍下的内容。

"喏,你们晚上等奶奶睡着以后,就这样躲在被窝里,就可以了……"

"左左,来吃这个棒棒糖!咱们不用学习,等妈妈回来,李老师会帮你们骗她的……"

"右右,你怎么这么讨厌!你压到老师的手机了……"

"左左、右右,你们怎么这么笨,搭个积木都不会!吵死了……"

李书目瞪口呆,无从抵赖。

紧接着"啪啪"几声,房间的灯都亮了,只见向前、高安、高平妈,还有左左、右右,齐刷刷地坐在沙发上。所有人都一脸愤怒,用一种兴师问罪的眼神望着她。

第九章 三堂会审

"你们……你们!"李书想反咬一口,"你们这是偷拍!侵犯别人隐私!你们偷拍得到的证据,在法律上……不一定会承认的!"李书彻底慌了神儿,眼神闪烁不定。

向前挺直脊背,冷冷地对她说道:"法律上认不认先不提,我们也没想走法律程序,你就说这些是不是你做的吧?!"向前双目炯炯,她怨恨的目光仿佛穿透了李书的外套和裙子,落在她那身可笑的"战袍"上。

"我……我……"李书百口莫辩。

高安和高平妈也用看仇人的目光盯着她。

要不是来之前一家人已经开过家庭会议,商量好要"体面"地给李书一个教训,高平妈此时肯定冲上去撕扯李书的衣服,还会撕烂她那张巧舌如簧的嘴。

"师兄,我……"李书知道无法辩解,于是开始低三下四地扮可怜,想要争取高平的谅解,说不定这个男人的心底,对她还有一丝丝的怜悯和同情,"师兄,我是因为喜欢你才这么做的!我是一时糊涂!我就是想破坏你和嫂子的关系,然后我俩在一起!我这么做,都是……都是因为喜欢你啊!"李书跪在地毯上,死死抱住高平的腿,仿佛抓着最后的救命稻草一般。

"呸!"高安忍无可忍,照着李书的脸就啐了上去,"你喜欢我弟?你是想利用他达到你自己的目的吧?什么都不要说了,直接给我滚出去!"

李书摇晃着高平的身体,继续狡辩着:"是真的,是真的!师兄,我是因为爱你,才一时糊涂……"

高平铁青着一张脸,任由她怎么晃动也毫不妥协。

"嗐,没几个月就要毕业了,你赶紧搞定高平,结了婚好落户!"

"我也是这样想的。佳佳,你还有什么招儿没?"

"我的招儿,对付高平这样的还不是小意思……"

一段段录音,不知从哪个隐秘的角落传了出来。对话里的每个字,都暴露出李书龌龊的小心机。

这录音笔是藏在哪儿的?李书惊恐地四处张望,看到了高平随手丢在沙发上的外套……

铁证如山,李书终于厌了,她那肮脏的心灵和所做的一切丑事,都已暴露无遗。

94

高平妈看过那些视频后,情绪十分激动,左左和右右毕竟是她的亲孙子、亲孙女。她忍不住上去用脚狠狠踹了李书两下,然后被高安摇着头拉开了。高安是不主张以暴制暴的,更何况当着孩子的面。

向前面无表情,双手交叠,跷着二郎腿坐在沙发上一言不发。李书那些下作的手段,让向前已经不屑和她理论了,她只需要看高平怎么做就是了。毕竟今天这个"捉妖局",是高平执意要组,以此向她表忠心的。

"李书,如果你不希望我把这些视频和录音曝光到网上,那我请你现在立刻诚心诚意地跟我老婆、孩子道歉!"高平抱着胳膊,面色严厉地看着李书,眼神中没有一丝一毫商榷的余地。

第九章 三堂会审

"太便宜她了！"高平妈又往李书身上啐了口唾沫。

向前却觉得，高平这样的做法确实有一定的道理。毕竟，李书伤害过左左、右右，当着孩子的面，让伤害过他们的人向他们诚恳道歉，确实比闹到网上让大家看笑话的好。

李书为了成全自己，不惜毁了别人和别人的孩子，她的做法令人发指。但为了不影响全家的生活，向前同意高平的做法，只是李书必须付出沉重的代价，让她以后再不敢做这样的事。

李书想着侥幸逃过一劫，立马梨花带雨地来到向前面前，楚楚可怜地攥住她的衣角，道："姐，都是我不好！是我一时糊涂，以后再也不会了！我向你道歉！"

向前低头看着她，心里并不满意。

这时，高平发火了，他冲李书怒吼道："你是真的知道错了吗？！我看你一点儿诚意都没有！"说着，他晃了晃手机，暗示要把视频和录音发到网上。

李书转而又一把抱住高平的腿："不要！师兄不要！千万不要把事情闹大！那样我就毕不了业了……我们俩都是学医的，学医有多辛苦，你的体会不比我少！我求求你，求求你们，再给我一次机会！千万……千万不要毁了我！"

李书哭得凄惨，这一刻，她才想起自己的努力、自己的过往，她没有对高平和向前说"不"的资本。她在老家的弟弟今年下半年就要成婚，本来女方家就嫌弃他们家条件差，不大愿意把女儿嫁给她弟弟。唯一让女方家舍不得放手的，就是她弟弟有一个未来可以在大城市当"大夫"的姐姐，他们可以跟着沾光。如果这件事传出去，不仅李书自己的前途和名誉都完了，她家里人也会受到牵连。

"我道歉！我道歉！"李书哭着匍匐在地毯上，像一条摇尾乞怜的狗。

早知今日，何必当初。向前懒得看她做戏，将脸转向一边。

高平又吼了一声："道歉！"说完，他打开了手机的录像模式，要将李书的忏悔都记录下来，以防她日后反悔。

"向前姐，是我错了，我不该破坏你的家庭，我向你诚心诚意地道歉！请你大人有大量，原谅我！我以后……我以后再也不敢了！这辈子都不会做这样的事了……是我错了……"李书这一遍台词念得比之前恳切多了。

高平又怒瞪了她一眼，示意她还应该对孩子道歉。

李书见到左左、右右，望着他们肉嘟嘟的脸颊，确实也有些不忍心，于是她真心道歉道："左左、右右，是阿姨不好！阿姨做错了事，伤害了你们，阿姨真心向你们道歉！对不起！"

左左、右右一脸懵懂，同时看向向前。左左问："妈咪，我们要原谅李老师吗？"

向前刚想开口，谁知高平抢先一步走过来蹲下，用自己的两只大手握住孩子们的小手，对他们说道："左左、右右，李老师做错了事，那是她自己的问题。做错了事，就需要道歉，这是她要付出的代价。但是，原不原谅她，左左和右右可以自己决定！如果她对你们的伤害，确实让你们不高兴，你们大可以不原谅她！原谅她是你们的选择，而不原谅是你们的权利！"

向前听得呆住了，高平的这段话，让她真想为他点赞。谁说对方道了歉，受害者就一定得原谅她？那也得看她究竟做了什么。就像高平说的，选择原谅是有涵养的表现，而不是必要的回应。

"我们……"左左、右右眨着眼睛犹豫了一下，突然异口同声地说，"我们不原谅李老师！李老师是坏蛋！"

李书望着两个孩子纯真无辜又一脸愤慨的表情，心里很难受，她瘫坐在地上，就像一摊烂泥。

而高平手里录像的红点还在继续闪烁着，审判并没有结束。"还有，给你提个要求，"高平道，"毕业后离开这座城市！"

"啊？不行！"一听这话，李书反应激烈。

向前也怔了怔，她没想到高平竟然会对李书提出这样的要求。

"怎么，你还想留在这座城市继续祸害别人？你要是在这儿上班，万一以后再碰上我儿子，还是祸害！你还是滚回去的好！"高平妈尖牙利齿地呵斥李书。

李书无法接受高平提出的这个条件，她从泥里走出来，所有的青春、奋斗、梦想，早已融入了这个城市。现在突然让她离开这里，她是万万接受不了的。

"你同不同意？"高平冷静地晃了晃手里的手机，然后他将这个录满"罪证"的手机，交到向前手里，"老婆，你受苦了。我也有错，希望你能原谅我。"高平微微低头，诚恳地说道。

向前抬起双眼，看看这个和自己结婚多年，又有了一对可爱宝贝的男人。

高安的脸上露出欣慰的神情，她殷切地对向前使眼色，希望她能够点一下头。

向前握着手机，经过一番思想斗争，最终还是原谅了高平。她之前只是想要一个公正的说法，要老公无条件地站在她这一边。因为只有这样，她才能感到自己是被偏爱的，才能感到他们的感情仍然还在。

三天后，向前收到了李书的信息，李书说，她已经联系了一家省城的医院，等毕了业就会去那边发展。

作为提醒，向前回复道："每个人都有欲望，都有目标，希望你以后能走正道，不要再伤害任何无辜的人。好自为之。"

良久，李书回了一个："嗯。"

直到好几年以后，她们两人还一直保留着对方的联系方式。李书在陌生的城市结婚生子后，有一天她晒出了新生儿的照片，向前还给她点了个赞。向前希望用这个举动告诉她，孩子永远是无辜的。李书在那条状态下发了一条公开评论："向前姐，对不起！一千一万个对不起！我真的知道错了。"

但愿她在余生中，都会为这件事忏悔吧。

第十章 做自己的恒星

95

海天大厦招标会这天，向前陪着柴进早早地就到达了现场。

柴进坐在椅子上，握着木把手，手心都出汗了。向前掏出面巾纸，替他擦了擦额头上的汗。

"向前，滨江的全部身家可都押在高建钢和S级玻璃上了！几十个集装箱的货，现在还在码头压着呢！光是仓储费，一天就是天价！"

"我明白，我明白。"向前见柴进的双腿微微颤抖，她顾不得那么多，紧紧握住柴进的手安抚他。

两人对视一眼，彼此都明白今后无论发生什么，他们都是最默契的合作伙伴。柴进在事业上不能没有向前，向前也决定永远和柴进一起共进退。

"中标的是——日帆集团！"标底揭晓，果然是江宏斌的子公司中标了。

江宏斌西装革履，春风满面地站起来，向现场的众人挥了挥手，上台发表感言。他对着所有人情绪高涨地表示，一定会将海天这个烂尾楼重新建设好，并且，海天大厦将会成为这座城市下一个人人仰望的新地标。

柴进默默地听着，他知道标底的价格，原本站在上面的也可以是他。

向前身后传来现场其他人的议论声。

"嘁,早就知道又是老江!这么便宜拿下这个项目,后期只要开发好,稳赚不赔!"

"海天这个项目之前之所以烂尾,不过是因为前几任开发商资金链断裂,人脉、口碑双下跌!这下好了,江宏斌接手了,毕竟他现在就是咱们这里最有实力的!"

"嘿嘿,其他几家公司也都挺会演的!这陪标陪的,就输一口价!都是'影帝'啊……"

"嘁,能来演的,至少有能耐、够资格!但话说回来,谁能争得过洪江集团?这江宏斌的手段,哼哼,十年内,商场上无人能及!"

"行了,热闹也看够了,咱们走吧!海天附近的房价估计要涨了,有钱先囤几套……"

向前怔怔地望着台上意气风发的江宏斌,他依然眉飞色舞地演讲着,仿佛手里掌握着整个世界。

离开了招标地,柴进和向前回到办公室。柴进都快要哭了,他按着太阳穴,给向前看滨江的账目。向前看的时候,他一直捂着脸,担心在向前的提议下进行的这场豪赌,会将整个滨江赔得一分不剩。

这时,董事长秘书推开了门,一脸淡然的董事长穿着一身白色休闲装走了进来。

柴进不得不迎上去,但满脸掩饰不住的失落和纠结。

"你现在这个脸,不知道的还以为你家里死了人呢。"董事长拿烟斗点了点他,讽刺道。

第十章 做自己的恒星

向前迎上来，请董事长去会客沙发那边坐。

"账上的钱，还能撑多久？"董事长坐下后问道。

"最多一个月。"都到这个时候了，柴进也只能如实相告。

董事长咬着黑色的烟嘴，靠在黑色真皮沙发上一言不发，而后意味深长地吐了口烟圈。

向前问董事长："辉月……"

她想问辉月是不是董事长的公司，因为今天的招标会上，辉月和启星的表现如出一辙。如果辉月是董事长的，那么此刻她将信心大增，因为这意味着董事长和她英雄所见略同。

董事长没说话，秘书看了看董事长的脸色，在一旁小心翼翼地点了点头。

向前悬着的心暂时放下了。

但柴进还是比较急躁，他忍不住问道："如果江宏斌不上套儿……怎么办？"

如果江宏斌不上套儿，那么滨江只能低价将原材料转卖给洪江，到时必定会元气大伤。并且，洪江要不要滨江压着的这批货，现在还不好说。江宏斌是只千年的老狐狸，不将对手的利润压到最低，他是不会善罢甘休的。

"向前，你怎么看？"董事长若无其事地拿烟斗指了向前一下。

向前抿了抿嘴，回答道："现在就是时间问题，得争分夺秒，看江宏斌急不急着开发海天。"

董事长听完，将烟斗在沙发把手上磕了磕，而后慢条斯理地给他们俩吃了颗定心丸："放心，江宏斌一定会上套儿，因为

向家的女儿(下)

他贪心。"撂下这句话,董事长便起身准备离开。临走前,他特意朗声问秘书:"去瑞士的机票买好没有?我下午就走,一天到晚被这帮兔崽子给累的!"

这个时候,董事长对柴进和向前彻底放了心。

"向南,你确定要这么做?"玉姐坐在家里,听完向南的来意,一脸不可思议的表情。她觉得向南心太软了,都这时候了,为什么还要帮那些生意场的"敌人"?在那个"名媛会"里,那些所谓的"名媛"就没有一个人给过向南好脸色。

向南点了点头:"玉姐,这周的'名媛会'您组织一下,我想劝大家从世纪城的项目里撤资。世纪城的项目迟早会出问题,我不希望大家的钱都被套在里面。"

玉姐皱了皱眉,然后问向南:"你到底图什么呀?他们的钱和你有什么关系?"

向南对玉姐如实说道:"现在我们都已经明白,世纪城就是江宏斌做的一个局,为的就是套住大家的钱,然后他拿下海天进行开发。如果顺利,他还会吃下海天周边的开发。"

玉姐点头:"这些天,我也想明白了,这确实符合他的做事逻辑。但那些人……"玉姐顿了顿,而后为难地对向南说出实话:"你就算是这么做了,那些做生意的人也未必会领你的情啊!"

向南穿着白衬衫和黑色西裤,飒爽干练地坐在玉姐家的沙发上。她笃定地说道:"玉姐,我想得很明白。我这么做,不是为了那些有钱人。一个城市想要发展,就必须有资金的流动。

那些'名媛'背后，几乎囊括了这座城市里一半以上的资金，如果大家的钱都被套在世纪城那个虚假的项目上，那么不知有多少企业会受到影响，又有多少行业会受到冲击。城市的建设，一半靠规划，一半靠商业。江宏斌的这番操作，如果成功了，至少让这座城市损伤半年的元气。时间就是金钱，更何况现在正是高精尖企业的发展期。"

玉姐听后叹为观止，她甚至有点儿疑惑，眼前的向南还是以前那个"傻白甜"姑娘吗？她的进步怎么会如此神速？

其实这几年，向南在江宏斌身边耳濡目染，也学到了一些做生意的门道。但她这段时间的迅速提升，还是因为亲身参与了聋哑学校和孤儿院的事务。这段时间，向南看到，只有企业挣到钱，才有税收，税收加上商业捐赠，这些福利机构才能够长久地坚持下去，造福弱势群体。向南毕竟是研究生，她的脑海里还有着知识分子对这个社会的美好期待。

玉姐没料到向南竟有这样的心胸与格局，不禁在心底深深赞叹了一番，不过她也不忘提醒道："可是，你现在毕竟还是江宏斌的太太，那些人未必相信他会撤资啊！"

向南微微垂下眼睑，道："说我还是会去说，听不听就是她们的事儿了。我只想'尽人事，听天命'。"

"好吧，那我来安排。"玉姐答应了向南。

晚上，江宏斌哼着小曲儿回到别墅。能如此顺利地拿下海天的项目，他感觉一切尽在他的掌握之中。

他叼着雪茄来到地窖，心满意足地移开那幅摹本《千里江山图》，后面是他的秘密。他拿起那本黑皮笔记本，抽出雪茄，自言自语地说:"该收网了。"而后,他掏出手机,拨通了一个叫"黄"的人的电话。

谁知,"黄"的电话竟然许久无人接听。终于接通以后,"黄"对江宏斌说:"这几天不太方便,等过两天。"

江宏斌皱起眉头,咬紧了雪茄,这个"黄"做事一向令他放心,今天怎么和他说不方便?但这件事,江宏斌实在不方便自己出手,他质问对方:"那什么时候方便?"

"老大,我这两天拉肚子,大后天就去!"

江宏斌抬起手腕,瞄了一眼手表上的日期,冷冷道:"那你抓紧。"

"黄"挂了电话,他的对面坐着玉姐,玉姐冷着一张脸,捏着下半年的合作合同。

"黄"是江宏斌的供应商,原先就是江宏斌的下属。他建立公司,也是为了能够帮江宏斌解决那些无法直接出面的事儿。但是这几年,随着年纪增大,他逐渐开始专注于自己旗下的生意。当时向郅军大闹洪江时,明华旁边的人就是他。

"黄"是向南从江宏斌的黑皮笔记本上掘地三尺挖到的,后来她又经过多方打听,才终于锁定了这个人。

玉姐提的要求并不过分,"黄"照样可以帮江宏斌举报明华,只是要想办法推迟一两天,这样她就可以给"黄"整个下半年的生意做。"黄"去执行这个任务也是要冒很大风险的,弄不好自己还会因为行贿罪而落网,他现在上有老下有小,也想给自己的家人留条后路,于是就应允了。

江宏斌的本意是让"黄"这两天就去举报明华,因为明天

第十章 做自己的恒星

世纪城的项目也会尘埃落定,那样所有人的钱都会被套牢。可现在"黄"说要缓两天,一向老谋深算的江宏斌便有种夜长梦多的不祥预感。但也许是海天的项目太顺利,又或是江宏斌近年来顺风顺水,有些膨胀,不祥的预感稍纵即逝,很快他便又哼着歌儿,关上了保险箱。

江宏斌来到二楼卧室,搂住一脸冷漠的向南就要求欢。

自从流产,向南便一直和江宏斌保持着距离。但江宏斌到底是一个庸俗的男人,事业上的成功每每总能勾起他情欲上的翻涌。

向南努力推托了几次,不愿意继续做这个"成功人士"的玩物。但江宏斌这次一再地坚持,于是向南恼怒地推开他,大声拒绝道:"我生理期到了,不方便!"

江宏斌愣了一下,倒不是惊讶于向南的托词,而是没想到她居然敢这么大声地和自己说话。江宏斌狼一样的双眸闪着冷酷的光,他朝向南步步逼近,向南步步后退,实在不想再和这个恶心的人接触。然后,江宏斌猛地一把揪过向南的头发,想要强迫她就范。

向南铁了心要反抗他,突然喊出一句:"我要离婚!"她昂着头不肯屈服,任凭江宏斌一只青筋暴出的手缠绕在她的发间。

"你说什么?"江宏斌声音阴冷,加重了手里的粗暴动作。

终于,向南使出吃奶的力气甩开他,用清澈又坚定的眼神瞪着江宏斌:"我清清楚楚地再告诉你一遍,我要离婚!"

"哟嗬?"江宏斌盘腿坐在床上,发出一声轻蔑的嘲笑,"你又抽什么风?我今天刚中了标,挺高兴的,你别在这里煞风景!"

"我没有煞风景。自从上次流产,我们之间的缘分就到头了。江宏斌,我已经联系了律师,要起诉离婚!"向南一字一句说得很坚决。

江宏斌听完她的话,又看看她的表情,似乎并不像她往日发牢骚或开玩笑的样子。但在这个家里,他不允许任何人挑战他作为"一家之主"的权威。江宏斌一脸阴狠的表情,慢悠悠地从床上下来,赤着脚一步一步地再次走向弱小却坚定的向南。

他又要对自己动手了?自己该怎么办?向南越来越紧张。果然,江宏斌高高举起了巴掌,眼看就要落到向南的脸上……

这时,卧室的门"吱呀"一声开了,出现在门前的是坐在轮椅上满脸愠怒的江老太太。

96

"你敢动向南一下试试?"江老太太怒道,背后是推着轮椅的江梓涵,"我看你是赚钱赚蒙了心,回来打起老婆来了!你这是造孽!菩萨见了都会打头的!你就不怕遭报应?"

江宏斌十分气恼,过去江老太太一心修佛,从来不管他们两口子的事儿,今天怎么居然……他气哼哼地去卫生间洗澡了。他心想,妈也是念佛念得魔怔了,还"遭报应"?他江宏斌这辈子最不怕的就是遭报应,要遭早就遭了。自己在外面那么辛苦,在家只想由着性子来,这有什么错?既然娶了向南,给了她最好的物质享受,她就应该乖巧地尽到一个老婆的责任!

在江宏斌的眼里,"老婆"不过是换了个称谓的保姆罢了。

第十章　做自己的恒星

在他看来，向南的高学历不过是用来在外头装点一下门面，关起门来，她就应该低眉顺眼，做一个完完全全属于他的乖巧女人……

"谢谢妈。"向南低着头，向江老太太道谢。

江老太太挥了挥手，让江梓涵把她推走。

江老太太出现得这么快，向南怀疑是江梓涵听到争吵声以后通风报信的结果。果然，江梓涵回过头，冲向南眨了眨眼睛。这孩子！

……

又到了"名媛会"的日子，玉姐订了最高级的会所里最豪华的KTV包厢。

因为这次是玉姐出面邀请大家的，以她的身份，又是第一次主动张罗这种事儿，所以其他人多多少少都要给她几分薄面，几乎悉数到场，就算是有事在身不能来的，也让妯娌或姐妹替自己出席，算是给足了面子。

"哟，今天玉姐请客，是有什么特别的事儿吗？有人过生日？"周乔伊依旧是盛装出席，一身修身小黑裙，上身套着一件绿色豹纹的收腰小西装。她永远都是大红嘴唇，伪装出强大的气场。

玉姐笑笑："今天的主角可不是我。"

"那是谁啊？"周乔伊巧笑倩兮地拨弄着玉姐胸前那块价值不菲的翠玉，不过玉姐笑了笑，并没回答。

赵太、钱太、孙太、李太……待所有人到齐，玉姐摁了下服务铃，让服务员上果盘。

谁知,周乔伊又开始作妖了,她笑道:"先唱歌,唱累了再上果盘。不然果盘先上,一会儿都不新鲜了。"

她连"客随主便"的道理都不懂,玉姐也懒得和她这样的人计较,不就是唱首歌吗,她要出风头,便先让她出个够。

周乔伊假意和赵太、李太等人推让了一下,便点了第一首歌——陈慧娴的《千千阙歌》。这首老歌当然不是周乔伊的最爱,但她考虑到在座的太太们年岁都不小了,所以故意投大家所好。

"来日纵使千千阕歌,飘于远方我路上,来日纵使千千晚星,亮过今晚月亮,都比不起这宵美丽,亦绝不可使我更欣赏,啊……因你今晚共我唱。临行临别,才顿感哀伤的漂亮,原来全是你,令我的思忆漫长。何年何月,才又可今宵一样,停留凝望里,让眼睛讲彼此立场……"

现场所有人都静心聆听着周乔伊的演唱,一来她确实唱得好,二来这首歌的意境确实切合中年女性偶尔凄婉无力的心境。

一曲未完,KTV包厢的门忽然徐徐打开,一身盛装的向南出现在门口。屋里的灯光同时亮起,瞬间所有人都明白了,今天谁才是主角。

向南穿着一件黑色斜肩高开衩礼服,脚踩十厘米的细高跟,平时"清汤挂面"的乌发变成了短发,干练帅气又不失妩媚。她很少化浓妆,今天略略扫出的烟熏妆,立马让她气场全开,仿佛换了一个人似的。

向南静静地走了进来,后面跟着的服务员鱼贯而入,将几个夸张的三层果盘放在细闪的大理石台面上后,就迅速退了

第十章 做自己的恒星

出去。

向南随手拿起一只话筒,然后毫不犹豫地按了墙上的"切歌"键,打断了周乔伊的吟唱。

"我切歌,你不介意吧?"向南对着话筒轻声说。

歌已切完,偌大的液晶屏幕上,已然开始显示下一首歌,此时周乔伊就是说"介意"也不管用了,屏幕上此时出现的是《夜空中最亮的星》。

向南帅气转身,手握话筒,挺直脊背,跟着伴奏的音乐,自信地开始演唱:"夜空中最亮的星,能否听清,那仰望的人,心底的孤独和叹息……"

向南亮起高亢的嗓音闭目吟唱着,这一刻,仿佛全世界都不存在了,她眼前闪过的,尽是孤儿院和聋哑学校里孩子们纯真的笑脸、清澈的眼神……

"唱得真好啊!"赵太先夸赞道。

"是啊!这首歌真好听!"李太说。

"看不出来,这向南还真是深藏不露,以前只听说她会画画,没想到歌也唱得这么好!"

"她今天这条裙子挺好看的,整个人看起来和平时都不一样了。"

"她和老江的关系怎么样了?今天能来,应该还是稳坐'江太'的位置吧?"

"对了,说起来,今天玉姐怎么没请明蔚啊?是不是出什么状况了?"

"哎呀,先别管那么多了,听歌吧,这歌真好听!"

"对对对，这歌挺正能量的。"

……

向南下定决心，不再做反射江宏斌光芒的月亮——当江宏斌的光芒照射过来时，她便显得光彩照人；当江宏斌将光芒移走时，她便只能孤独地站在阴影中。最好的治愈是自愈，最好的爱情是自爱，向南要成为一颗恒星，照亮自己前行的路。

周乔伊鄙夷地哼了一声，刻薄地对身边的一位太太说："歌唱得再好有啥用，还不是留不住自己家男人！"

那位太太尴尬地看了周乔伊一眼，然后将身体往旁边挪了挪。其实太太圈里也就势利的周乔伊看向南不顺眼，其他人并不反感向南，只不过是之前周乔伊在群里吹风，说明蔚早晚会上位，才使向南受到了冷落。大家心里也看不起明蔚，但不敢得罪江宏斌。生意人之间总是有着千丝万缕的联系，她们虚伪地掩饰自己讨厌谁的同时，也隐瞒了自己究竟喜欢谁。

向南轻轻地搁下话筒，又摁下了"静音"键，然后开始柔声细语地游说太太们从世纪城撤资。

向南："李太，您家刚开始做K-12教育，这两年发展得挺不错的，马上就要上市了，何必去蹚世纪城这摊浑水呢？"

李太："向南，世纪城当初可是你老公带着大家下注的，说是稳赚不赔，大家可都诚心诚意地跟投了，你今天这是……"

向南："张太，您家的连锁面包房现在已经形成了品牌效应，全城的人都认你家牌子。听说为了世纪城的项目，您发放了很多预售卡集资，冒这么大的风险，真的值得吗？"

张太："向南啊，你唱歌唱累了，来，先吃点儿水果……"

第十章 做自己的恒星

向南："钱太，您儿子刚出国留学，听说学费还挺高的，您家正是用钱的时候，您听我一句劝，从世纪城撤资吧。"

钱太："那个，乔伊啊，帮我点一首《甜蜜蜜》！对对，就是邓丽君的……"

向南："孙太太，我知道您家大业大，之前为了海外招工的事儿，江宏斌曾经帮过您的忙。但世纪城的事儿，还请您冷静考虑，人情归人情，生意归生意……"

孙太："哎哟，向南啊，你脖子上这条项链挺漂亮，是新款吧？哪天你陪我去商场转转，帮我也选一条，下个月我侄女结婚，我婚礼上戴。"

……

游说陷入僵局，但向南知道她不能放弃。

玉姐给向南使了个眼神，让她先放松一下，也让大家喘口气，考虑一下她的话。

钱太哼唱的《甜蜜蜜》从话筒里传来，她嗓音细弱，有种靡靡之音的感觉。

向南的目光掠过这个房间里的人，他们的身家加起来几乎占据了这座城市的半壁江山。她不敢想象，如果所有资金都被套在世纪城那个根本不会开发的项目上，会对这座城市造成什么样的影响。其中最有实力的孙太，据说他们家跺一跺脚，整个区都会抖三抖。虽然有点儿夸张，却可见资本对一个城市发展的影响力。

想在有钱人的圈子里有话语权，要么你能帮他们挣钱，要么你能在关键时刻捞他们的命，向南仍然决定奋力一搏。

97

　　向南自然明白，现在这样游说显得空口无凭，唯有露出点儿真东西来，她们才能信服。可不管怎么说，大招总得最后再放，她乖巧地退避到一隅，接下来的时间就暂时交给玉姐了。

　　玉姐今天穿着一件明黄色的真丝衬衫，下身一条黑色铅笔裤，依旧是利落干净的短发。她也点了一首陈慧娴的歌，《人生何处不相逢》。

　　玉姐高歌，众人给足了面子，所有的窃窃私语一律停止。周乔伊原本在吃水果，看了一眼其他人认真的表情，便也心虚地放下了。

　　向南没想到，自己眼中的女强人玉姐，歌声竟是如此动听，果然是山外有山，人外有人啊！

　　"随浪随风飘荡，随着一生里的浪，你我在重叠那一刹，顷刻各在一方……纵是告别也交出真心意，默默承受际遇，某月某日也许再可跟你，共聚重拾往事……谁在黄金海岸，谁在烽烟彼岸，你我在回望那一刹，彼此慰问境况……"

　　玉姐唱出了人生虽然无奈，但也要放手一搏，以及放手一搏后还要接受人生无奈的复杂情感。

　　曲毕，向南带头第一个鼓掌。众人也纷纷折服，一边鼓掌一边交口称赞。

　　突然，大屏幕上出现了几张照片。泛黄的纸上，一串串数字和言简意赅的文字，一下子吸引了众人的目光。

第十章　做自己的恒星

一瞬间，现场除了向南和玉姐，所有人都倒吸一口凉气。有些太太虽看不懂这些资料，但看其他人的神情，也明白肯定是发生了非同小可的事情。照片一闪而过，紧接着屏幕上继续开始放歌。

第一个特别紧张的就是周乔伊。她顾不上别的，立刻拿起一旁的话筒，隔着大理石长桌问向南："向南，到底怎么回事儿？你不能拿我们大家当猴耍！"

一旁的玉姐冷笑道："要是她拿你们当猴耍，今天就不来了。"

向南隔着长桌，不卑不亢地望着对面早已惊慌失措的周乔伊，缓缓拿起桌上的话筒，淡定地回应："所以，我希望大家从世纪城撤资。"

钱太和赵太不解："向南，你可是江宏斌的太太！"

向南勾起嘴角，无所谓地笑笑。

"向南，你为什么要这么做？！"周乔伊急切的声音再次传来。

向南看了她一眼，款款走到前面，然后在众人期待的眼神中，解释道："今天这个包房里的人，家里有做教育行业的，有做食品行业的，有开建筑公司的，有开物业公司的，还有做医疗行业的……如果你们的钱全部被套在世纪城那个不会被开发的项目上，就会导致有人破产，有人资金链断裂，有人的公司延期上市，有人一蹶不振，不得不动用极端手段维持生意，这个城市的发展也将会至少停滞半年。那么，最终会造成什么后果呢？大规模的失业，行业重新洗牌，经济亏空，税收减少……对不起，我不是做生意的，能想到的只有这些。说句最通俗的，张太，如果您的钱都被套在了世纪城，您家的连锁面包房还能正常运营吗？"

众人一言不发，竖着耳朵听向南继续说下去。

"当然，我卖这个人情给你们，也不是无偿的。我也有要求，希望大家能帮忙满足。"向南郑重地说。

"你说。"赵太声音冷静，情绪却十分激动。

"世纪城那块地，本来是孤儿院和聋哑学校的旧址。一旦明蔚的爸爸那边出了状况，那块地就不会再开发了。我希望在座的各位，能利用自身的社会影响力，将那块地归还给聋哑学校和孤儿院。同时，我也恳求大家，给它们捐助一些资金，让原有的房屋得以修缮，给孩子们一个更完整、更美好的家。"向南说。

向南一番话说完，整个包厢都回荡着她的声音，众人似乎都对这番话感到疑惑，大脑高速运转着，并开始交头接耳。

半晌，钱太问道："向南，你就这一个要求？"

向南笃定地点头："就这一个要求。"

众人又看向玉姐，谁知玉姐直接吼道："你们看着我干吗？！你们觉得向南这么做，对她自己有什么好处？遇到她，是你们的福气，不然钱怎么被骗的都不知道！也就是你们蠢，还相信江宏斌，这个项目一开始我就没投！"

众人不语，唯有周乔伊不服，嘀咕了一句："怕不是因为她记恨江宏斌和明蔚的事儿吧？"

向南无所谓地笑笑，回击道："你以为刚才看到的账目，是我能记录的吗？"

周乔伊被怼得哑口无言，喉咙里一个字都发不出来。

第十章 做自己的恒星

"不行,我现在得回去,叫我老公撤资!"孙太终于坐不住了,着急地站起身。

"我也先回去了!这事儿不对劲儿!"李太跟着道。

"不行了,我也走了!今天这歌先不唱了……"

"对对对,赶紧回去和家里人商量一下,玉姐、向南,咱回头再约啊!"

"再约,再约……"

……

仿佛一阵狂风席卷而过,偌大的包厢里此时只剩下向南、玉姐,以及周乔伊。

周乔伊怎么也想不通,向南这样一个人,真的可以"大义灭亲"至此吗?更何况还是那样普通的出身!

"你告诉我,你这么做,难道就没有别的目的?"周乔伊不甘心地质问向南。

"你以为我是为了什么?为了钱吗?"向南不屑道。

"你嫁给江宏斌难道不是为了钱?"周乔伊的脸上露出惯常的鄙夷。

向南挑了下眉,兵来将挡:"那你和你老公呢?"

"你?!"周乔伊气得一下站了起来,瞪圆了眼睛。

向南却很淡定,她抬起眼睑,一字一句地告诉周乔伊:"你说我嫁给江宏斌是为了钱,我不否认。但除了钱,当初我也确实是以为他对我有真心,才嫁给他的。也许你觉得我的家庭条件,在你们的圈子里是非常差的,但我可以告诉你,从小到大,我爸妈一分钱也没克扣过我,他们让我过着衣食无忧的日子,两个姐姐也都让着我、捧着我。所以我活得有底气、有尊严，不用为了物质上的虚荣，出卖自己的灵魂！而你周乔伊呢？你扪心自问，这些年你费尽心机，像根藤条一样牢牢缠住你老公，除了这些，你还做过别的吗？……所以，你有什么资格看不起我？"

"你！"周乔伊气急败坏，抬手想打向南，但当她的手高高举起时，却被向南凌厉的眼神和强大的气场震慑得完全不敢动，那只手就像枯柳一样僵在半空中。

向南说的每一句话，都实实在在地戳中了周乔伊的痛处。这些年，周乔伊竭力营造的八面玲珑的人设和高贵的"名媛"光环，都在这一刻被向南简短的几句话打碎了。她心里岂能不知，她再怎么长袖善舞，也不过是倚仗着"某太"的身份，脱离了这个身份，她的一切手段、心机都会变得一文不值。她佩服向南的勇气，但又过于自以为是。

向南冷冷地看了周乔伊几秒，而后拿起身边的手包，缓缓起身。她的齿缝间最后蹦出一句冰冷的话，送给周乔伊："要不要撤资，你自己看着办。也希望你以后，好自为之。"

说完，向南便挽起玉姐的手臂，消失在包房门口，高跟鞋叩击地板的余音，仿佛一段咒语，盘旋在焦躁不安的周乔伊的脑海里。

……

而这一切，江宏斌竟然一无所知，这几天，他完全沉浸在海天中标的喜悦里。他胸有成竹地让手下的采购给柴进打电话，他早就知道滨江的货已经到了码头，滨江之所以按兵不动，估计是想坐地起价。他想，自己才不会给他们这个机会。

当采购两次发来滨江拒绝出货的消息后，江宏斌阴鸷的双眼露出凶光，他将手机随手丢在办公桌上，假装满不在乎地说："有本事就耗着吧！等着瞧，看谁耗得过谁！"

同时，向南在"名媛会"后立刻去了小郑律师那里。她将自己最近准备的材料交给了小郑律师。

然后她郑重其事地对小郑律师说："明天我就要起诉江宏斌，索要家务补偿！能否胜诉不重要，重要的是，影响一定要大！"她的需求如此简单。

小郑律师看完材料，表情从疑惑不解变为豁然开朗。"您放心吧，交给我就行！"他拍着胸脯打包票，"水花大，动静大，咱还必须得胜诉！"

向南笑了，拍了拍他的肩膀，离开了律所。

98

第二天一早，本市的《地方观察》栏目就报道了一条新闻：

"今晨，本地著名企业洪江集团总裁江宏斌的太太向南向区基层人民法院提起诉讼，起诉离婚。她向江宏斌提出五十万元的离婚家务补偿，这也是本市第一起适用《民法典》新规定的离婚家务补偿案件。

"本案不仅涉及'全职太太离婚'这一敏感话题，还有一大看点，即原告一方的辩护律师是郑勇，而被告一方的辩护律师是钟士勤，他曾是郑勇的师傅。这一话题，已在本市的律政界引起广泛的讨论,这场官司将会是律政界新旧力量的对决,而最终的胜负也将影响两股力量在律政界的地位……"

当地的其他网站也迅速转载了这条新闻,刚一发布,评论区就炸了锅:

"嚯!还有人敢告江宏斌?听说洪江一年付给律师的费用就是天价!"

"刺激啊,'家务补偿'?有钱人难道不是保姆做家务吗?"

"厉害厉害,全职太太崛起了!江宏斌老婆这勇气,我喜欢!"

"江宏斌是二婚吧?听我一个朋友说,他和前妻还有个女儿?"

"坐等吃瓜。"

"这瓜绝对够大,洪江集团啊,上市企业!"

"这是在学比尔·盖茨他们家吗?洪江虽然没有八千多亿,八个亿还是有的吧,他老婆怎么才要五十万啊?"

"看清楚啊,五十万只是家务补偿!"

……

向南坐在楼下饭厅一边静静地悠闲地吃着早饭,一边随手刷着网友的评论。

另一边,小郑律师正咬着油条,在法院门口等开门。

本地的律政论坛上,网友们也对这个案子议论纷纷:

"这案子女方没戏,鸡蛋碰石头啊!钟律师已经三年没有过败绩了。"

"之前外省那个家务补偿案能赢,是因为俩人已经分居一段

第十章 做自己的恒星

时间了,女方一个人照顾孩子,男方跟第三者住在一起,他三次起诉离婚,女方都不同意,第三次法院才判离的……"

"这么说,江宏斌老婆要拿到这五十万,还要等一阵子?"

"来来来,谁能科普下,家务补偿该怎么算?他老婆要五十万合理吗?"

"五十万估计还是能分到的,毕竟洪江那么有钱。家务劳动形成的是无形的财产价值,判多少,主要考虑的是双方婚后共同生活的时间、女方在家务劳动中的具体付出、男方个人的经济收入、当地的一般生活水平……"

"哇,炸出好多专业人士啊!我是来听科普的。"

不过,帖子下面除了对案件本身的讨论,更多的是质疑和看热闹的:

"散了散了,'有钱能使鬼推磨',这案子女方能赢就见鬼了。"

"那可不好说,舆论都是同情弱者的,保不齐就赢了。"

"对了,这么一搞,洪江今天的股票会不会跌停?"

"啥?我昨天刚因为海天买进了洪江的股票,看来还是我的预测最准,买啥跌啥!"

"这到底是律政论坛还是财经论坛?楼上的几位是不是跑错地方了?"

……

很快,向郅军、向前和向中也看到了新闻,向南的手机铃声一下子响个不停。

二楼,起床后刚洗漱完的江宏斌,手机瞬间也被打爆了。他迅速浏览了一下当地新闻,瞬间火冒三丈,暴跳如雷。

向家的女儿（下）

"向南！！"他一边咆哮着，一边从二楼冲了下来。他闯进饭厅，一把抓住向南脑后的头发，不管不顾地把她往二楼拉去。

"爸！你要干吗？！"

"哥！你干啥？！"

"宏斌！你快放手！"

全家人都震惊了，试图阻拦江宏斌，可江宏斌不顾众人的阻拦和向南的惨叫，依然死死拽着她的头发，简直快要将她的头皮扯掉了，粗暴地把她拉进了二楼的卧室里。众人追过去，江宏斌"砰"的一声重重摔上房门，把她们关在门外。

"你长本事了？嗯？！"此时急火攻心的江宏斌，直接抽出腰间的皮带，"啪"的一声就抽在向南单薄的身体上。

向南惊叫一声，然后便陷入了痛苦又绝望的沉默。她瞪着一双仇恨的眼睛，惊恐且怨恨地望着这个自己曾经托付一生的男人。

"啪！"又是一声皮带响，同时还伴随着江宏斌的咆哮："敢告老子！谁给你的胆子，啊？！"

向南咬着嘴唇一言不发，抱着头，身子抖了一下。

江宏斌又一把抓起她的头发，丧失理智地质问道："我对你不好吗？你吃的、住的、穿的、用的，哪一样不比别人强？你还有什么不满意的，啊？！"说完又把她扔到地上。他面目狰狞，仿佛地狱判官，向南的生命，此刻就握在他的手心里。

他一步步地逼近蜷缩在角落里瑟瑟发抖的向南，就在他第三次高高举起皮带的时候，向南突然抬起头，嘴角浮出一丝轻蔑的笑意。这一抹怪异的笑，让方才还盛气凌人的江宏斌刹那

第十章　做自己的恒星

间感觉到一丝胆寒。

"呵呵，"向南脸上流露出一丝鄙夷的神情，她冷笑着说道，"你还是先别发火，收拾收拾去参加世纪城的招标会吧。早上九点半，开车过去还要四十分钟呢，别迟到了。"

"你会这么好心，关心我工作的事儿？！"江宏斌觉得向南在骗自己。

"我关不关心你，都是正事要紧。"向南轻描淡写地说，"这不是你一贯的作风吗？"

江宏斌愣了一下，旋即指着向南的鼻尖，警告她道："你最好给老子乖乖待着，等我回来再收拾你！"

向南见江宏斌动摇了，便扶着酸痛的腰，缓缓爬起来。她自然不会逃，不仅不会逃，还要抓紧时间梳妆打扮一下，等待着江宏斌一败涂地地归来。

江宏斌将皮带狠狠地重新束在腰上，看也不看向南一眼，头也不回地摔门而去。

江梓涵和江家巧见门开了，赶紧跑了进来。江梓涵看见向南腰上的伤，捂着嘴一下子就哭了，连江家巧都忍不住心疼地埋怨起她哥："这到底是什么人啊，这都下得去手？！"

……

江宏斌坐在车上，想着刚才向南的眼神，那种无所畏惧中夹杂着一丝得意，感觉十分不爽。他的脑海里闪过一百种虐待、报复向南的方法。在他的观念里，顺我者昌，逆我者亡，敢让他不舒服的人，都不该有好下场。

随着世纪城越来越近，江宏斌的心头掠过一丝不安，他破

向家的女儿（下）

天荒地在招标前打电话跟秘书确认："都安排好了吧？计划没变吧？"

秘书道："您放心吧，现在没人知道世纪城不开发的内幕。等今天的招标有人中标了，老黄就把明华的材料递交有关部门。"

江宏斌微微点头："那就好。"

马师傅从后视镜里看了江宏斌一眼，江宏斌今天本来心情就不爽，于是不耐烦地吼了他一句："看什么看？！你一个开车的，好好开你的车去！"

这一刻，马师傅一点儿也不后悔之前告诉过向南"黄"有可能是谁。他从江宏斌的表情猜出，向南应该是找到了真正的"黄"。

江宏斌胸有成竹，自己今天一定不会中标。海天招标会那天他是本色出演，今天他却要过一过"影帝"的瘾。世纪城那么多人投资，最大股东的竞争，不过在他和老李之间。只低一口价，是一个"影帝"的基本修养。

之前世纪城的风刮得那么足，老李一直虎视眈眈，为了争夺这块地，甚至在饭局上和江宏斌刀光剑影过好几回。江宏斌只觉得好笑，他若是真的想要这块地，任何人都不是他的对手。

一切按照他的计划进行着，可最后落槌时，中标的竟然是洪江集团。

当主持人念出中标者，大屏幕上打出"洪江集团"四个大字时，江宏斌彻底坐不住了。他脑子"嗡"的一声，这怎么可能？世纪城的项目，自己怎么会中标？！这根本就是一个废盘，一个"老鼠夹"！这"老鼠夹"上的"肉"，还是他亲自挂

第十章 做自己的恒星

上去的……

"怎么回事儿？"江宏斌赶紧打电话给自己的亲信。

谁知电话那头传来的竟然是更为焦急的声音："江总，不好了！我收到消息，说世纪城的其他投资方，在昨天突然一齐撤资了！老李将标底改得特别低，所以咱们一下就中标了！……"

"一帮废物！"火冒三丈的江宏斌迅速挂掉电话。他完全不理会主持人喊他上台讲话的邀请，愤而离席，留给众人一个仓促的背影。

他出了门，找到一片空地，几乎是颤抖着拨通了"黄"的电话："老黄，举报的事儿……"

他还没来得及往下说，老黄就兴奋地打断了他的话，邀功般地说道："举报的事儿，已经搞定了！我一早就去纪委递交了材料，待会儿他们就要问我问题了！您放心，明华这回跑不了，他是自作孽不可活……"说完，老黄就匆匆挂了电话。

"喂？喂？！……"江宏斌此时已是七窍生烟。他的本意是通知"黄"不要去举报了，现在世纪城落到他手里了，如果不开发，那他就会成为众矢之的。可惜，一切为时已晚。

99

江宏斌驱车赶回了洪江集团。

"立刻召开董事会！总监以上的，全部到场！订个大会议室！"江宏斌黑着脸吩咐。面对一屋子的下属，江宏斌对世纪城的事闭口不谈，张口便问海天项目的进展。

"江总,海天的项目虽然我们中标了,但是滨江那边压着原材料不放,我们也没有办法……"项目经理战战兢兢地汇报。

"没有办法就想办法!"江宏斌怒火中烧,站起来重重地一拍桌子。

"江总,我们也曾想过自己进口原材料,但是这些材料通过海运,至少要一两个月才能到,而且这还必须是在航道完全畅通的情况下。"

"是啊,苏伊士运河那边又出了状况,现在时不时地还会受到一些影响……"

江宏斌转过身,用手扶着额头深吸一口气。而后,他强装冷静地转过身,问众人:"咱们不能以一般材料替代高建钢和S级玻璃吗?"

下属如实回答:"恐怕不行……之前海天的项目搁置,就是因为原材料不到位。海天地处江边,且不说遭遇台风天气怎么办,就是平时江上刮过来的横风,对整个结构的稳定性都是很大的挑战。"

"那咱们就跟他们耗着!我就不信了,我们整个洪江还耗不过他们一个滨江!"江宏斌歇斯底里地咆哮道。

秘书为了缓和他的情绪,勉强安抚道:"滨江压在码头的货,仓储费也不少,况且这批货他们不卖给我们,也是自己捂在手里烂掉,没有人能接盘。"

"哼哼。"江宏斌听后冷笑了一声。

但很快便有耿直的下属不同意他们这种自以为是的想法:"江总,市领导对这个项目十分重视,明年就有运动会要在我们

第十章 做自己的恒星

市召开,还有滨江马拉松大赛,海天作为城市的地标性建筑,已经被所有人寄予了厚望。跟滨江耗下去,我们讨不着任何便宜。"

"是的,江总,我们当初在标书上承诺过,会在中标后的一个月开工,这样才能在滨江美院搬过来的时候,整个园区同时剪彩。"

"江总,说句不该说的,早上的新闻大家都看了,现在咱们洪江的钱有多少被套在世纪城,外头的人不清楚,咱们自己的财务可是心知肚明。如果这样和滨江耗下去,最后两败俱伤可能都算好的……"

"江总,不能拖了。受您离婚案的影响,今天早上咱们的股票已经跌停了,明天要是还跌停,后果不堪设想……"

"江总,公关部的舆情汇总中,不少业内人士已经开始质疑洪江的品牌价值了……"

"江总……"

"江总……"

江宏斌一身黑色西装,站在会议桌一端,他现在只觉得头昏脑涨、天旋地转,脑子里像有一群蜜蜂嗡嗡作响……

怎么会?形势为何会一瞬间急转直下,到了这个地步?!他明明每一步都算得很精确,明明掐准了所有人的动向,布下天罗地网,为什么最后一败涂地的却是他自己?

面对几十张嘴巴一刻不停的催促,江宏斌终于支撑不住了,他一下子瘫坐在椅子上,一只胳膊死死支撑着桌子,保持着作为老板最后的尊严。

向家的女儿（下）

下属们见江宏斌神色难堪，一副溃不成军的模样，便不再继续说下去了。眼看大厦将倾，一些"机灵"的下属已经默默打开了招聘软件，开始考虑跳槽了。

会后，颓靡的江宏斌一个人坐在空荡荡的办公室里，在脑海中复盘着整个事件。他仍然坚信自己每一步都没有走错，唯一让他感觉意外的，就是早晨向南嘴边的那抹诡异的笑容。

江宏斌一个激灵，旋即起身回家。

"向南！向南！你给我滚下来！"一进门，面目可憎的江宏斌就直着脖子冲二楼咆哮道。

"哥，你过分了啊！"江家巧迎上去想拦住他。

"起开！"江宏斌随手一扒拉，便把江家巧推倒在地。

江老太太出面阻拦，江宏斌一改往日的孝顺，气急败坏地顶撞道："您别管！回屋念您的经去！"

江老太太还是心疼儿子的，而且这些日子她也看出来了，自己的儿子似乎在一条疯狂的路上越走越远。江老太太用拐杖戳着地面，痛心疾首地劝道："儿啊，你再这样一意孤行，是会遭报应的呀！妈不求你大富大贵，就希望你平平安安的！你听妈的话，向南这么好的孩子，你别……别虐待她！"

江宏斌哪里听得进去，他头也不回地来到卧室门口。

卧室的门还关着，向南在房里淡定地往脸上扑着散粉，一下又一下，粉扑如蝉翼般抖动，整个房间仿佛笼罩在一片迷雾中……

"爸！"江宏斌正准备进屋，却突然被江梓涵拦住了。只见江梓涵冷冰冰、直勾勾地盯着他，冷不防从兜里掏出一把瑞士军刀,刀刃上闪着寒光,刀尖正对着她自己。

"爸,你要是敢打我小妈,我现在就死在你面前!"她以死相威胁道。

江宏斌震惊不已,他怎么也没有想到,连江梓涵最后都会站在向南那一边。

"我才是你爸!"江宏斌的声音响彻整个别墅,"你给我搞搞清楚,你身上流的是老子的血!你和里头那个女的,没有半点儿关系!"他脖子上青筋暴起,歇斯底里的愤怒中,越来越多地暴露出内心的恐惧。

"你还知道你是我爸啊?"江梓涵冷笑,"在向南之前,你给我领回来过多少'小妈'?有的就比我大几岁……你逼着我管人家叫'妈',然后和人家睡一觉,就让人家走了!"

江宏斌喘着粗气,闭上眼睛转过脸,回避着那些陈芝麻烂谷子的旧事。

"你把我丢到寄宿学校就不管了!从我三岁开始,你就让我去上托管班!我从记事起,就觉得家像旅馆一样,只是周末度假的地方!"

江宏斌不说话,作为一个父亲,他实在无从狡辩。

江梓涵继续诉说着她的委屈:"你知道我爱吃什么,爱喝什么,爱看什么书,几岁来月经,我的朋友叫什么吗?你什么都不知道!我爱吃鸡蛋,但只有向南,在我每个周末回来的时候,会给我做西红柿炒鸡蛋……"

"滚蛋!"江宏斌听不下去了,直接打断江梓涵,他现在急着进去收拾向南,没空在这里听亲闺女倒苦水。

"呵呵,你居然连听我说完的耐心都没有……"江梓涵彻底死心了,脸上挂着绝望又轻蔑的笑,放下刀,闪开道,"最后告诉你一句,向南已经帮我办了转学手续,从下周开始,我就要去公立学校走读了。向南在学校旁边替我租了房子,她自己掏的钱。这周末我就和向南、姑姑还有奶奶一起搬走!我们要离开这栋死气沉沉的房子,离开你这个人渣!"江梓涵撂下这句话就哭着跑走了。江宏斌这样只知道赚钱,然后拿钱捆绑亲情的父亲,实在是太令她失望了。

江宏斌怒气冲冲地再次逼近卧室,谁知,卧室的门这时竟"吱呀"一声开了,门里站着的是梳洗整齐、光彩照人的向南。

她看上去不卑不亢、不嗔不喜,心平气和地对猛兽一般的江宏斌说:"我们是出去谈,还是进来谈?"

江宏斌想动手,却被向南处变不惊的气场给震慑住了,一时间竟然有点儿怂了。接着,他色厉内荏地推了向南一把:"给老子进去!"而后关上了门。

向南重新坐回梳妆台前,江宏斌背对她站着,看向窗外:"是不是都是你做的?"他到底是丛林里的猛兽,对血腥味儿有着最为敏锐的嗅觉。

事已至此,他终于有些回过味儿来了,如果是外人搞他,绝对不会这么精准,更不会出手这么迅速,让他全面崩盘的,只可能是最熟悉他的人,向南的嫌疑最大。可她又是怎样破局的呢?

"局是你布的,进展也如你所料,所有人都入了局,唯独结局不是你想要的。你若说是我破的局,那我也不否认。"向南对着镜子中的自己淡淡地说道。

"你为什么要这么做?"江宏斌到底在商场上浸淫多年,他知道兵溃如此,大势已去,此刻他就是打死向南,他的江山也不会再回来了,他只想死个明白。

向南没有直接回答,而是反问他:"你明知道世纪城的项目会套牢所有人的资金,为什么还要这样做?"

"我这么做有错吗?"江宏斌狡辩道,"我是商人,我的目的就是挣钱!我不挣钱,你柜子里的那些名牌衣服、名牌包从哪儿来?从天上掉下来吗?我是男人,我得挣钱!我都是为了这个家!"

"可你不应该为了自己能赢,而把所有人都坑进去!"向南提醒他道。

"是我坑的他们吗?还不是他们自己贪心,觉得世纪城是块香饽饽,争先恐后地挤进去!是我逼他们这么做的吗?"江宏斌不服。

"可你明明知道,如果大家的钱都被套在里面,后果是什么!多少人会因此破产,多少人会因此失业,多少个行业会因此而衰败下去!"向南争辩道。

"这些和我有什么关系?"江宏斌满不在乎地冷笑,"我是商人,我只想赢!我是做房地产的,自然是怎么赚钱就怎么做!难道我是救世主吗?钱才是救世主!"说到激动处,他走过来掰起向南的下巴:"你就是为了这些冠冕堂皇的理由害我?你是不是把我当成三岁小孩儿了?!"

"你放手!"向南甩开他,摸了摸生疼的下巴,调整好情

向家的女儿(下)

绪，缓缓吐出一个早已准备好的问题，"既然你一早就明白世纪城那块地不会开发，为什么还要让孤儿院和聋哑学校的孩子们搬来搬去？你知道吗，新校区就是一片废弃的厂房，好几个孩子都被生锈的铁丝划伤了！要不是白澈及时发现，带他们去医院打了破伤风针，搞不好那些孩子就没命了！还有校长，他有什么错？你知不知道，就因为这次搬家，他的腰肌劳损和腰椎间盘突出同时复发了，那么大岁数了，到现在还在医院躺着！"

<h2 style="text-align:center">100</h2>

"你少在这里跟我说胡话！"江宏斌喝止住向南。

在他看来，这个世界上没有人有资格对他讲道理，因为他就是最大的道理。他白手起家，一路摸爬滚打，在风起云涌的商海中独自沉浮，多少次差点儿溺水，最后都从旋涡中挣扎了出来，继续与海浪搏斗。他认为金钱决定一切，只要他有钱，无论政客还是别的什么，都是为他所用的棋子而已。他想，自己如此殚精竭虑地活了这么多年，拼了这么多年，算计了这么多年，什么时候轮到向南这么一个坐享其成的小丫头来教训自己，教自己做人了？这不是反了吗？！

"在这个家里，我努力赚钱，供你们吃，供你们喝，到最后，你们竟然反过来捅我一刀！向南，你的良心不会痛吗？！"江宏斌仍是满满的自以为是。

"江宏斌，是你的良心不会痛吗？"向南站起身，裙摆拂过椅子，"是，我不否认，在这个家里，确实是你扛起了养家的担子！但这是我让你这样做的吗？你为了自己的事业，从一开始就不让我出去工作，把我这样一个正值大好年华的人，禁锢在这个金丝笼里，每日为你买菜做饭、铺床叠被，你问过我的意见吗？"

江宏斌一愣，又举起手想以暴力的方式制止向南继续往下说。但他犹豫了，因为向南从未在他面前说过这些话，更从未以这样的口气说过话。这一刻，他倒真想听一听，自己究竟错在哪儿了。

向南继续道："还有梓涵，她是你在外面和别人攀比的工具吗？如果她不优秀，回到家就不受你待见，你用钱砸，也要让她看起来很优秀！你送她上贵族学校，报各种各样的辅导班，但其余的时间，完全把她丢给司机和保姆，还有各种各样的陌生人和陌生环境，这使得她几乎没有和任何人建立过亲密关系！而且你还因为对她生母积怨已久，连她想买一个包的请求都不肯满足！你不允许她有物质享受，因为她的要求会让你想起当年自己因为没钱而被伤害自尊的时刻！可是梓涵她有什么错？她也是人，而且她还是未成年人！你知道她为什么一心要买那个包吗？那是因为贵族学校里攀比成风，她如果不买那个包，其他同学就会说她是'私生女'，这让她接受不了！你再有钱又怎么样？别人照样看不起她！"

江宏斌沉默了，江梓涵方才用瑞士军刀对着她自己的画面，再次浮现在他眼前。他一瞬间竟然真的有些迷茫，难道自己真的做错了吗？

"还有家巧，你像对待一件工具一样对待自己的亲妹妹！她

向家的女儿(下)

已经快三十岁了，你这个当哥哥的关心过她的情感需求吗？你知道她为什么明知吕凉这个人不靠谱儿，也要飞蛾扑火地和他恋爱吗？一方面，因为吕凉碍于你的面子对她特别'好'，补偿了她这么多年感情上的缺失，她明知道这份爱是虚伪的、短暂的，但她就是无法控制自己，奋不顾身地饮鸩止渴；另一方面，你作为哥哥，对待爱情和婚姻随便潦草的态度，对她也有很深的影响，她觉得这世上根本没有完美、真挚的感情！你以为给她安排几场相亲就能拯救她吗？你压根儿就不明白，你每次逼她去相亲，或者让我去'名媛会'帮她征婚，对她都是深深的伤害！"

在向南激愤的话语中，江宏斌的身子逐渐低矮下去，直到完全蹲在地毯上。

"还有妈，你知道妈这么多年为什么总是吃斋念佛吗？就算你让我给她炖再多的山珍海味，也弥补不了她夜不能寐的痛苦！你在外头做的那些事儿，她从你每天回家时的表情上都能看出来！她只希望你平平安安，衣食无忧。你赚的钱越多，其实她就越没有安全感！这么多年，难道你还没有看清楚吗？"

"可是，这和我做生意的手段有什么关系？！"江宏斌猛然站起身，推搡着向南对她咆哮，"这些话，你完全可以早一点儿告诉我！可你为什么非要毁掉我，毁掉洪江的一切？！"

江宏斌越激动，向南就越冷静。在他身边的这段时间，向南将现实看得越来越明白和透彻了。"江宏斌，你做生意的那套方式早就过时了，真的。"她幽幽地说，"我不会和你讲什么

第十章 做自己的恒星

'共赢',但你要知道,在丛林里,当你的竞争者和天敌都死光了,你以为你大获全胜时,其实整个生态环境都被破坏,你离灭亡也不远了。你想坑死所有人,然后自己发财,这样的想法实在是太过时,也太愚蠢了!"

江宏斌怔住了,向南这番分析,他竟然一时间无法反驳。他迷惑地想,自己究竟娶了一个怎样的女人啊?自己当初不就是看中她出身小门小户,又是学艺术的,没有什么心机,好拿捏、好掌控,才把她娶回家的吗?为什么那样一朵温柔和顺的茉莉花,有一天突然变成了带刺的玫瑰?而这一切,自己竟然毫无察觉,真是大意了。

不仅是向南,他身边所有的亲人,其实都被他在赚钱的过程中通通无视了。他坚信"慈不掌兵,义不掌财",以为只要足够心狠手辣、冷漠无情,就能成就一番事业。

江宏斌仰天长叹,往事一幕幕浮上心头,他自己也许有错,但他依然不服。他觉得,既然向南让自己不好过,那她也别想好过!他毫不犹豫地使出了最后的撒手锏,给了向南最致命的一击。

"你以为自己从小到大,从来不缺家人的关爱,是吗?"江宏斌阴险地说,眼中划过一丝轻蔑与鄙夷。

"嗯?"无辜的向南抬起头,不解其意。

江宏斌的嘴角挂着一丝冷笑,一步步地逼近向南,在她身前停住。他假装温柔地低下头,用一双温热的手掌,按住向南的肩头。他的眼睛带着笑意,然后用最温和的语气,向她爆出一个惊天秘密。这个秘密对向南打击实在太大,以至于让她对

向家的女儿（下）

人生产生了强烈的怀疑。

"你以为你的父母、你的姐姐们都很爱你吗？如果他们真的爱你，你就不会从小变成孤儿了！"

"什么？"向南疑惑地望着表情怪异的江宏斌，"你什么意思？！"

"在跟你结婚前，我找人调查过你家的情况。"方才还一脸颓败的江宏斌，此刻又有了几分得意的神色，他就像一个邪恶的魔鬼，正在用最残忍的方式，戏弄一个纯真无邪的小孩儿，"你亲生父母当年是怎么死的，估计到现在，你还相信着你后爸、后妈编造的谎话吧？"

"江宏斌，你什么意思？！你给我把话说清楚！"

"说清楚就说清楚！"江宏斌眼中喷火，闪耀着复仇的烈焰，"你亲爸当年因为给你后爸顶班，才掉进锅炉烧死的，而那天正好是你大姐向前的七岁生日！向郅军为了回去给亲闺女过生日，让同在厂子里的亲弟弟顶班，所以你亲爸才发生了意外！你亲爸死后，你亲妈也紧接着跳了楼！这么多年来，你一直被蒙在鼓里！其实让你成为孤儿的罪魁祸首，就是你现在的爸爸和你大姐！"

"江宏斌！你胡说！你无耻！"向南无法接受他说的一切，歇斯底里地扑向江宏斌，急切地想和这个人渣同归于尽。就算同归于尽，对向南来说也比接受这一切更容易。

江宏斌一个闪身，向南直接扑了个空。他冷酷地笑着，越笑越疯狂。在他看来，向南本想嘲笑他，最终自己却被命运嘲笑了，这实在是太可笑了……

第十章 做自己的恒星

"这些事儿,是我派人问了厂里的几个老师傅才知道的。你亲爸出事儿的那天,厂子里有值班记录,你可以自己去查,看看那天到底是谁的班!你大姐的生日,你记得比我的生日还熟,你就查那一天的工作记录吧,包你满意!"

向南彻底僵住了,她一下子跌坐在地上,整个人从头凉到脚。她身上的每一个毛孔都张开着,吸收着来自这个世界的寒气。她感觉既悲痛又恐慌,她不愿相信这一切真实地发生过。

"其实呢,你如果安分守己地跟我好好过日子,对我言听计从,我也不准备把这么扎心的事儿告诉你。但是,可惜啊,是你破坏了我们夫妻之间原本和谐的关系,我也是不得已啊!你送我这么一份厚礼,我只能'以其人之道,还治其人之身'喽!我这句话用得挺贴切吧?哈哈哈哈哈……"江宏斌彻底疯了,他的痛苦似乎被报复向南的快感冲淡了一些。

"你无耻!!"向南浑身颤抖,泪流满面,感觉头都快要炸了,她实在无法接受这个惨痛的事实,就像毫无防备地被人揭开了隐藏多年的,连自己都不知道的骇人伤疤一样,背后触目惊心的真相,令她痛彻心扉。她一直以来在江宏斌面前努力维持的尊严,都来源于原生家庭给她的底气,而现在江宏斌将这一切都推翻了,使她再也没有让自己骄傲的资本了。她整个人都崩溃了。

这个时候,江宏斌又赢了。他果然不愧于外界的评价,从来没有对任何人仁慈过。纵然生意失败,在情感上他也一定要赢回一局。

101

　　向南气蒙了,竟然魂不守舍、晃晃悠悠地出了门。
　　江宏斌的脸上满是得意,也不去追她,而是坐在她方才坐过的梳妆台前,点燃了一支雪茄。而后,他愤恨地看着满桌的化妆品,想到这些都是向南花自己的钱买的,而她却反过来伤害了自己,不禁怒火中烧。他疯了一般地把那些瓶瓶罐罐从梳妆台上推下去,仿佛这样能更彻底地报复向南,以及挽回一些脸面。而后,他又将地上所有化妆品都踩踏一遍,似乎唯有这样,才能找回一些"一家之主"的威严。
　　向南在大街上漫无目的地走着,对周围的鸣笛声充耳不闻,仿佛已经与这个喧嚣的世界隔离了。
　　她失魂落魄地去了玉姐家,玉姐看到她那绝望的眼神,就意识到出事了。
　　向南神情恍惚地抱着冰冷的胳膊坐在沙发上,先是一言不发,而后忽然抬起疲惫的双眼,没头没尾地对玉姐问道:"姐,这一切究竟是为了什么?"她有气无力的声音和莫名其妙的问题,让玉姐既担心又惶恐。
　　玉姐连忙抚摸着向南的后背安慰道:"妹妹,究竟发生什么事儿了?来,你跟姐说,是不是江宏斌知道了真相,想要难为你啊?你放心,只要有姐在一天,就没人能再欺负你!"
　　向南毫无反应,似乎只从这番话里听到了"妹妹"和"姐"两个词。她心里一直在想,她的姐姐向前和向中,是否早就知道整件事的真相,却故意不告诉自己?她们往日里对自己的包容和谦让,又有多少是出于愧疚的心理?

"玉姐,我没事儿……就是累了。"说完,向南又像僵尸一样,站起身往屋外走。她不知自己身在何方,将要去向何处,像被抽走灵魂一样四处游走。

"向南!向南!"等玉姐回过味儿来想叫住向南,才发现她早就不见了。

玉姐越想越觉得不妙,生怕向南会出事儿,于是动用关系,四处打听向南家人的联系方式,几番周折,总算联系到了向前。

向前一听玉姐所说,也急坏了,她撂下手里的事儿就开始满世界寻找向南。向前记得向南买纸箱子给聋哑学校的事儿,她猜测向南会不会去了那里,赶紧从网上查到聋哑学校的电话拨了过去,恰巧今天是白澈值班,他接了电话也很焦急,把手里的活儿交给另一个人,便忙不迭地和向前一起去寻找向南。

而此时向中正在娘家做家务。向郅军逼着她学做四菜一汤,然后送到邓海洋公司去。一家人正忙得热火朝天,这时一个电话让他们瞬间陷入了恐慌。

"什么,向南出事儿了?!失联?什么叫失联?……"向郅军急得手里的铲子都忘记放下就往门外冲。两个老人和向中先奔向江家,在他们进门前,向中不再顾及形象,再次显示出刚烈的性格,她趁向郅军踹门的空当儿,从墙角捡了块灰色的水泥砖头拿在手里。

客厅里,三人和江宏斌对峙着,向郅军问江宏斌:"我女儿呢?!"

江宏斌叼着烟卷,一脸的满不在乎:"我哪儿知道?腿长在她身上,自然是她想去哪儿就去哪儿!"说完,他还厚颜无耻地做了个摊手的姿势。

"你!"向郅军被他那无赖的态度气得急火攻心,又开始捂胸口。

郑秀娥一把扶住向郅军,然后毫不客气地对江宏斌说道:"你这是什么态度啊?!我们好好的女儿交给你,现在下落不明!你现在还是她丈夫,难道心里就不着急吗?"

江宏斌一脸讽笑,反问道:"我着急有用吗?你们倒是够着急了,人呢?"

"你这个畜生!"向郅军气得眼珠子都快要瞪出来了。

向中拨开她爸,挺着胸脯走向前,把那块砖头直接拍在江宏斌面前的桌子上,水泥灰四处飞溅:"我妹要是有个三长两短,我向中第一个跟你没完!肯定是出了什么事儿,不然以向南的性格,不可能这么突然失联的!"

"呵呵,我当是谁,原来是二姐啊!二姐,你平时不是挺温柔的吗?我还经常跟我们家向南说,让她多学学你的脾气,不过今天看来,你也是装的!你们向家人,还真是各个都会演戏啊!"

"你!"向中恼怒地又举起砖头。

这时,江宏斌干脆直接耍起了无赖,他指了指自己的额角,挑衅地冲向中道:"来!砸!往这儿砸!谁不敢砸谁就是狗!"

被气愤冲昏了头脑的向中,当真就要握着那块砖头砸下去,这时向郅军发出一声断喝,制止了向中:"停!你还嫌家里不够乱吗？现在什么最重要？找到向南最重要！你和这垃圾较什么劲？！走！都给我走！咱们去找向南！就算是找遍全世界，我也得找到我女儿！"

向中一脸怒气，虽然心有不甘，但还是听从了向郅军的话。不过那块砖头还是脱了手，擦过江宏斌的鼻尖，"啪"的一声掉在他的脚上。"哎哟！"江宏斌大叫了一声。

向郅军和郑秀娥生拉硬拽地拖着向中往门外走，这时江宏斌又说话了。

"对了，告诉你们也无妨……"江宏斌揉着脚，望着向家人离去的背影，似乎觉得还不够解气，于是故意高声说道，"我也没和向南说什么，就是告诉她，她亲生父母死的那天，正好是向前的七岁生日！"

向郅军背对着江宏斌，听到这句话后再也撑不住，两腿一软，直接跪在了地上。

"爸！爸！"

"老头子！老头子！"

向郅军在向中和郑秀娥的搀扶下，硬撑着站了起来。"走！"他咬着牙说。

向中和郑秀娥扶着他，慢慢地走出了大门。

江宏斌脸上得意的神情只是一闪而过，而后便用仇恨的眼神瞪着他们三人离去的背影。他心想，自己前半生的奋斗算是完了，但向南一家人从今往后也别想再有好日子过！

……

向前和高平、高安一起，向中和向郅军、郑秀娥一起，白

向家的女儿（下）

澈和柴进、邓海洋凑在一起，几拨儿人开始满世界地寻找向南。

玉姐更是发动了整个集团的力量找向南，宣称谁提供的线索有效，直接奖励两万块钱。

直到天黑，玉姐才接到一个下属的电话，对方也不敢确定看到的那个人是不是向南，只是说和照片有些像。玉姐问他具体位置，下属说，方才下班经过滨江大桥时，看见桥上有个女的失魂落魄的，有些像照片上的人。

玉姐挂了电话，立马通知了向前。于是大家立刻奔向滨江大桥。

滨江大桥位于郊区，桥下就是护城河，再往前三四百米就到入江口了。那里位置偏僻，水流湍急。今天不是周末，这个时间进出城的人并不是很多。

大家赶到桥上，向前一眼就认出了扶在栏杆上生无可恋的向南。"向南！"她焦心地喊了一声。

谁知就是这一声，令悲痛欲绝的向南瞬间激动了起来。"你别过来！"向南看向大姐的眼睛里，第一次充斥着恨意。她现在一心觉得，害死她亲生父母的就是大姐和她现在的父亲。如果不是当时年幼的向前闹着要过生日，向郅军也不会让向郅国替他顶班；如果向郅国不去顶班，也不会因为意外掉进锅炉里烧死……向南望着桥下滔滔的河水，仿佛看到了钢厂锅炉里翻腾滚烫的钢水。她的亲生父亲在落下去的那一瞬间，就被焚化成一缕热气，尸骨无存。

向南不敢继续想下去了，她含着泪闭上了眼睛。而后，她鬼使神差地跨上了桥栏，想要逃离这痛苦的生活。"养育之恩"

和"杀父之仇",就像两只无情的大手左右撕扯着她,几乎要将她撕成两半。坐在桥栏上的向南,听不见亲人的呼唤,看不见脚下的激流,如同被鬼上身一般,只感受到内心被生生撕扯着的疼痛。

看到向南做出如此极端的行为,第一个受不了的便是向郅军。他在来的路上已经想好了,既然这个隐瞒了近三十年的秘密终于瞒不住了,那他只能面对,然后赎罪。赎罪这件事他一直觉得自己应该做,并且也已经默默地做了近三十年。

现场第二紧张的人就是白澈,不知为什么,当向南的腿跨上桥栏的那一刹那,他觉得自己的心马上也要随着她掉下去了。白澈急得满头大汗,他脱去外套,随时准备跳江救人。

但向郅军没有给他这个"英雄救美"的机会,他自己快步冲上前去,紧紧抱住桥栏上的向南,向她道歉说:"向南!是爸爸错了!爸爸和向前都对不起你!你要是肯下来,怎么惩罚我们都行!真的,爸爸错了!全是爸爸的错!……"

向南泪眼蒙眬,意识也因忧伤过度而变得有些模糊。她靠在向郅军的怀里,不知怎的竟然冷冷地说:"爸,你要是真的知道错了,就从这儿跳下去,算是替我亲爸偿命!"

102

江梓涵和江家巧推着江老太太遛弯儿回来,发现家里保姆、司机一个都不在,只有江宏斌一个人坐在餐桌边,吃着一盘蛋炒饭。

江家巧疑惑地问江宏斌："他们都去哪儿了？"

"我今天给他们放假了，我也图个清静。"江宏斌淡定地回答。

"那蛋炒饭谁给你做的？"江家巧诧异地问。

"我自己啊！"江宏斌满不在乎地笑了，"你忘了，你哥十七岁离开家，最开始就是在饭馆后厨帮工的。"

江家巧、江梓涵和江老太太像往常一样围坐在桌前，看着他将盘中的蛋炒饭一点儿一点儿地吃完。只是，一家人此时围坐在餐桌边的心境，却与之前大不相同了。

江宏斌吃完饭，江家巧把盘子拿到厨房去洗，江老太太试探着问江宏斌："向南呢？"她还是想劝一劝儿子，再怎么闹，也不要放弃向南，那是个多么好的女人啊！

只可惜，江宏斌早已利欲熏心，对身边的人没有什么真感情了。对母亲的提问，他就像没听见一样毫无反应。这两天，他心情逐渐平复，默默接受了自己在生意上被人摆了一道的现实，但他根本不可能就此倒下，认输更是天方夜谭。他暂时的隐忍，只是为了酝酿新一轮的阴谋。他打算先让害他的人倒下，然后从哪里跌倒就从哪里爬起来，他坚信自己还能东山再起。

"爸，向南呢？"江梓涵不甘心，又追问了一遍。这一下午，她给向南打了两个电话都没人接，心里也很着急。

江宏斌瞥了江梓涵一眼，脸上带着阴险的笑容。他抽了一张面巾纸，认认真真地擦干净自己油腻的嘴，然后将面巾纸揉作一团，直接丢在江梓涵面前，说："我只是告诉了她一个她早

第十章 做自己的恒星

就应该知道的秘密，然后她就跑了。"

"什么秘密？！"江梓涵紧张地问。

正在洗碗池前洗盘子的江家巧听到这句话，心头瞬间一紧，立马把水龙头关了，竖起耳朵听着。她知道那件事的内情，很担心她哥出于报复心理真的告诉了向南，那向南怎么可能经受得住打击？

江宏斌抽出一根牙签咬住，冷笑道："她自己的身世啊！她大伯害死了她亲爹，她被瞒了这么多年，该知道真相了！"

江家巧一听真的是这样，手里的盘子一滑，一下掉进水池里，"哗啦"一声碎成两半。

"你混账！"江老太太用力拍打着轮椅的扶手，怒斥自己的儿子。这个秘密江梓涵不知道，但江老太太和江家巧是一早就知道的。

江老太太在这种问题上并不糊涂，她一早就劝过江宏斌，虽然他知道了这个秘密，但他必须守口如瓶。就算有一天这个秘密不得不被揭开，那也应该是向家人告诉向南，而不应该由他说出来。她这辈子饱经沧桑，什么事情都已经看透了。她深知江宏斌如今这般不管不顾，无非是为了报复向南，一时间无比痛心。

"家巧，快给向家大姐打个电话，问问向南在哪儿！"

"好，我这就打！"江家巧手忙脚乱地去找手机。

"妈，您还真要去找啊？"江宏斌不屑地问道。

江老太太乜斜了他一眼，愤愤地说："你日后别后悔！"然后就带着江家巧和江梓涵离开了。

向家的女儿（下）

空荡荡的别墅里，江宏斌再次成了孤家寡人。

"向南！你怎么能说这种话呢？千错万错都是大姐的错！你们先下来！"

"是啊，南南，你别被江宏斌气昏了头，他就是故意的！你听二姐的，先下来！"

向南和向郅军绝望地看着曾经最信任、最亲近的对方，耳边除了"呼呼"的风声，什么也听不见。

"爸，当年我亲爸，是不是就是这样一个人孤零零地掉下去的？"向南还在钻牛角尖，她陷入仇恨的情绪中，一时间怎么也扭转不过来。

向郅军望着向南的眼睛，已经哽咽得几乎无法呼吸，她的眼睛，和自己的亲弟弟实在是太像了。

他想起年少时，有一次和向郅国去水边摸鱼，他故意躲在芦苇荡里吓唬弟弟。向郅国被吓了一跳，然后生气地瞪着向郅军。向郅军记得，弟弟当时的眼神就是这样充满了愤恨。后来向郅国被蚂蟥咬了，向郅军急得像热锅上的蚂蚁，帮他拍了半天，还到处喊人，最后背着他跑了二里路，把他送到了乡诊所。向郅国看见向郅军湿透的背心，眼神才逐渐温和起来。

太像了，实在是太像了……向郅军一时间恍惚了，眼前到底是向南在质问他，还是弟弟向郅国回来了，附在向南的身上质问他？

这些年，向郅军常常在夜里突然惊醒，但凡被子盖得多了点儿，或者夏天夜里太热，他就会做同一个噩梦。

第十章 做自己的恒星

在那个梦里,面朝熊熊烈火和滚烫钢水跌落而下的,不是他弟弟,而是他自己。他的身体先是被烈焰灼烧,而后便在剧痛中幻化成一缕青烟,飞出钢厂,飘到天上,最后飞进自己家里,和所有亲人告别……

现在,对着向南那双怨恨的眼睛,向郅军似乎又做了同样的梦。他突然想试着感受一下,他的弟弟当时到底经受过怎样的痛苦。向郅军一时气血上涌,于是放开向南,跨上了桥栏。这么多年以来,他时常懊恼、自责,觉得自己所有的幸福,都建立在弟弟遭遇不幸的痛苦之上,现在他想用这种方式寻求解脱。

白澈一直盯着向南的动静,随时准备着跳江救人,此时却看见向郅军从桥上纵身跳下,他一个箭步冲上去,伸手一把拉住向郅军的一条胳膊。向郅军下坠的力量太大,直接将白澈纤瘦的身体给拉了下去。还好白澈反应迅速,另一只手一把攥住了桥栏,他们的脚下正是瑟瑟的晚风和滔滔的江水。

所有人都吓蒙了,郑秀娥更是被吓得一个趔趄向后仰倒,向中竭力扶住她。

向南终于被眼前的一幕惊醒了,她这才愕然想到自己刚才都对爸爸说了什么。还有白澈,他更是无辜的,如果因为自己的糊涂和任性,就这样连累了他们二人,她必定会自责一辈子,永远不会原谅自己。

她吓坏了,赶紧一把拉住白澈的胳膊。她恐慌不已,歇斯底里地喊道:"白澈抓住!爸,您也一定要抓住!刚才的话不是我的本意!我错了!爸,您坚持住,千万不要掉下去!……"

向南的喉咙都要喊破了,只希望下边的向郅军能够听见她的呼喊。失去才会懂得珍惜,向郅军跳下去的那一刹那,向南就后悔了。她也瞬间醒悟了,她亲爸遭遇的悲剧并不是大伯和大姐故意造成的,只能说一切都是阴差阳错,一切都是命运的安排。她亲爸的去世使大伯和大姐都无比悲痛,尤其是大伯,至今还忍受着煎熬,而她却从没想过这一点。

高平、柴进和邓海洋看到这幅情景,也赶紧冲上去帮忙。众人齐心协力,总算把向郅军和白澈从鬼门关拉了回来。

向郅军瘫倒在白澈身上,白澈瘫倒在桥板上。

向南含泪对白澈说:"谢谢你救了我爸的命!"

向郅军缓过来之后,第一句话就是对向南说:"囡囡,对不起,爸爸不应该瞒着你,都是爸爸的错!"

向南捂着嘴,蹲在地上泣不成声。向前和向中围过去,在夜色中扶住她,三姐妹紧紧拥抱在一起……

良久,向前捧起向南满是泪痕的脸,替她将凌乱的头发捋到脑后,而后当着所有人的面,狠狠地连扇了自己好几个耳光,直打得脸颊都红肿起来。

"都是大姐不好!是大姐的错!请你原谅大姐!"向前痛苦地说道。

高平和柴进这才明白,为什么注重仪式感的向前从来不给自己过生日。

柴进认识向前十多年,从没见过她庆祝生日。有一次他以公司的名义,给向前订了个蛋糕摆在会议室,向前见了,却气恼地拔掉还在燃烧的蜡烛,摔在地上踩了几脚,然后头也不回地转身离开。自此，柴进再没敢在向前生日这天举行什么仪式，甚至有了那次可怕的经历后，他每年连生日祝福的短信都不敢给她发。

高平第一次向向前求婚，就安排在向前生日这一天，结果被她毫不犹豫地拒绝了。后来他又换了个日子求婚，便很顺利地成功了。婚后，向前每年都会给高平过生日，也会给左左、右右准备隆重的生日派对，甚至高平妈的生日，她也是鲜花、蛋糕一样不落，但她从不给自己过生日。直到今天高平才知道，自己老婆从不过生日，原来是因为这样一段痛苦的经历。

"姐！"向南紧紧抓住向前的手，在昏黄的路灯下，对向前微微点了点头，而后两人抱在一起。向中在旁边也哭得很伤心，她既心疼大姐，也心疼向南。

他们这一家人，最后总算还是整整齐齐的，这背后有着彼此间的种种付出和包容。向郓军近三十年的夜不能寐，向前从七岁开始连生日都不敢面对的自责和悔恨，以及从小失去亲生父母的向南，在得知真相后内心的痛苦和纠结……所有人似乎都没有资格埋怨，但所有人其实都在埋怨，埋怨着自己，以及这诡谲无常、冷漠无情的命运……

103

这边事态刚平息，江老太太就在江家巧、江梓涵的陪伴下赶到了滨江大桥。江老太太见多识广、沉着冷静，她看了现场一眼，就大概猜出方才发生了什么事儿。

"家巧,去帮向南收拾收拾,晚上我们都去学校旁边的那套房子住,不回别墅了。"江家巧和江梓涵走上前,扶起早已虚脱的向南。

向前和向中不放心地说:"南南,还是跟我们回去吧!我们可以照顾你!"

江家巧和江梓涵对视了一下,都搀着向南不肯撒手。江老太太朗声对众人说道:"今天我们先把向南带回去,你们都放心吧!"

向南有些感激地望了江老太太一眼,虽然她刚才感觉自己已经释怀了,但经过这一番变故,要立刻和大家朝夕相处还是有些尴尬。让她既意外又感动的是,江老太太此时能够考虑到她和江宏斌的矛盾,愿意陪她住在外边租的房子。

一旁的玉姐想到江老太太是江宏斌的亲妈,担心这里头有什么猫儿腻,便迎上来阻止道:"老太太也别麻烦了,向南,要不这几天你就先去我家凑合凑合吧!姐陪着你。"

江老太太不高兴了,她坐在轮椅上,抬头对玉姐说:"怎么,你还怕我害向南不成?"

"不是,老太太,是我们家那地方……人少些。"玉姐掩饰道。

"好了,都别说了!我跟妈回去。"向南说,然后看向江老太太。

一听到"我跟妈回去"这句话,旁边刚清醒过来的郑秀娥立刻忍不住喊道:"向南!你居然宁愿跟着这个老太婆回去,都不愿跟我们回去吗?!"她完全接受不了,哭得死去活来。这么

第十章 做自己的恒星

多年来，她对向南问心无愧，视如己出，甚至比对真正"己出"的两个女儿都好。

她永远记得自己当年从民警手中接过襁褓中的向南，看到那白里透红的小脸儿，立刻心疼不已。她一抱起向南，向南就冲她笑了起来。从那一刻开始，她就在心里认定了，这个孩子就是她的亲闺女。这是一种眼缘，有时候这种缘分甚至强大到超过血亲。

这些年，三个闺女里最让郑秀娥费心的就是向南，她从小体弱，性格又有些多愁善感，是跟在郑秀娥身边长大的，几乎寸步不离。向南结婚那天，郑秀娥特别激动，虽然江宏斌在她心里并不是一个十全十美的女婿，但只要向南喜欢，她就发自内心地替女儿高兴。婚礼上郑秀娥穿着枣红色的旗袍，盘着高高的发髻，脸上一直笑着，她希望自己的笑容能给向南带来好人缘和幸福的生活。

可现在……向南都已经起诉离婚了，居然还要抛下她，跟着"前婆婆"回去。郑秀娥不知道向南和江老太太之间关系已经好转，以为江老太太仍是那个天天耍心机、不停刁难儿媳的恶婆婆。

"不行！不许走！"郑秀娥硬生生挤进三人中，死死搂住向南的脖子哭道，"孩子，你别给气糊涂了！都是爸爸妈妈不好……但爸爸妈妈永远是你的至亲！你相信妈，不要跟她们走！你跟妈回去，妈好好给你解释之前的事儿！向南，我求求你，不要跟江家人走！妈实在是不放心哪！……"郑秀娥边哭边颤抖着，她感觉自己在家里一向没有什么话语权，此刻如果

向家的女儿（下）

再不表达出内心的想法，可能真的就要失去这个女儿了。

"妈！妈！别这样……"向前和向中尽管也不想让向南走，但实在不想看到母亲这样，于是上前竭力拉开她们。可郑秀娥就是死活不撒手。面对这样的情景，所有人都无奈了，不知该怎么劝才好。

这时，江老太太平静地对郑秀娥说："你不要这样，我向你保证，我不会为难你女儿的。你放心让她跟我回去，大家都需要时间冷静一下。向南现在心里有事儿想不开，你逼着她回向家，大家都不好受。好了，都别闹了，梓涵，叫司机把车开过来。"说完，江老太太指了指身后，便让江梓涵和江家巧推她走了。

向郅军思忖良久，望了望江老太太的背影，叹了口气，让郑秀娥放开向南，同意向南跟她们走了。向前和向中不放心，又跟江家巧和江梓涵交代了几句，才一步三回头地离开，众人也三三两两地在晚风中散了……

向南跟着江老太太回到学校旁新租的三居室。

"向南，你去擦把脸，然后跟我进来。"江老太太推着轮椅先回到自己的房间。

"妈……"向南洗完脸平静了许多，于是走进了江老太太的房间。

江老太太背对着她，静静地望着对面墙上江宏斌父亲的遗像。从别墅搬过来的时候，她没带几样东西，但要求一定带上这张照片。向南知道，江老太太有话要对自己说，便默默地立在一旁。

"孩子，你知道宏斌的爸爸，你的公公，是怎么去世的吗？"江老太太语调平静且忧伤。

向南摇头。

"他以前在矿上工作，可以说他是一名矿工。可他是个高中生，在那个年代，高中毕业已经很了不起了，所以矿长就让他当了技术员。你公公人老实又斯文，对我那绝对是没的说，不然我们也不会一结婚就有了宏斌。可就在宏斌十二岁、家巧刚出生那年，矿上来了个黑心矿长，他偷工减料，中饱私囊，甚至从矿井井架中省钱，完全不顾矿工的生命。也是那一年，有人举报说矿架年久失修，因此领导要来检查。于是那个黑心的矿长，竟然连夜叫你公公带人去加固矿井井架。"说到这里，江老太太沧桑的脸上浮现出无限的忧伤，仿佛几十年前经历过的痛苦，现在依然记忆犹新。

"你公公那次下去之后，就再没有上来……后面的事情，你也都知道了。"

向南听得潸然泪下，尽管她不明白江老太太为何会在此时说起这些旧事。

江老太太继续道："向南，你知道吗？当年那个矿长，极其敷衍地赔了我们一笔钱，就再也找不到人了。后来听人说，他去外地承包别的矿场去了，而且混得风生水起，很快就成了远近闻名的大老板。当我和宏斌听到这个消息的时候，既震惊又愤怒，我恨这个世界为什么如此不公平，让恶人发财，让好人受苦！可能就是从那个时候起，宏斌就发誓一定要挣大钱，要让家里人过得比那个矿长更好……"

向家的女儿（下）

向南沉默了，这些话，江老太太从未对她提起过。江老太太专横跋扈、斤斤计较的背后，竟然有这样一段令人同情的往事。

"向南，你说，我应该恨谁？本来我应该有一个疼爱我的丈夫，一个完整又幸福的家庭，可就因为那场事故，我的丈夫没了，家散了，生活全乱了。"

"应该恨那个黑心的矿长！"向南攥着拳咬牙道。

"是啊，是个人都该恨他，我也曾经这样恨过。"江老太太转过轮椅，和向南面对面道，"向南，不瞒你说，宏斌活成现在这个样子，我心里也着急，也难受。可是恨那个黑心的矿长，一切就能从头来过吗？恨他，我丈夫就能从矿下活过来吗？恨他，宏斌就能不再钻进钱眼儿里去吗？恨他，我这辛酸的一辈子就能从头来过吗？"

"妈……"向南含着泪蹲下身子，紧紧扶住江老太太的双腿，她真的不知道该说什么才好。

"所以啊，向南，当一个人没有鞋的时候，不妨想想，这个世界上还有很多人没有脚。"江老太太轻轻抚摸着向南的头，安慰她道，"你家里的事情，我都清楚。可那压根儿就是一场意外，一场谁都不想发生的意外！你就算一直活在仇恨里，你的亲生父母也回不来了。他们若是看见你现在这样，应该也会难过。当父母的，内心都只有一个愿望，就是希望子女活得好，活得开心。"

向南伏在江老太太的膝头，一动不动。这一刻，她对过去的一切都释然了。但是，老人家对自己的这份关爱，又使她突然有些怀疑，自己之前对江宏斌做的那些事儿到底对不对。

江老太太最大的愿望，应该也就是江宏斌能过得好吧。

"妈，我不知道……自己做得到底对不对……"向南低下头，一语双关地哽咽道。

江老太太抬眼望着墙上那张黑白照片，幽幽地回答道："跟随自己的本心，就像你那次救我的时候一样。"

"嗯……"向南点着头，伏在江老太太的膝上泣不成声。

104

第二天一早，江宏斌穿着全黑色的西装，带着团队，到滨江找柴进谈判。柴进也带着自己的人迎接他，身边站着的，依然是气场强大的向前。

两队人马迎面走来，在滨江会议室前的甬道处"狭路相逢"。

江宏斌永远狡诈，永远不服输，永远捂住自己的底牌。他脸上挂着虚伪的笑，云淡风轻地伸出一只手和柴进相握，就像之前什么都没有发生过一样。他还是"江总"，还是洪江集团的董事长。这离上次柴进带着向前去洪江低三下四地找他合作，也才过了不到半年。

风水轮流转，向前明白，这一次，江宏斌不再有任何主动权。

谈判开始，向前和柴进寸步不让，对江宏斌报出的价格一一回绝。柴进还有一些心虚，在听到最后一轮价格的时候，微微有些动摇，但向前却很坚定，她的目的压根儿就不是把那批货卖给江宏斌。

也不知道从什么时候起，向前采用的不再是销售思路，她不会再目光短浅地只想着把眼前这点儿货卖出去，赚点儿提成。她对滨江有了感情，她也明白了，赚钱的方式有很多，低买高卖，除了高卖，还有低买。

时间几近中午，江宏斌最后的一丝耐性已经被消磨殆尽。当他示意手下报出之前决定的最高价，而向前还是拒绝签约时，他直接把手里的文件夹摔在桌上，站起来指着向前的鼻子破口大骂："你是不是公报私仇？！高建钢只配用在临江的二十层以上的建筑上，除了海天，你们现在还找得出第二栋这样的楼吗？这批货，你不卖给我们洪江，压着有什么用？！想让它烂在码头吗？"他转而又冲柴进问道："怎么，滨江这是要和洪江同归于尽？"

柴进站起身，尽量收敛脾气，双手往下按了按，耐心劝解道："江总，江总！您先别急！这批货……"

"这批货我们确实不能卖给你！"向前直接接过柴进的话头说道，"但你可以考虑把海天的开发权转让给我们滨江。"

"什么？！"江宏斌觉得向前简直是在开玩笑，他冷笑着揶揄道，"呵呵，这也不是不行！可是我不得不提醒你一句，滨江有开发的资质吗？你们做得再大，也不过就是个倒卖原材料的，有什么技术含量？"

面对江宏斌的讽刺，向前针锋相对地说："滨江是没有，但是……启星有。"

江宏斌一愣，眼中再次燃烧起熊熊怒火。他果然又被算计了。柴进竟然在这儿守株待兔,而他就是那只主动过来送死的笨兔子!

"如果江总不放心启星的开发实力,那么还有辉月!辉月的注册资金是启星的十倍,拿下资质的年份更久,规模也更大,这回江总应该放心了吧?"向前道。

江宏斌感受到了二次暴击。他回想起海天的招标,没想到陪跑的两大"影帝"——启星和辉月,竟然都和滨江有着直接的关系。那么……那么那天,柴进他们是故意让自己中标的?让自己中标,再压着原材料拖时间,然后逼迫自己低价转让海天的开发权,环环相扣,好一出连环计!

醒悟过来的江宏斌,多年来第一次尝到了被人算计的滋味。他暴怒地举起拳头砸向会议桌,强硬地说道:"如果我不同意呢?"

向前莞尔一笑:"那就拖着!你拖得起,可运动会拖不起,滨江美院的搬迁拖不起,这座城市的开发拖不起,海天周围等着拆迁的那些拆迁户,更加拖不起!江总,你可得想好了,我们是不急,可是区领导急,市领导急。而且,说句你不爱听的,就算我们按你说的价格把高建钢和S级玻璃等建材卖给你,你剩下的那点儿钱,还够好好开发海天吗?"

柴进也一挑眉,补充道:"是啊!运动会马上就要召开,有几千人会沿江跑马拉松,观赛的人更多。而且现在规划局还考虑打通滨江步道,为市民的散步和锻炼提供更好的环境。如果海天仅仅是从一个'烂尾楼'建设成一个'能看的烂尾楼',那又有什么意义呢?所有人都会失望吧?"

向家的女儿（下）

　　向前和柴进的一唱一和，最终彻底击垮了江宏斌的自尊和自信。在他的逻辑里，金钱决定一切，资本就是大佬，但他却未曾想过，有一天自己会愚蠢到被人做局把资金套牢，让资金链断裂。

　　"把海天转给我们，领导们会喜闻乐见的。我们会倾尽滨江所有的财力，好好开发。"向前佯装安抚江宏斌道，"忘了和你说了，海天最好的两个楼层，我们已经联系了向南，会和她就读的美院合作，未来将建成两座半公益半商业化的美术馆和博物馆。"

　　谈判至此，底牌已掀，江宏斌仿佛被平地一声惊雷劈倒在地，再无还击之力。在洪江的资金问题以及下属的催促之下，江宏斌极其不情愿地、灰溜溜地签了字。

　　签完字，他将笔丢下，想要尽快离开这里。临走前，他还对向前和柴进撂下狠话："这次被你们坑了，是我一时大意。但我告诉你们，我江宏斌不是那么容易被打垮的！我不怕从头再来，来日方长，待我东山再起的那天……"

　　江宏斌想说他是个有仇必报的人，但他的狠话尚未落地，就被一阵急促的脚步声给打断了。

　　"恐怕你没有那个机会了！"一群便衣警察围了过来，身后还跟着脸色阴沉的明蔚，她抱着胳膊对江宏斌说道。然后，便衣警察对江宏斌说："我们接到实名举报，说洪江存在非法经营、偷税漏税、金融诈骗和行贿等问题，涉及金额巨大，现在请你跟我们回去配合调查。这是我们的证件。"

　　向前和柴进见状，惊愕地对视了一眼，看来，举报人应该

第十章 做自己的恒星

就是明蔚了。

名震这座城市的洪江集团董事长江宏斌,从此将仅仅是商海里的一段传说了,在这个步履匆匆的年代,很容易被人们忘记。

铁窗内,颓唐的江宏斌和憔悴的明蔚隔着桌子最后一次交谈。

"你这么做,我不怪你。"江宏斌先开了口。

他自知大势已去,这些天在斗室里也想明白了,走到这一步,除了随波逐流,还有就是他咎由自取。他这半辈子机关算尽,最后确实聪明反被聪明误。

"你把我爸送进去,我把你送进来,大家扯平了。"明蔚冷冷地望着对面的江宏斌,短短一周的工夫,这位"名媛"界的美人一下子苍老了许多,头发里甚至夹杂着几根扎眼的白发。她未施粉黛,憔悴不堪。江宏斌想起自己当年刚刚成为明家司机,第一次看见明蔚时的情景,眼前的她和印象里那位高贵的小姐,已经完全判若两人了。

"那是你爸咎由自取!"江宏斌咬牙切齿地说。

若是明蔚爸爸没有做过那些事,又怎么会被一查一个准儿呢?江宏斌从来不认为明华被抓是因为自己,他认为最根本的原因还是明华本身的贪欲。不过反观自己,他也不会反省自己的贪欲,甚至没有特别怨恨明蔚的举报,他最恨的还是自己做事不够高明,被人抓到了把柄。但他对明蔚,其实这么多年以来,心里还藏着另一种恨,这种恨更为刻骨铭心,让他永世难忘。

向家的女儿（下）

当年的江宏斌只是一个穷小子，但他心比天高，不甘于自己穷苦的命运。情窦初开的时候，在明家大院里，他遇见了那个高贵美艳，仿佛月中嫦娥的明蔚。他将一颗真心捧给这个高高在上、让他仰视的"嫦娥"，但"嫦娥"怎么会轻易接受江宏斌这么一个要什么没什么的穷小子呢？明蔚也不拒绝他，只是玩弄他。她常常在夜店或高档会所里和一群富二代纵情声色，而让江宏斌一个人孤零零地在外面等她。有时候，一等就是一宿。

那时的江宏斌整晚都紧张地盯着门口，看到明蔚从台阶上醉醺醺地下来，便拿一件外套给她披上。因为他过于关切的眼神，经常有朋友开玩笑地问："明蔚，这是谁啊？"明蔚总会无所谓地回一句："我们家司机啦。"

那时的车，空调系统不如现代高档，夏天有蚊虫叮咬，冬天有冷风袭人。江宏斌在等待了一夏一冬之后，逐渐明白了，这位"嫦娥"的心根本不在他这里。而他自己的心，也在那个冷风肆虐的冬季死去了。他再也不相信人心，再也不相信爱情，他只相信能实实在在握在手里的金钱和权力。

后来的故事便陷入了俗套，二十年的分别，穷小子逆袭成了商界大佬，而当初对他不屑一顾的"白富美"又一次地出现在了他的生命当中。有了财富加持的江宏斌，一秒钟就闯进了明蔚的内心。原来，追到一个人，从来不需要等一夏一冬，而只需要一辆体面的轿车，一个光鲜的身份，或者一张印着"总裁"头衔的名片。后来，江宏斌再也没有把哪个女人放在眼里，再见"嫦娥"，他的内心也是平静如水、波澜不惊。江宏斌并没想过报复或者挽回，他和明蔚走得近，从来都只是为了世纪城的项目。他不是沉迷于过往的人，任何不堪的过往，只要能变成钱，他都能释怀。

事到如今，反而是明蔚显得有些放不下，她流下眼泪，对江宏斌说，她要带Mavis回加拿大了，要么打工，要么再找个人结婚。江宏斌望了一眼她不再年轻的脸，心底喟叹了一下她前途未卜的命运，站起身淡淡地与她告别："保重。"

"再见。"明蔚回答。两人似乎都知道这次真是永别了。

105

几个月后的一天早上，向家格外热闹。

"哎哟，死老头子！一会儿向南的离婚案开庭，你手脚倒是快点儿呀！"郑秀娥一边给向郅军穿外套，一边急火火地催促他。

"行了行了！催什么催？这不是正穿着吗？"

"向中，向中啊！你手上的事情先放一放，准备好了没有？"郑秀娥又伸着脖子去喊厨房里的向中，只扫了一眼就嫌弃道，"哎呀，你看你，现在给海洋炖个鸽子汤还要查手机！你就不能把那些配料都记住吗？看你干活儿，真是比看张飞绣花还难受！"

向郅军穿上衣服，回过头问："你看过张飞绣花啊？"

"我就是打个比方！"郑秀娥捶他，"你自个儿快点儿吧！我也得换衣服去了！"

向家的女儿（下）

"喂，那你也得穿好点儿，别跟个乡下老太太似的！咱们可是知识分子家庭！小区里那些人，过去别提多羡慕咱家了！"向郅军说完这句，忍不住笑了。

郑秀娥看出他的心思，特别自豪地接了句："他们现在也羡慕咱！"

向郅军领悟过来，忙笑着点头："那是。"

"你看，向前，滨江副总！放眼整个小区，有几个女儿能做到副总的？何况滨江还是上市企业！"郑秀娥边换衣服边隔着门道，"还有高平，博士毕业，现在已经是大医院的医生啦！你再放眼咱们这小区……有几个？"

"是是是……"向郅军心满意足地点头，但他可不能老听郑秀娥的，再这么"放眼"下去，一天都别想出门了。

郑秀娥指了指向中道："这家伙嘛，是差点儿！可邓海洋能干啊！你不是都说了吗？海洋现在是创业公司CEO，那公司可是被市领导点名表扬了的，引领智慧城市的标杆型成长企业！"

向郅军暗暗惊叹，这老太婆居然能把"引领智慧城市"和"标杆型成长企业"这两个官方词汇一起说出来，还说得这么顺畅，真是长了不少见识。

"哎，向中，你把火熄了！汤直接盛好，一会儿出了法院，咱一块儿给海洋送去！"郑秀娥中气十足地命令二女儿。

"你再说老三向南，多好的孩子啊，把山底下的聋哑学校和孤儿院建得漂漂亮亮的，新闻都上过几回了，咱们全小区的人，谁不知道她？谁不说她好？你这老头子的脸都快成灯泡了，不是有光，而是直接放光了！"郑秀娥夸起三个女儿来就没完没了。

第十章 做自己的恒星

"那是那是。"向郅军一脸满足的神情,"上周向南回来还说呢,好像向前那个海天大楼,还要请她去当副馆长呢,还是什么'艺术总监',反正就是个管画的官儿,感觉挺适合她!我听了也高兴!"

"你光高兴她当'官儿'啊?"郑秀娥撇了撇嘴,又强调道,"那不叫'海天大楼',叫'海天国际金融中心'!向南的事业固然重要,可婚姻也不能落后啊!我看白澈这孩子就挺好,你的命,不还是他救的吗?虽说他比咱向南小几岁吧,但是我看着这孩子挺稳重,就是不知道他嫌不嫌弃咱南南是二婚!"

"二婚怎么了?"向郅军一下就站起来了,"向前就是二婚,现在不也过得挺好吗?谁说'头婚的是宝,二婚的是草'啊?这过日子,如人饮水,冷暖自知。那不合适的,别说头婚了,就是初恋,不是也得硌硬一辈子?那真看对了眼,能互相包容的,二婚、三婚都不怕,好饭不怕晚啊!"

"是是是,对对对,你说得都对!"郑秀娥就跟哄小孩儿似的推着向郅军往外走,"甭管几婚,总得先让向南离了,咱才能促成她和白澈的好事儿吧?咱们向家的女儿,可是不允许出轨的!"说完,她还回头狠狠瞪了一眼拎着保温桶的向中。

向中原本正低眉顺眼地跟在后边,被亲妈这么一瞪,脸颊立刻涨得通红。

见警示的目的达到了,郑秀娥便不再继续这个话题,三人一齐往法院而去。

法院门口,向南刚从玉姐的车上下来,就看见白澈骑着一辆自行车来了。

向家的女儿（下）

白澈穿着一件天青色的短袖衬衫，敞着领口，双腿笔直修长，烈日下有种强烈的少年感。

"哎呀，白澈，我们出庭而已，你还来这儿……不太合适吧？"向南关上车门，不好意思地说道。

白澈无所谓地笑笑："我肯定得来啊！这么重要的场合，我必须得陪着你。"

向南不再说话，笑着往前走去。白澈把车停好，而后追上向南的脚步，钻到她的遮阳伞下，两人一同步履轻松地往法院走去。

向郅军、郑秀娥和向中从车上下来，正碰上向前和柴进。

向郅军看到柴进，瞬间不高兴了。他赌气地说道："家里的事儿，你叫外人来干吗？该来的不来，不该来的乱来！乱弹琴！"他口中"该来的"自然是指高平了。

向前解释道："高平今天有两台手术，实在是来不了，但他给向南发过信息了，祝她官司胜诉！"

向郅军仍不高兴，指着柴进明知故问道："那他又是谁啊？"

向前笑着挽起向郅军的胳膊："他是我老板！"

"老板就是外人！"

"伯父，您要是愿意，我也可以是'内人'！"柴进这家伙惯会在长辈面前卖乖，"我现在就认您当干爸，我就是您干儿子，向南的干哥哥！这不就名正言顺了吗？"

向郅军一脸不情愿，他拼命地摇手里未打开的折扇，百般推辞道："哼，不要不要！欺负我闺女的人，叫我干爸，折寿！这辈子都不可能，你小子死了这条心吧！"

第十章 做自己的恒星

"干爸,这一页您还没翻过去呢?"柴进也不管向郅军愿不愿意,强行挽起他的另一只胳膊。

向郅军继续嘴硬道:"伤害我女儿的事儿,这辈子都过不去!我也不会忘!你,起开点儿!老子正热呢!"

柴进无奈,闪到一边。向前回头给了他一个眼神,叫他赶紧走,别添乱。

柴进没办法,只好回到车里去等着了。他有点儿迷惑,究竟他是向前的老板,还是向前是他的老板?不过他现在明白了,他就是个小弟。

所有人到齐,法院按时开庭。

小郑律师面对昔日师傅,毫不怯场,也不留情面。他意气风发,慷慨陈词,引用《民法典》的新规定,将在场所有人都说得心悦诚服,包括他的师傅——钟律师。

最终,在众人的掌声中,法院判决向南和江宏斌离婚。

江梓涵提出跟向南一起生活,鉴于江宏斌因为经济案件尚在服刑的特殊情况,以及尊重子女本人意愿,江梓涵的抚养权最终归向南所有。

向南笑着望向江梓涵,她有些不敢相信,江梓涵从今天开始就真正成为自己的女儿了。但是她心甘情愿,女儿是妈妈的小棉袄,不论这件棉袄是自己亲手做的还是借来的,未来都将会是自己最甜蜜的"负担"。

江宏斌名下合法合规的财产由夫妻双方共同分割,江宏斌还需赔偿向南精神损失费十六万元。

法官最后还宣布:"根据《民法典》第一千零八十八条规

向家的女儿（下）

定，'夫妻一方因抚育子女、照料老年人、协助另一方工作等负担较多义务的，离婚时有权向另一方请求补偿，另一方应当给予补偿。具体办法由双方协议；协议不成的，由人民法院判决'。根据本案的实际情况，本庭一审判决江宏斌先生支付向南女士家务补偿款五十万元。"

"好！"现场立刻响起一片欢呼，所有人抱成一团庆贺。

向南从来没有贪图过这五十万元，这不过是她现在一幅画的价格。但这五十万元，代表了向南曾经作为全职太太的尊严，她付出的时间、精力和被埋没的才华，终于以这样的方式，在公平公正的判决中得到回馈。

法院的判决结果通过小郑律师的个人社交平台传了出去，网友们纷纷在下面留言：

"合情！"

"合理！"

"合法！"

"合乎逻辑！"

"本来就应该这样判！全职太太付出的不比工作的人少！"

"这是个好的开始！《民法典》给力啊！大家一起学！"

"这不是钱的问题，而是对婚姻里女人付出的肯定！"

"这《民法典》保护全职奶爸吗？大老爷们儿在家带娃三年了……"

"一直恐婚，这下不怕了！"

"太棒了，这是个好的开始！给这位当事人点赞，给律师加鸡腿！"

第十章 做自己的恒星

……

法庭外，钟律师向自己的徒弟郑勇伸出一只手，对他今天的表现表示肯定。

钟律师诚恳地说道："'法与时转则治，治与世宜则有功。'经济社会在不断发展，生活方式在不断变化，社会关系在不断调整，调节社会关系的民法也在与时俱进。郑勇，我老了，虽然咱们两个曾经有过误会和过节，但放眼本城的律师界，我始终还是最看好你。继续努力，加油！"

郑勇点了点头，与恩师尽释前嫌。

现场的媒体记者捕捉到这一幕，立刻蜂拥而上，将小郑律师团团围住，追问案件的细节。

向南留意到，身边的玉姐看小郑律师的眼神似乎和往常有那么一丝不同，于是捅了捅她的胳膊，调侃道："姐的眼光不错呀，小郑律师确实是个人才。"

"你胡说什么呢？官司赢了，高兴傻了？"一向成熟稳重的玉姐罕见地有些不好意思，红着脸嗔道。

众人围了过来，向郅军一把拉住向南，问她回不回家吃饭。

向前插嘴道："回家吃干吗？今天这么高兴，当然是全家一起去望海楼吃大餐！"然后立刻又加了一句："柴进请客！"

白澈腼腆地挤过来，摸着后脑勺笑道："向南，你想吃啥？我现在去买！咱们一会儿还得去美术馆布展，有个展览明天开幕，别忘啦。"

郑秀娥推了白澈一把："饭都不让我闺女好好吃，你这小子也不是啥好人，一边儿去……"

"向南,你跟谁走?"向中歪着头,笑问向南。

向南毫不犹豫地走向路边的自行车,然后用最明媚的笑容呼唤白澈过去。

在众人的起哄声中,白澈红着脸,一溜烟儿地跑下楼梯,追随向南而去。

向前摇了摇头,打电话给柴进:"你自己先回吧,我得接孩子去了!"

"大姐,那你为什么不早说,让我在这烈日炎炎的地方等你俩小时?!"柴进无可奈何地说,但他还有些不甘心,问道,"不然我陪你去接左左、右右吧?反正我也没事儿。"

"不用啦。"向前笑得眉眼弯弯,"估计这会儿高平手术也结束了,他在幼儿园门口等我,待会儿我们接了孩子一起出去吃饭!"

"嘿!"柴进又受到一次打击。

"对了,要不你把我爸送回去吧?我妈和向中去给邓海洋送汤。"向前突然想起这茬儿,又对柴进说。

见柴进徐徐地把车开过来,向到军不情愿地喊道:"不!我不坐仇人的车!我不……"

众人不理会他,一齐推搡着他上车,向前"砰"的一声关上车门。郑秀娥和向中冲车里仍在奋力挣扎的向到军挥手:"一路平安!"

"你们……你们就是这样对待'一家之主'的吗?……"向到军在车里挣扎着喊道。

柴进打了一下方向盘,一踩油门就出发了,然后他淡定地递给向郅军一瓶矿泉水："干爸，喝水！"

"放我下车！我打车！我坐地铁！……"向郅军的声音渐行渐远。

……

"待会儿你上去的时候态度好点儿，不管海洋什么脸色，你都得面带微笑，听到没？"邓海洋公司楼下，郑秀娥拎着保温桶又开始了对向中的碎碎念。

"哎呀，妈，我知道！这都几个月了，你看我冷过一次脸没有？我都是在拿我这张热脸不停地去贴邓海洋的冷屁股！我都快成'舔狗'了！"向中也很委屈。

"什么狗？"郑秀娥不懂这些，她义正词严地提醒向中，"早知今日，何必当初！谁让你过去做过那些事儿？"

"哎呀，妈！你到底还要重复几遍？！我都已经知道错了，也在全家人面前保证过了，以后不会再有二心，就守着邓海洋好好过日子！"向中又表了一次决心。

几个月来，这样的对白几乎占据了向中百分之八十的日常。现在向中都快形成条件反射了，只要爸妈一提邓海洋，她心底的愧疚感就像喷泉一样喷涌出来。

当向中拎着煲汤出现在会议室门口的时候，里边的会议刚好结束。邓海洋的下属一看见向中，就异口同声地起哄道：

"大嫂哪里好？"

"大哥最知道！"

然后他们纷纷把羡慕的目光投向仍然端坐着的邓海洋。

经过几个月的饮食管理和锻炼，邓海洋整个人明显紧实了许多，目测至少瘦了二十斤。至于脱发的问题，既然解决不了，不如顺其自然，他干脆剃了个光头，反而显得精神多了。

待会议室里只剩下向中和邓海洋两个人时，向中小心翼翼地把汤端了过去，又亲自把汤勺递到邓海洋手上，用恭敬的语气说："请用。"

邓海洋拿着勺子面无表情，也没有要喝汤的意思。

这时，一个员工从门外探进头来，冲向中眨了眨眼睛："大嫂，和大哥恩爱完，别忘了来运营部帮我们看一下这个月的数据。"

向中笑着挥挥手："放心吧，一会儿就去！"

"得嘞！"员工心满意足，临走前还问邓海洋，"大哥你怎么不喝汤啊？快点儿喝，别磨叽！大伙儿都忙着呢！"

这几个月向中的付出与改变，邓海洋都看在眼里，他也不是不想原谅向中，只是……只是他好像有点儿享受现在这种每天都被捧上天的日子了，打算再端一阵儿架子。

"向中，你别这样，我这儿还忙着……"邓海洋故意不耐烦地说道，想看向中着急的样子。

向中心想：这邓海洋也忒过分了！自己天天给他端茶倒水的，都好几个月了，他怎么还是油盐不进？于是向中也怒了，她噘起嘴，恨恨地扒拉下邓海洋手里的汤勺，赌气道："不喝就不喝，装什么忙？……你忙不忙，我身为老板娘不知道啊？你就是故意的！算了算了，我也不当这'舔狗'了，告辞！"说完，向中当真转身就走。

邓海洋见这次向中是真急了，连忙一把抱住她："别走别走！我喝我喝！"他紧紧搂着向中，向中把脸埋进他温暖的怀抱里，听着他急促的心跳声，不由得一阵坏笑。也许是她笑得太大声，被邓海洋发现了，他放开一脸甜蜜的向中，自己也不禁笑了："原来我才是'舔狗'啊！"

　　……

图书在版编目（CIP）数据

向家的女儿／朗朗著．— 成都：天地出版社，2024.9
ISBN 978-7-5455-8356-4

Ⅰ.①向… Ⅱ.①朗… Ⅲ.①长篇小说－中国－当代 Ⅳ.①I247.5

中国国家版本馆CIP数据核字（2024）第088886号

XIANG JIA DE NÜ'ER
向家的女儿

出 品 人	陈小雨　杨　政
作　者	朗　朗
责任编辑	吕　晴
责任校对	曾孝莉
封面设计	吴思龙@4666啊
责任印制	王学锋

出版发行	天地出版社
	（成都市锦江区三色路238号　邮政编码：610023）
	（北京市方庄芳群园3区3号　邮政编码：100078）
网　　址	http://www.tiandiph.com
电子邮箱	tianditg@163.com
经　　销	新华文轩出版传媒股份有限公司

印　　刷	北京文昌阁彩色印刷有限责任公司
版　　次	2024年9月第1版
印　　次	2024年9月第1次印刷
开　　本	880mm×1230mm　1/32
印　　张	21.25
字　　数	477千字
定　　价	69.80元（全二册）
书　　号	ISBN 978-7-5455-8356-4

版权所有◆违者必究

咨询电话：（028）86361282（总编室）
购书热线：（010）67693207（营销中心）

如有印装错误，请与本社联系调换